KB213956

계엄

요모타 이누히코 지음
한정림 옮김

계엄

戒嚴

한국 독자 여러분께

　장편소설 『계엄』의 한국어판 출간은 나에게 큰 기쁨이다. 지금까지 적지 않은 책이 한국어로 출간되었는데 특히 이 책을 한국 독자들이 읽어주기를 바랐다. 집필을 시작했을 때부터 한국 독자들의 감상이 듣고 싶었다.

　1970년대 가혹한 '유신' 체제하에서 대통령 암살을 가까이에서 경험한, 나와 같은 세대 한국인이라면 우연히 같은 시기 서울에 있던 일본인의 체험기를 어떻게 읽을까? 그 후 한국은 수많은 어려움 끝에 민주주의를 쟁취했고 지금은 세계 영화사에서 중요한 작품을 다수 배출한 영화 산업을 일궈냈다. 그것을 당연하듯 받아들이고 살아온 한국의 젊은 세대는 이 책을 어떻게 읽을까? 나의 궁금증은 끝이 없다. 왜냐하면 이 책을 쓴 사람은 동해 건너편 이웃 나라에서 거의 반세기 동안 한국 사회와 문화를 가만히 지켜봐왔기 때문이다.

나는 1979년 1년 동안 서울 건국대학교 사범대학에서 외국인 교사로 체류했다. 이 책은 그 시기에 내가 보고 들은 수많은 경험에 의지한 부분이 적지 않게 존재한다. 그렇지만 단순한 회상기가 아니며 논픽션도 아니다. 무대가 된 대학교는 여러 대학교의 인상을 섞은 곳이고 최인호, 하길종 등 몇몇 저명한 예술가와 영화인을 제외하면 등장인물은 모두 허구의 존재다.

세노 아키오라는 순진하지만 약간은 경박한 주인공은 나의 또 다른 장편소설에서도 주인공을 연기한다. 그곳에서 그는 대학을 졸업하고 도쿄에서 광기에 빠져, 파리로 아프리카대륙으로 더 나아가 마다가스카르까지 유랑을 거듭한다. 작가인 나와 이 인물은 거리가 멀고 단지 의도적으로 만들어낸 캐릭터다.

『계엄』이 단순한 회상이나 논픽션이 아님을 보다 명확히 하기 위해 현실의 나, 요모타 이누히코와 주인공 세노 아키오의 차이점을 몇 가지 적어두고자 한다.

내가 처음으로 서울 땅을 밟은 것은 (한국 나이로) 스물일곱 살 때였고 이미 도쿄대 대학원 박사 과정에 재학 중이었다. 고등학생 시절 베트남전쟁에 반대하는 정치 운동에 참여했고 1970년 일본과 미국의 안전보장조약이 갱신되었을 때 깊은 실망에 빠지는 좌절도 경험했다. 우여곡절 끝에 1972년 대학에 입학했지만 캠퍼스는 '혁명'을 외치는 여러 분파로 분할 점령된 상태로 분파 간에는 살벌한 살육전이 벌어졌다. 입학한 해에 우리 과 동기생이 살해됐고, 이듬해에는 그 복수로 또 다른 학생이 살해됐다. 도쿄 거리에서는 폭탄이 터졌다. 지식인들은 퇴폐한 신좌익 학생들 사이에서 일어나는 상호 살인에 철저하게 무력했다. 1970년대 내내 나는 학생운동을 향한 모든 기대를 접고 어둡고 우울한 마음을 품은 채 지냈다.

나는 한국을 거의 몰랐다. 그러나 이 미지의 이웃 나라로 향하는 여행은 해방의 예감이 들었다. "Anywhere out of this world." 보들레르는 이렇게 썼다. 어디든 좋다. 싸구려 과자를 앞에 둔 어린아이처럼 행복감에 취해 자신이 끔찍하게도 꽉 막힌 상황에 처한 사실을 깨닫지 못하는 일본인으로부터 해방되고 싶었다. 어디든 상관없었다. 일본으로부터 해방될 수 있다면.

무지에서 비롯된 나의 기대는 서울에서 대번에 허망으로 판명되었다. 도쿄에 우울한 억압이 있듯, 서울에도 우울한 억압이 있었다. 빈곤과 징병제, 언론 통제, 거리 곳곳에 내걸린 슬로건과 포스터. 한국 학생들 역시 깊은 우울 속에 있음을 곧 알게 되었다. 그리고 그들과 교류하며 일본에서는 한 번도 입에 담지 않은 '민족', '역사', '모국어'라는 단어를 배웠다.

나는 『계엄』의 세노 군을 당시 나보다 다섯 살 어린 스물두 살로 설정했다. 그는 정치의 계절이 종언을 고한 후 대학에 입학한 세대이며 일본 제국주의가 과거 한반도에서 저지른 범죄에도 베트남전쟁에도 무지하고 지극히 소박한 인식만을 가진다. 이것은 내가 의도적으로 만든 설정이며 실제 내가 당시 품은 매우 비관주의 역사 인식과는 완전히 다르다. 나는 동시대 한국 학생들의 (다분히 관념적이지만) 강한 이상주의, 지식인으로서의 긍지를 선명하게 드러내려고 세노 군에게 굳이 광대 가면을 씌운 셈이다.

프랑스 문학에 관심 있는 독자라면 이 소설 첫머리가 루이 페르디낭 셀린이 쓴 『밤 끝으로의 여행』의 첫 문장임을 알아채리라. 1차 세계대전에 참전해 비통한 체험을 하고 파리 빈민가에 사는 의사로 인간의 수많은 비참을 목격한 셀린은 고등학생이던 나에게 가장 큰 영향을 끼친 소설가였다. 아니, 좀 더 과감하게 말해보자. 내 인생은 『밤 끝으로의 여행』을 읽기 전과 후로 나뉜다. 셀린을 읽지 않았다면 나는 문필가가 되지 못했을 게다. 그처럼 글을 쓰는 것이 나의 이상이다.

『계엄』의 세노 군은 셀린이라고 하면 과자 이름인 줄 아는 행복하면서 무식한 학생이다. 의식적으로 그렇게 만들었지만, 주의 깊은 독자는 책 곳곳에서 셀린을 언급하거나 그의 말을 인용한 대목을 발견할 것이다. 나는 최인호를 떠올린다. 만약 『바보들의 행진』를 쓴 이 작가가 살아 있다면 이 소설을 깔깔 웃으며 읽으리라.

거듭 말하지만 이 소설은 픽션이고 등장인물은 허구의 존재다. 하지만 모순으로 보일지 몰라도 나는 내가 실제로 만났던 한국인의 초상을 그리고 싶었다. 내가 아는 한 한국 대학생들은 민족 역사 인식이 강했고 지식인으로서 강한 긍지를 가졌다. 동세대 일본 학생이 한국에 무지했던 것처럼 한국 학생도 일본에 대해 지극히 제한된 정보만을 소유했던 것은 사실이다. 그들은 어려운 정치 상황 속에서 아직 경험하지 못한 민주주의를 향해 강한 열정을 품고 있었다. 도쿄 대학의 비루하고 폭력적인 정치투쟁에 피폐해진 나에게 그들이 주장하는 이상주의는 신선하면서 두려웠다. 나는 그런 동세대 사람의 초상을 그려두고 싶었다.

    이 소설을 번역해준 한정림 씨에게 감사드린다. 내가 쓴 글이 한국어로 옮겨져 개인적으로 깊이 존경하는 몇몇 시인과 소설가와 같은 언어로 이어지게 되어 행복하다.

2024년 9월

요모타 이누히코

일러두기
1. 인명, 지명 등 일본어를 비롯한 모든 외래어는 국립국어원 외래어 표기법을 따랐으나, 일부 관례로 굳어진 표기는 예외로 두었다.
2. 장편소설·단행본·잡지는 『 』, 단편소설·시·신문은 「 」, 영화·음악·연극 등은 〈 〉로 표기했으며, 제목은 원제 또는 한글판에 준해 바꾸었다.
3. 옮긴이 주는 본문 병기로 처리했다.
4. 본문 240~242쪽에 나오는 에세이집 『백마 타고 온 또또』 인용은 저자의 요청으로 한국영상자료원에서 펴낸 하길종 전집1 『태를 위한 과거분사 백마 타고 온 또또』에서 발췌했다.
5. 일부 내용과 표현이 지금 시점에서 부적절할 수 있으나, 시대 배경과 작품 가치를 고려해 그대로 옮겼다.

차례

한국 독자 여러분께 4

1장 출발하기까지 12

2장 도착 직후 33

3장 성곽도시 서울 58

4장 일본인과 교포 83

5장 잔재와 모방 103

6장 전라남도 여행 120

7장 이문동 151

8장 큰 문어 내한 175

9장 아저씨의 환갑 200

10장 요절한 영화감독 217

11장 계엄령 발동 250

에필로그 286

1장 출발하기까지

발단은 이렇다. 처음 말을 꺼낸 사람은 내가 아니다. 터무니 없다. 나를 은근슬쩍 떠본 이는 세키와 무라노, 히가시, 문어 자 매 그리고…… 아무튼 그 자리에 있던 모두였다. 우리는 대학교 세미나 동기생으로 저마다 전공이 달랐지만, 졸업논문을 다 써 제출한 날이라 시부야 닭꼬치 가게에서 축배를 들었다.

이제 프랑스어라면 지긋지긋했다. 어느 저명한 프랑스 평론 가가 쓴 패션론 읽기가 세미나 과제였는데, 골칫거리는 패션 용 어만이 아니었다. 저자가 근거로 드는 언어학과 기호학 이론이 연달아 등장해서 마치 바위투성이 언덕길을 무거운 배낭을 짊 어지고 올라가는 느낌이었다. 감당이 안 됐다. 초급 프랑스어 부독본이던 조르주 상드 소설과는 사정이 달랐다. 그나마 참고 견디며 1년이나 읽다 보니 전문용어만은 가늠이 가서 그 기세로 영화 연구 졸업논문까지 써버렸다.

동기생들도 각자 좋을 대로 졸업논문을 완성했다. 세키와 무라노는 프랑스 시인을 주제 삼아 곧장 파리로 유학을 떠날 예정이었다. 히가시는 약혼자와 함께 폴란드 문학을 공부하러 바르샤바행을 결정했다. 문어 자매 중 큰 문어는 프랑스 패션 업계에 흥미가 생겼는지 유명 패션 잡지를 발행하는 출판사 입사 시험에 응시해 합격했다. 작은 문어는 제과를 배우기 위해 리옹 요리 학교 입학 절차를 밟기 시작했다.

문어 자매라니, 여자 별명치고는 조금 이상할지도 모르겠다. 이참에 제대로 이름을 밝히도록 하자. 오타 아야코와 고다테 기요미는 입학 때부터 사이좋은 2인조로, 너나없이 1학년 시절부터 두 사람을 '큰 문어, 작은 문어'라고 불렀다. 딱히 얼굴이 문어와 닮아서는 아니다. 그런 일, 인간에게는 불가능하리라. 오타는 가끔가다 태연한 얼굴로 어처구니없는 실수를 저지르는 탓에 '큰 문어'란 별명_{오타 아야코라는 이름에서 '오타おた'와 '코こ'를 합치면 오타코 즉 일본어로 '큰 문어'란 뜻이 된다}이 붙었다. 자동으로 단짝인 고다테는 '작은 문어'가 됐다. 나는 어느 쪽이냐 하면 큰 문어보다 작은 문어에게 호의를 가졌는데, 큰 문어가 기분이 상할까 봐 티 내지 않았다. 닭꼬치 대짜가 나오자 우리는 맥주로 건배했다.

우리 가운데 연배가 조금 높은 사람이 있었는데 바로 양 군이었다. 한국에서 온 유학생으로 원래 대학원 소속이지만, 학부 세미나 분위기가 마음에 들었는지 세미나실에 멋대로 들어와서는 흥겹게 지냈다. 전공은 일본 중세문학이었다. 나중에 왜 패션 연구 세미나를 듣는지 물었더니 서울에 있는 아내가 패션을 좋아해서요, 라는 알 수 없는 대답을 내놨다. 항상 차분하고 어른스러워서 누구나 높이 평가했다. 세미나 첫날 자기소개에서 자기 이름은 료가 아닌 양이라고 해서 다들 그를 양 군 하고 친근하게 불렀다. 술자리가 무르익을 즈음 양 군이 돌연 말을 꺼냈다.

"여러분, 한국에 가본 적이 있나요?"

"한국이라면 조선?" 작은 문어가 운을 떼자 그 말을 지우듯 무라노가 "아니, 아직 없습니다만"이라고 침착하게 대답했다.

"저는 올해 도쿄의 대학에서 석사碩士 즉 일본어로 말하면 슈시修士 학위를 땄기 때문에 귀국해서 다음 달부터 대학 조교수로 일하게 됩니다. 우리 집은 낡았지만 넓으니까 한번 놀러 오시길 바랍니다. 여름방학 때 어떠세요?"

"갈래! 갈래!" 문어 자매가 한목소리로 외쳤다.

"한국이라는 나라가 어떤 나라인지 잘 모릅니다. 국가 분위기는 어떤가요?"라고 세키가 물었다.

"한국은 매우 재미있습니다. 제가 말하는 곳은 남한 서울입니다. 북조선이 아닙니다. 우선 생선회든 야키니쿠든 마음껏 먹을 수 있어요. 예를 들어 여기는 일본 선술집이죠. 풋콩이며 두

부며 닭꼬치며 갖가지 안주 접시가 놓여 있는데, 하나씩 따로따로 주문하고 돈을 내잖아요. 근데 한국은 완전히 다릅니다. 닭꼬치든 초밥이든 하나만 주문하면 순식간에 열 가지 남짓한 접시가 늘어선답니다. 게다가 전부 공짜고 얼마든지 더 달라고 해도 돼요. 그걸 다 먹을 무렵 가게 직원이 슬슬 닭꼬치나 초밥을 들고 옵니다."

양 군은 자신만만하게 이야기를 이어갔다.

"여러분 눈앞에 보이는 김치 말인데요. 한국 김치는 이렇지 않습니다. 그냥 매울 뿐만이 아니라 요구르트처럼 유산발효를 해서 맛이 순순해요. 배추 속에 생오징어나 얇게 저민 전복 등 갖은 재료를 넣어 담가 먹죠. 종류는 수백 가지나 되고 지역마다 집집이 맛 내는 법이 다릅니다. 어떻습니까, 여름에 여러분을 초대할게요."

너나없이 갑작스러운 제안에 흔들렸다. 무리도 아니었다. 바로 얼마 전까지 머리가 파리 패션 업계 용어니 시니피앙이니 파롤 같은 전문용어 홍수에 푹 잠겨 있었다. 서양 최신 문학과 영화, 철학만이 떠올라서 한시바삐 파리나 리옹으로 날아가고 싶은 마음이 가득했다. 나 역시 대학원 시험에 붙었으면서도 가을부터는 뉴욕의 대학에서 영화학 공부를 계속하고 싶다고 막연히 생각하던 차였다.

"야키니쿠를 맘껏 먹을 수 있다고?" 내가 물었다. "그렇습니다. 실컷." 양 군이 대답했다. "서울은 도쿄에서 두 시간쯤 걸려

요. 간단하죠. 비행깃값도 비싸지 않아요." 그의 말에 점점 꼬드기는 어감이 감돌았다.

"뭔가 공짜로 갈 방법은 없을까요?" 나는 다시 물었다. 그동안 쭉 프랑스어에 절어 지냈다. 잠깐 기분 전환하기에 한국 여행도 나쁘지 않을지 모른다. 앞으로 일반 기업에 취직하지 않고 이대로 대학원에 진학해 지금까지와 마찬가지로 수험생을 가르치는 가정교사 일을 몇 개씩 뛰어봤자 생활비를 버는 게 고작이다. 우아한 외국 여행 따윈 아무래도 가능할 리가 없다.

양 군은 눈앞에 놓인 접시에서 닭꼬치 한 개를 집어 들어 입에 물더니 단숨에 살만 쏙 빼 먹었다. 그러고는 잠시 뜸을 들였다가 내 눈을 바라보며 찬찬히 이야기했다.

"실은 말이죠. 우리나라는 한창 일본어 열풍이 불어서 학교에 따라 중학교부터 일본어를 가르치기도 합니다. 학생 모두 성실히 배웁니다. 일본어를 할 줄 알면 좋은 직장에 취직되기도 하니까. 그런데 여기에 문제가 있어요. 일본어 원어민 교사가 턱없이 부족하다는 것입니다. 거의 제로에 가깝다고 봐도 좋아요. 일본이 통치하던 시대에는 누구나 일본어로 교육을 받았습니다. 하지만 그 세대는 이제 곧 사라집니다. 앞으로 한국인은 일본어'로' 배우는 것이 아니라 일본어'를' 배워야 되겠지요."

그렇구나, 하며 어느덧 우리는 진지하게 귀를 기울였다. 양 군은 계속해서 자신이 조교수로 가는 대학도 늘 일본인 스태프를 찾고 있다고 말했다. 하지만 서울에 사는 일본인 중에 적합

한 인재를 찾기란 쉽지 않고 일본에서 일부러 유학 오는 학생도 거의 없는 상황이다. 솔직히 말해 난감한 처지라며 투덜거렸다.

자리가 조용해지자 세키가 의자에서 일어났다. "자, 다시 한 번 건배합시다. 누가 뭐라고 해도 대학을 졸업하고 인생 제1부에 이별을 고하련다!" 어느 틈에 맥주는 일본 청주로 바뀌었고 테이블 위에는 술병이 여러 개 나뒹굴었다. 그렇다, 오늘 밤을 기점으로 모든 것이 끝난다. 나는 기분이 좋아졌다. 문어 자매는 이미 잔뜩 술에 취해 있었다. 술판은 늦은 시간까지 이어졌다.

해외에서 온 긴급 속달우편이라며 우편배달원이 큼지막한 종이봉투를 들고 온 것이, 닭꼬치 가게로부터 닷새째 되는 날이었다. 봉투를 열어 보니 엄숙함이 풍기는 서류가 한 장 들었는데, 내용을 알 수 없었다. ○(동그라미)랑 □(네모), 세로줄과 가로줄이 조합된, 본 적도 없는 문자가 끝없이 이어졌다. 단 한 군데, 봉투 발신자 칸에 알파벳으로 "The Educational Research Institute Hyeon-Kuk University, #93-1 Mojin-dong, Seongdong-gu, Seoul, Korea"라고 작게 인쇄돼 있었다. 이것은 분명 한국에서 온 서류다. 그런 직감이 들어 바로 양 군에게 전화를 걸었다.

"아, 벌써 도착했나요?" 수화기 너머에서 늘 듣던 차분한 목소리가 들려왔다.

"현국대학교라니, 대체 뭔가요?"

"세노 씨(라고 그는 새삼스레 내 성을 불렀다), 그날 밤, 제가 술을 한 모금도 마시지 않았다는 걸 눈치채셨나요?"

"아니요, 서울에서 조교수가 된다는……."

"그게 현국대학교 사범대학입니다. 저는 그날 하숙집으로 돌아가서, 늦은 밤 대학에서 사무를 담당하는 실장님에게 국제 전화를 걸었습니다. 안심하세요, 한 명 찾았습니다, 라고요."

"한 명이라뇨?"

"세노 씨, 기억 안 나요? 우리 대학에서 일본어 교사를 모집한다고 했더니 바로 손을 들고 갈게, 갈게, 꼭 가겠다고 했잖아요. 그래서 다시 한번 건배를 하지 않았습니까?"

나는 당장은 믿기지 않았다. 다음 날 아침에 머리가 조금 무거워서 아무래도 과음을 했나 싶은 느낌은 들었지만 설마 한국의 대학 강사 채용에 희희낙락하며 지원했다니, 전혀 기억에 없었다.

"오늘 받은 서류는 공식 초청장입니다. 서류 마지막 부분에 총장 직인이 제대로 찍혔는지 확인해주세요. 세노 씨는 1979년 3월 1일부로 사범대학 객원교수로 임용됩니다. 즉시 미나미아자부 한국대사관으로 가서 노동 비자를 신청해주세요. 그때 공식 초청장이 의미 있게 쓰일 겁니다. 알겠어요? 3월 2일부터 새 학기 수업이 시작되니까 서둘러주세요."

양 군은 그 말만 하고는 지금 한창 짐을 싸는 중이라며 전화를 끊었다. 며칠 후 서울에 사는 가족 곁으로 돌아가 새 학기

준비에 들어가는 모양이었다.

보기 좋게 속아 넘어갔네! 나는 실감했다. 그는 처음부터 세미나 회원 가운데 누군가를 픽업하려고 쫑파티에 나타난 것이었다. 다른 친구들은 유학이나 취직이 확실히 정해졌지만 아직 장래 계획을 막연하게 구상만 하던 내가 양 군에게는 더없이 좋은 '봉'이었으리라. '납치'라는 단어가 입 밖으로 튀어나올 뻔했다.

양 군의 인격을 의심해선 안 된다고 마음 한구석에서 다른 목소리가 들려왔다. 자못 동방예의지국에서 건너온, 원만한 성격에 선의로 가득 찬 사람이 아니던가. 그가 보증하고 나선 이상 서울 대학에 취직하는 이야기도 그리 나쁘지 않을지 모른다. 아무튼 지난 2년 동안 서양 글자만 읽어대서 내 머리는 완전히 서구형이 되어버렸다. 프랑스어도 영어도 존재하지 않는, 이 불가사의한 문자로 이루어진 나라에 발을 내딛는 일도, 생각하기에 따라서는 재미있음이 틀림없다. 야키니쿠도 김치도 좋아한다. 야키니쿠를 마음껏 먹을 수 있다고 하지 않았던가. 분명 진정한 의미에서 모험이 되리라. 어쨌든 예비지식이 전혀 없는 사회에 백지상태로 가야 한다. 우물쭈물할 시간이 없다. 곧장 여권을 신청하고 비자를 발급받아 이 글자에 조금이나마 익숙해지자고 결심했다.

며칠 뒤 집 근처 사진관으로 여권용 사진을 찍으러 갔다. 사진관 주인은 과묵한 노인이었다. 이번에 한국에 가게 되어 사진이 필요하다고 했더니, 그는 내내 아무 말도 안 하다가 헤어지는 순간 젊은 시절 경성에서 사진관을 운영했다고 말했다. 귀환후 돌아와서 이 사진관을 열었다고 짧게 몇 마디 던졌다. 돌아오면 또 들러달라면서 이후 전쟁이 일어났다고 하던데 경성이어떻게 변했는지 들려주면 좋겠다고, 덧붙였다.

사진관을 나와서 뒤를 돌아봤다. 흰색으로 칠한 목조 건물은 울타리 말뚝마저 하앴다. 아주 오래된 건물이었다. 매일같이앞을 지나다녔건만 어떻게 몰랐을까. 일본이 전쟁에서 패할 때까지 조선을 식민 지배한 일을 떠올렸다. 내가 이제부터 향하는도시에 과거 수많은 일본인이 살았고 34년 전 모두 추방됐다는사실이 매우 기묘하게 느껴졌다.

나는 작은 문어를 불러내 유라쿠초에 있는 패스포트센터로여권을 신청하러 갔다. 서류와 사진을 제출하고 나니 더 이상할 일이 없었다. 즉흥적으로 명화 상영관에서 영화를 보기로했다. 우리는 신주쿠 야스쿠니 거리에 면한 재개봉관에서 〈카바레〉라는 뮤지컬 영화를 봤다.

스크린 속에선 마이클 요크가 연기하는 어딘지 모르게 심약하고 예의 발라 보이는 청년이 1930년대 초반 베를린에 막도착한다. 비어홀, 한 소년이 무심코 나치스 당가를 흥얼거린다.노래를 들은 옆자리 손님이 따라 부르면서 손님들 사이에 선율이 전염된다. 시간이 흘러 노래는 대합창을 이룬다. 술집 안 모든 손님이 노래를 부른다. 나치즘이 바야흐로 대두하는 참이다. 그런 위태로운 상황에서 마이클 요크는 라이자 미넬리가 연기하는 카바레 가수와 알게 되고 퇴폐적인 쇼 비즈니스 세계에 알 수 없는 매력을 느낀다. 이 도취감은 정치적 위기의식과 등을 맞대고 있다. 영화의 원작은 크리스토퍼 이셔우드가 쓴 『베를린이여 안녕』이다. 주인공은 히틀러가 정권을 잡기 직전, 말 그대로 모든 독일인이 그에게 큰 기대를 걸었던 시기 베를린을 마치 카메라인 양 정밀하게 관찰한다.

"있잖아, 정말로 한국에 갈 작정이야?" 영화관을 나온 후 피자를 먹으며 작은 문어가 말했다. "방금 본 영화 같은 곳이라면 굉장하겠어."

"설마, 그런 광기에 휩싸인 세계는 아니라고 생각하는데."

"군사 독재 정권이잖아? 비밀경찰이 곳곳에 있고 김대중이든 누구든 바로 납치해서 죽이려고 한다든지. 거리를 걷다가 일본인인 게 들통나면 큰일 나는 거 아냐?"

"괜찮아. 일본인과 한국인을 그렇게 쉽게 분간하지 못할 테니까."

"하지만 정말 가난한 나라잖아? 도둑이라던가 위험하지 않겠어?"

대답할 길이 없었다. 일반적으로 군사정권하에서는 군대 덕분에 치안이 보장되는 경우가 많다. 하지만 현실의 서울이 어떤 분위기일지는 상상이 안 간다. 그보다 신경 쓰이는 것은 방금

본 영화 주인공이 베를린에서 영어 교사를 생업으로 삼고 있던 일이다. 기이하게도 그것은 머지않아 내가 몸담을 직업이었다. 나도 라이자 미넬리 같은 여성과 우연히 만나게 될까? 딱딱하고 두툼한 피자 끝부분을 힘겹게 입에 밀어 넣으며 어렴풋이 상상했다.

"나 어쩌면 세노 군이 있는 곳에 놀러 갈지 몰라. 어차피 제과 공부하러 유학 가는 건 가을이고, 대한항공으로 파리에 가려면 환승 때문에 서울에 며칠 머물 수 있거든. 야키니쿠 무제한으로 먹을 수 있으면 좋겠네."

"한국에도 분명 한국 과자가 있겠지?"

"셀린이라고 알아?"

"과자 이름이야?"

"『밤 끝으로의 여행』이라는 엄청난 모험소설을 쓴 사람이야."

"읽어본 적 없어."

"첫머리가 굉장해. Ça a commencé comme ça. 발단은 이렇다. 처음 말을 꺼낸 사람은 내가 아니다, 라고 시작돼. 주인공은 카페에서 친구들과 수다를 떨고 있어. 그러자 눈앞으로 군대가 행진하며 지나가. 많은 사람이 그 모습을 바라봐. 재밌네, 하면서 뒤를 따라가는데 비가 내리고 어느새 군중이 사라져. 함께 있던 친구들도 사라지지. 정신을 차려 보니 주둔지 안이고 문은 닫히고 말아. 주인공은 최전방 전투에 끌려가서 생지옥과 같은 혹독한 시련을 겪어. 세노 군도 귀국 후에 그런 책을 쓰면 되겠네."

"왠지 남 일처럼 말하네."

그날 밤, 게이오선 근처 주택가에 사는 작은 문어를 바래다준 나는 어슴푸레한 현관 앞에서 그녀에게 가볍게 입맞춤을 했다. 놀러 오라고 하자 그녀는 아무 말도 하지 않은 채 고개를 끄덕였다. 며칠 후 여권을 받자마자 그 길로 미나미아자부에 있는 대한민국대사관으로 향했다. 1970년대 일본인이 한국을 방문하려면 이유와 기간 여하를 불문하고 비자를 발급받아야 했다. 특히 내 경우에는 관광이나 취학 비자가 아니었다. 2년간 외국인 교사로 지내려면 노동 비자를 취득해야 했다. 극히 드문 일이었다.

노동 비자 접수 담당자는 태도가 아주 나빴다. 내가 준비해간 서류를 받자마자 확인하지도 않은 채 자리를 뜨더니 안쪽에서 동료와 수다를 떨기 시작했다. 그는 잠시 후에 돌아와서는 사진, 이라고 말했다. 사진이라면 서류에 클립으로 끼워놨다고 하자 무뚝뚝하게 서류를 책상에 던지며 통지가 갈 때까지 기다리라고 서툰 일본어로 설명했다. 얼마나 걸리겠냐고 물어봤지만 그는 아무런 대답 없이 다시 안쪽 동료와 이야기를 나눴다. 문득 옆쪽 관광 비자 접수처로 눈을 돌렸다. 벽에 화려한 민족의상을 입은 여성이 미소 짓는 포스터가 붙어 있었고 접수 담당자는 여행사 스태프와 화기애애하게 대화하는 중이었다. 이 무슨 차이란 말이냐. 매우 울적해졌다. 앞으로 서울에서 생활하는 동안 이렇게 불쾌하고 기댈 곳 없는 심정에 몇 번이고 사로잡히게 될까. 대학 강의는 3월 초에 개강한다. 그때까지 비자는 물론 항공권을 예약하고 살 집을 정하며 모든 준비를 끝마쳐야 한다.

나는 대형 서점에 가서 한국 관련 코너를 찾았다. 고려서림이 출간한 한일사전과 일한사전, 한국어 교재와 회화 교재 외에도 따로 스무 권 정도 서적을 구입했다. 집에 돌아와 달력 뒷면을 이용해 손 글씨로 한글 일람표를 작성해 벽에 압정으로 붙여놓았다. 매일 쳐다보면 분명 출발 전까지는 조금이라도 이해하게 되리라 기대했다. 확실히 효과가 있었다.

교재를 읽으면서 알게 된 것은 한글이 더없이 합리적이고 높은 법칙성을 가진 문자 체계라는 사실이다. k음을 표시하는 'ㄱ'과 a음을 표시하는 'ㅏ'를 조합해 '가'라는 문자를 만들면 ka 발음이 된다. s와 a라면 sa, r와 i와 n이라면 rin. 음편에 따른 변형을 제외하면 로마자와 같은 원리다. 단지 자음과 모음 모두 발음 복잡성은 일본어에 비할 바가 아니었다. 일본어로 적는다면 똑같이 'カガ'가 될 법한 음이 청음, 탁음, 격음, 농음 네 종류가 있는데 청음과 탁음은 표기가 같다. 모음만 해도 이중모음까지 더하면 스물한 개로 많아진다. 현지에 가서 공부할 수밖에 없다고 체념했다. 처음에 도착한 초청장에서 느낀 놀라움은 어느새 소멸했다. 이것은 분명히 인간이 만들어낸 문자다. 똑같은

인간인 이상 끈기를 갖고 꼼꼼히 사전을 찾아본다면 반드시 이해하게 되리라고 확신했다.

문자와 발음에 대해서는 일단 안정감을 얻었지만, 이보다 곤란한 점은 한국이라는 사회 이미지를 어떻게 그려야 좋을지 모른다는 것이었다. 서점에서 들고 온 스무 권 남짓한 서적은 대략 세 종류로 분류됐다. 한국의 현재를 불평 없이 예찬하는 책. 북한은 정통성이 있고 훌륭하지만 남한은 형편없는 나라라고 설파하는 책. 마지막으로 북에 대한 언급 없이 그저 현재 한국의 군사정권이 얼마나 억압적이고 비인도적인지를 강조하는 책. 저마다 입장이 다른 책을 연달아 읽고 나니 완전히 혼란스러웠다. 원래 백지상태였던 뇌에 갖가지 잡다한 문장이 새겨진 결과, 무엇을 진실로 봐야 할지 판단이 서지 않았다.

한국을 수차례 방문한 경험이 있는 저명한 SF 작가는 글자 그대로 두 손 들어 이 나라를 찬미했다. 대통령은 농촌 개혁에 성공했고 국민 생활수준을 급속히 높였다. 실로 '한강의 기적'이라는 이름에 어울린다고 그는 설명했다. 1961년 군사 쿠데타에 성공했을 때 찍은 박정희 사진을 보았다. 검은 선글라스를 쓰고 조금도 웃지 않는 얼굴로 정면을 응시하는 그 모습이 텔레비전 심야 프로그램에 최근 등장하는 타모리인기 사회자이자 희극배우로 늘 검은 선글라스를 끼고 있다라는 개그맨을 연상시켰다.

한국 찬양을 반대하는 책에는 조선, 다시 말해 북한이 중공업을 중심으로 큰 발전을 이뤘다고 기록했다. 그에 반해 남한은

25

미국 지배하에 빈곤으로 고통받으며 북침 기회를 호시탐탐 노린다고 주장했다. 어째서 이렇게 정반대 입장을 취하는 건지 의아했다. 양쪽 주장 모두 천박하다는 생각이 들었다. 제3의 범주에 속하는 책을 손에 들었을 때는 강한 불안감에 사로잡히고 말았다.

이와나미서점에서 『한국으로부터의 통신』이라는 세 권짜리 신서가 출간돼 있었다. 저자는 'T·K생'이라고만 적혔을 뿐 알 수 없다. 한국에 사는 한국인인지 일본 또는 다른 나라에 망명 중인 한국인인지 알 수 없었고 단지 원고를 잡지 『세카이世界』 편집부가 정리했다고만 밝혔다. 책은 1972년 10월 17일, 한국에 갑자기 계엄령이 시행되어 박정희 대통령에 의한 10월 유신이 단행된 시점부터 시작했다. 이때 대통령의 영구 집권을 인정하는 신헌법이 공포됐고, 반대 의사를 표명하는 것은 물론이고 민주주의를 요구하는 모든 정치 활동이 엄중히 금지됐다. 각계각층 사람들이 사태를 씁쓸하게 여기며 비관하고 있음을 알리며 첫 권이 끝났다.

세 권의 『한국으로부터의 통신』은 1977년 여름까지 시점에서 일단 마무리됐다. 그 후 단행본으로 나오진 않았지만 『세카이』에 연재는 계속됐다. 세 권을 통독한 나는 앞으로 체류할 사회가 군사 독재 정권하에 있으며 얼마나 부조리하고 공포로 가득 찬 곳인지 알았다.

1973년, 대통령 후보였던 김대중이 대낮에 KCIA(한국중앙정보부)에 의해 도쿄에서 납치되어 해상에서 하마터면 살해될 뻔했다. 민주화를 요구하며 저항하는 대학생들은 속속 연행되어 KCIA의 손에 끔찍한 고문을 당했다. 학생뿐만이 아니었다. 서울대학교 법과대학 교수도 연행되어 시체로 발견되었다. 반정부 언설을 드높인 「동아일보」는 정부로부터 광고 철회라는 괴롭힘을 당했고 7개월간 항전 끝에 굴복할 수밖에 없었다. 1975년 발령된 긴급조치 제9호에 의해 대학은 완벽하게 '병영화'되었다. 1976년에 전 대통령을 비롯한 정치가와 종교인이 나서 '민주구국선언'을 발표했지만 박 정권은 정부 전복을 꾀한다면서 가혹하게 탄압했다. 500명 넘는 대학교수가 추방되었고 야당인 신민당 당수 김영삼은 습격받은 끝에 당 대표직을 박탈당했다. 그리고 불경기 속 전국 곳곳에서 심각한 노동쟁의가 일어났다……

『한국으로부터의 통신』에 이어 손에 든 서적은 일본 프리랜서 저널리스트가 집필한 『옥중 300일』이었다. 다치카와 마사키라는 청년은 1974년 서울에서 반정부 운동권 학생과 접촉했다는 혐의로 KCIA에 연행돼 밤낮으로 가혹한 고문을 받는다. 그 결과 관계도 없는 '민청학련사건'이라는 정치적 음모에 관여했다며 기소돼 징역 20년을 구형받는다. 그는 옥중에서 지인인 시인 김지하와 재회하고 단식투쟁을 벌여 최종적으로 정치 협상을 통해 석방된다. 이 생생한 기록에는 "KCIA한테 불가능한 것은 남자를 여자로, 여자를 남자로 바꾸는 일뿐이다"라는 말이 적혀 있다.

이거 참 엄청난 나라에 가게 되었구나, 한숨을 쉬었다. 대학 시절 특별히 정치 행위를 한 적은 없지만 그곳에서는 적어도 일본에서와는 전혀 다른 마음가짐으로 주의에 만전을 다하지 않으면 뜻밖에 억울한 누명을 뒤집어쓸 가능성이 있다. 언론 자유는 없는 거나 다름없다. 일본에 있을 때처럼 가볍게 민주주의를 입에 올렸다가는 반정부, 반국가 인물이라는 혐의를 받아 순식간에 당국에 연행되고 만다. 길거리는 물론이고 대학 캠퍼스도 방심해선 안 된다. 곳곳에 KCIA와 내통하는 자가 잠입해서 무엇을 밀고할지 알 수 없는 일이다.

2월은 이렇게 뒤숭숭한 채로 지나가버렸다. 한국대사관에서는 아무런 연락도 없었다. 불안해진 나는 어느 날 히가시를 불러냈다. 그는 나와는 반대로 공산권 국가인 폴란드로 유학 갈 준비를 하고 있었다. 내가 『한국으로부터의 통신』에 쓰인 한국 상황을 이야기하자 히가시는 "그래? 그럼 바르샤바에서 마음 편히 편지도 못 보내겠네"라고 느긋한 말투로 말했다. "야, 절대로 보내지 마." 절박한 심정이었다. 공산권에서 엽서가 도착할 수 있을 거라곤 생각지 않았지만 만약 도착한다면 주변에서 큰 의심을 받을 터였다.

그날 밤, 술을 너무 많이 마신 걸까. 다음 날 아침에 눈을 뜨니 목구멍에 이물감이 느껴졌다. 얼마 있자 가벼운 기침이 시작되었다. 기침은 가라앉지 않고 점점 심해졌다. 단골 병원에 가니 기관지염으로 갈 수 있으니 조심하라고 당부했다. 나는 기침의 원인을 알고 있었다. 분명 신경성이었다. 여권은 대사관에 맡겨둔 채로 도무지 돌려받을 기미가 보이지 않는다. 기침의 고통은 마치 내 몸이 공중에 매달린 것 같은 심리 상태에 기인한다. 하지만 어쩔 도리가 없었다.

나는 한국행 결정을 후회하기 시작했다. 대사관은 어째서 비자를 발급해주지 않는 걸까? 어쩌면 내가 공산주의와 인연이 있는 인물이 아닌지 의심해서 조사에 시간이 걸리는 게 아닐까? 『옥중 300일』을 다 읽고 난 후의 으스스한 독후감이 떠올랐다. 그렇다, 대학 2학년 때의 일이다. 신좌익 섹터에 소속된 동급생이 대립 섹터의 습격이 두려워 아파트로 돌아가지 않고 친구들 하숙집을 전전한 적이 있었다. 그때 부탁을 받아 아파트 주인에게 월세를 가져다주러 갔더랬다. 이 동급생이 석방된 후 은혜를 갚는다고 데려간 곳이 야키니쿠 가게였다. 첫 한국 음식 체험이었다. 만약 대사관이 그 일까지 철저히 조사한다면 어떻게 되는 걸까, 공상에 빠졌다. 그들은 비자 발급을 주저할까? 아니면 한국에 입국한 후 연행할 작정일까? 궁지에 몰린 기분이었다.

3월 1일, 대학에서 특별 행사가 있었다. 서울대학교에서 교편을 잡는 정한목 교수가 대학원 특별 연구원으로 일본에 왔다고 해서 강연회가 열렸다. 가게 될 나라의 학자가 하는 이야기를 들으면 조금이나마 마음이 안정될지도 모른다. 강연회에 가기 위해 집을 나섰다.

정 교수는 온화한 초로의 인물이었다. 그는 먼저 "여러분은 아마 알지 못하겠지만"이라고 운을 떼더니 "오늘은 우리나라에 있어 중요한 기념일입니다"라며 1919년 3·1 독립운동을 이야기했다. 그리고 일본과 한국의 문화 차이로 화제를 옮겨갔고 마지막으로 자작시를 낭독했다. 차분하고 기품 있는 일본어였다.

친목회 자리에서 몇몇 교수가 말을 걸었다. 한 명은 유학생이던 양 군의 지도 교수이자 에도 문화 연구로 저명한 인물이었다. 그는 이미 내가 서울에 간다는 사실을 알고 "김대중 이야기를 꺼내면 안 돼"라며 농담조로 말했다. 또 한 사람은 모리 오가이 연구서를 쓴 교수로 신년회 자리에서 유학생들을 앞에 두고 "천황 폐하 만세"를 외쳤다는 소문의 주인공이었다. 그는 일면식도 없는 나에게 일본 젊은이들은 예의를 모르기에 동방예의지국에 가서 유교를 배우는 편이 좋다면서 귀국 후 우익계 종합잡지 편집 일을 해볼 생각은 없냐고 물었다. 한국에서 돌아와 좌익 진영에 당당하게 정론을 던지는 것이야말로 지금 일본에 필요한 일이라고 덧붙였다. 옆에 있던 그 우익계 종합잡지 편집자가 명함을 건넸다.

서울이라는 땅에서 공산주의자로 오해 살까 봐 걱정하던 나는, 여기서 새로운 불안에 사로잡혔다. 한반도가 두 개의 정치체제로 분단된 지금, 한국행은 그 자체로 북한을 부정하는 의미로 통한다. 귀국 후 나를 어쩌면 우익으로 간주하는 게 아닐까, 걱정이 마음속에 움텄다. 모리 오가이 연구가인 교수의 제안에 결국 내가 우익 진영에 포섭될지도 모른다는 예감이 들었다.

누군가 나를 정한목 교수에게 소개했다. 교수는 나의 방한을 반가워했다. 자신은 앞으로 1년간 도쿄에서 지내기에 오늘 밤밖에 얘기할 기회가 없을지도 모르지만, 분명 당신은 우리나라에 있는 동안 여러 가지를 생각하게 되리라고 말했다. 그러면서 만약 시간이 된다면 부여라는 곳을 가보라고 덧붙였다. 부여는 지금은 작은 도시지만 일찍이 백제국 수도였고 자신이 태어난 고향이라면서 내 어깨에 오른손을 두르며 가볍게 안아주었다. 내가 한국행을 결심한 후 처음으로 경험한 격려의 몸짓이었다.

3월이 됐지만 상황은 아무런 진전이 없었다. 현국대학교 학과장인 김 교수한테 이미 수업이 시작됐는데 왜 오지 않느냐는 독촉 전화가 여러 번 걸려 왔다. 생각다 못해 한국대사관에 전화를 걸어봤지만 아무런 답변도 듣지 못했다. 기침은 점점 더 심해져 잠을 잘 수 없는 지경에 이르렀다.

비자가 발급된 것은 3월 28일이었다. 대사관 창구에서 받은 여권에는 보라색 잉크로 6개월짜리 단수 비자 직인이 찍혀 있을 뿐이었다. 1년짜리 신청은 받아들여지지 않았다. 게다가 반년 체류 연장을 하려면 현지에서 내무부로 가서 다시 수속을 밟아야 했다. 이런 헛수고가 또 있을까. 나는 피로감에 휩싸였다. 어중간한 허가증을 손에 넣기 위해 두 달에 걸쳐 암담한 기분을 강요받았다니. 분노를 느꼈다. 하지만 헛수고와 분노에 몸을 맡길 수는 없었다. 바로 그 길로 여행사를 찾아가 나흘 뒤인 4월 1일에 출발하는 비행기를 예약했다. 나리타공항은 이용하고 싶지 않아서^{1960년대부터 1970년대 초반까지 공항 부지를 위한 토지수용을 반대하}며 일어난 농민운동인 나리타투쟁을 염두에 둔 설정 굳이 하네다에서 이타미로, 이타미에서 서울 김포로 향하는 항로를 선택했다. 나는 작은 문어를 전화로 불러내 그날 신주쿠에서 마지막 저녁 식사를 같이했다. 역시 정말 가는구나, 그녀가 말했다. 헤어질 때 작은 문어에게 입맞춤을 하려 했지만 그녀는 거절했다. 기침이 멈추질 않았다.

출발하는 날은 날씨가 맑았다. 비행기 창문으로 후지산이 눈에 들어왔다. 상공에서 내려다본 산은 대지에 뚫린 구멍일 뿐이었다. 만약 대지가 피부병으로 뒤덮였다고 한다면, 후지산은 고름이 차서 부풀고 열이 나서 일부가 터져 함몰한 환부처럼 보였다. 이것이 일본이다. 나는 이 그로테스크한 대지의 함몰을 성소聖所로 여기는 사회로부터 이제 막 이탈하려는 참이다. 기내 이어폰에서 다카하시 유지가 연주하는 바흐의 〈파르티타〉가 흘러나왔다.

2장 도착 직후

사배이로·가무니다.

아무튼 이것만 기억해두세요. 제대로 집에 돌아올 수 있을 테니까.

아저씨는 그렇게 말했다. 내가 가장 처음으로 외운 한국어였다.

김포공항은 쾌청했다. 비행기에서 내려 공항 건물로 걸어가는 순간 건조한 공기가 느껴졌다. 입국 심사는 간단히 끝났다. 세관에서 군복 입은 담당관이 내 트렁크를 열고 책과 잡지를 한 권 한 권 꺼내 내용을 확인했다. 정치 기사와 누드 사진집을 찾는 것 같았다. 미리 알았던 터라 책장이 찢어발겨지는 일은 없었지만, 철저한 조사 방법에 일본과는 다른 나라에 왔다는 긴장감이 들었다. 카세트테이프리코더와 카메라에 대한 설명을 요구하길래 해주고 도착 로비로 향했다. 양 군이 마중 나와 있었다. 그는 싱글벙글 웃는 얼굴로 나를 택시에 태웠다.

공항을 빠져나온 차는 큰 강을 왼쪽에 두고 달렸다. 강은 폭이 1킬로미터 정도 될까, 드문드문 건너편으로 철교가 놓여 있었다. 다리는 모두 새것처럼 보였다. 시가지는 강 건너, 그러니까 북쪽에 자리했고 전부 신기루처럼 저 멀리 어렴풋이 떠 있었다. 곳곳에 고층빌딩이 올라가는 중이었다. 차가 주행하는 남쪽은 인적이 드물었고 공터가 눈에 띄었다. 수수한 주택과 고분 공원을 빼고는 두드러진 건물이 없어 거리라 부를 만큼 번화하지 않았다. 한가로운 풍경 속을 20분쯤 달리니 전방에 오래된 3층 건물 단지가 보였고 그곳을 지나치자 갑자기 고층 아파트 단지가 나타났다. 주위는 죄다 널찍한 공터였고 구획정리를 위한 철조망을 둘러쳤다. 그 공허한 공간 중앙에 큰 강을 바라보고 7층짜리 건물이 십여 동 줄지어 있었다. 양 군이 말했다. "이 아파트는 지어진 지 얼마 안 돼 서울에서도 평판이 좋습니다. 텔레비전 드라마나 영화 촬영지로 가끔 사용되는 것 같아요. 자, 여기가 잠실입니다."

잠실이라는 지명은 예전에 이 일대가 뽕밭이었다는 데에서 유래했다. 수만 마리 누에가 선반 위에서 먹이를 먹는 것처럼 지금은 수많은 인간이 획일적인 고층 건물 안에서 삶을 영위한다.

내가 멍하니 그런 생각을 하는 동안 차는 고층 건물 숲 사이로 스르륵 들어가더니 강을 면한 아파트 앞에서 멈춰 섰다. 이제부터 거주할 장미아파트였다. 나의 하숙집은 4층 모퉁이에 있는 3LDK^{방 세 개와 거실, 부엌으로 이루어진 주택} 구조로, 전체 넓이는 50평 남짓했다. 주인 이름은 신상민 씨, 오랫동안 부산 한 백화점에서 지점장을 지냈다고 한다. 몇 년 전 정년을 맞이한 후 이 아파트로 이사 왔고 아들 셋 모두 진로가 정해져 유유자적한 생활을 보내고 있었다. 일본이 미국과 전쟁을 시작한 해에 결혼했고 신혼여행으로 도쿄와 닛코에 다녀왔다고. 하이쿠와 등산이 취미로 젊을 적 '내지^{內地, 일본 본토}'에서 간행되는 『호토토기스』라는 잡지에 투고해 여러 번 소개된 적이 있었다. 그는 초면인 나를 향해 일본 시절 추억을 그리운 듯 이야기했다. 온화하고 친근한 말투의 일본어였다. 일본인인 내게 맞춰준 걸까, 그가 서울을 '게이조^{京城}'라고 말했음을 알아챘다.

신상민 씨는 자신을 아저씨로, 부인인 순자 씨를 아주머니라고 부르라고 했다. "신기한 일이네, 막내아들이 군대에 간다 싶더니 이번에는 일본에서 또 다른 아들이 찾아와 그 방에서 살게 됐잖아." 그는 이렇게 말하며 나를 환영해주었다. 큰아들은 부산에서 대형 가구점에 근무했고, 둘째 아들은 의대생으로 머지않아 군의관으로 복무할 예정이었다. 당신은 우리 둘째를, 그렇네, 미스터 신이라고 부르면 되겠어. 미스터 신은 나와 동갑으로 사려 깊은 느낌이 들었다. 그는 살짝 수줍어하며 "나이스 투 미트 유"라고 영어로 인사했다.

나는 아저씨와 계약했다. 셋째 아들이 쓰던 2평 남짓한 방에 아침저녁 식사 포함해서 매달 월세 13만 원을 낸다. 일본 엔으로는 6만 엔 정도다. 안내해준 방은 현관 바로 옆에 있었다. 처음으로 체험하는 온돌바닥은 서늘하고 매끈해서 깜짝 놀랐다. 창밖으로 한강이 보였다. 이미 해 질 녘이었기에 흐르는 강물은 보이지 않았다. 하지만 다리 양쪽 끝에 자리한 검문소 불빛만은 알아봤다.

사배이로 가무니다.

배울 때는 주문 같은 문장이었지만, 얼마 동안 서울에 머물며 언어에 익숙해지자 그 의미가 분석되면서 이해됐다.

한국에서는 숫자를 일, 이, 삼, 사…… 로 센다. '사백일'은 사四, 백百, 일一 즉 아파트 401호를 뜻하며 号는 '호'라고 읽는다. 다만 앞 음절 끝소리인 'ㄹ'과 결합해서 '로'가 되어버린다. 여기에 조사 '로'(~로 향하여)가 붙으면 '사배이로로'가 되지만, 회화에서는 무디게 발음해서 '사배이로'라도 상관없다. '가무니다'는 동사 '가다'(行く)에 'です·ます(~ㅂ니다)'가 붙은 활용형이다. 전체를 맞추면 '401호에 갑니다'라는 의미다. 거대한 고층 아파트 단지를 걷다 보면 어느 건물이나 다 똑같기 때문에 미아가 되고 만다. 그때 1층 경비원에게 그렇게 말하면 안내해줄 게다. 아저씨의 조언이었다.

이렇게 나는 서울특별시 강동구 잠실4동 장미아파트 7동 401호에서 하숙을 시작했다. 주소는 발음하면 소우루·트쿠뵤루시·강동구·자무시루사동·장미아파투·치루동사배이로. 미묘한 발음 세부를 단순화해서 이렇게 써보니 일본어와 한국어 사이에 한자 읽는 법을 둘러싸고 법칙 차이가 가로놓여 있음을 깨닫는다. 그것에 숙달되기까지 그다지 어려움은 없었다. 어쨌든 이것이 현지에서 배운, 첫 한국어 수업이었다. 나는 잠실이라는 이름의 내력을 떠올렸다. 일대에 뽕밭이 펼쳐진 광경을 마음속에 그리면서 잠에 빠져 들었다.

다음 날 아침, 일찍 눈이 떠져 살그머니 아파트를 빠져나와 주변을 산책했다. 조금도 다를 바 없는 고층 아파트가 십여 동 숲을 이루고 그 사이에 모래밭이 딸린 어린이 공원과 나무로 둘러싸인 주차장이 여기저기 자리했다. 국민학교 예정지로 보이는 공터는 담으로 둘러싸여 있었다. 그 옆은 공사 중으로 슈퍼마켓이 들어설 것 같았다.

장미아파트는 주위와 단절된 공간이었다. 광활한 공간 너머, 막 포장이 끝난 큰길 건너편에는 아무것도 없었다. 조립식 건물인 작은 우체국과 간이 판매대가 있을 뿐 나머지는 완전히 공터로 철조망이 둘러쳐져 출입이 불가능했다. 아마도 가까운 장래, 그곳에도 장미아파트와 같은 고층 아파트 단지가 들어서리라. 한국은 1970년대 경이로운 경제성장을 이뤘다. 출발 전

읽은 책 한 구절을 떠올렸다. 분명 대규모 인프라 건설이 진행되고 있었다.

바람이 살짝 불었다. 큰길 건너편 공터에서 일어나는 흙먼지 탓인지, 포장도로며 공사 현장 철책이 조금 더러웠다. 그래도 상쾌했다. 신기하게도 일본을 떠날 때까지 그렇게 심했던 기관지 부종이 흔적도 없이 사라졌다. 지독했던 기침은 비자 발급 지연과 아직 보지 못한 한국에 대한 극도의 긴장에 기인한 것이 분명했다. 실제로 서울 땅에 발을 딛자 무의식적으로 긴장이 풀렸다. 호흡하는 데 고통은 없었다. 건조한 대기를 힘껏 들이마셨다.

아침 식사를 끝냈을 무렵, 양 군이 데리러 왔다. 최 선생이라는 동료와 함께였다. 최 선생은 교토대학에서 농업화학을 전공하고 박사 학위를 취득했다. 양 군과는 유학생 시절부터 친한 사이였다고 한다. 우리는 큰길에 표지판만 세워진 버스 정류장에서 버스를 타고 한강을 건너 네 번째 정류장에서 내렸다. 거리 왼쪽 길을 조금 걸어가니 현국대학교 정문이 나왔다. 여기저기 물웅덩이가 패인 아스팔트 도로 양쪽으로 분식집을 비롯해 당구장, 문방구, 서점이 빈틈없이 늘어서서 대학가다운 활기를 드러냈다.

정문을 들어서자 분위기가 확 달라졌다. 넓은 부지는 녹지로, 곳곳에 대학 즉 일본으로 치면 학부 건물이 흩어져 있었다. 본관으로 통하는 길 양쪽에 가로수가 즐비했고 가는 곳마다 흰 바탕에 검은색 또는 붉은색 글씨로 표어가 크게 쓰여 있었다. 나는 의미를 물어보았다. 양 군이 아무 말도 안 하자 최 선생이 대신 "한층 더 약진을"이나 "정신유신으로 각성하자"라는 뜻이라고 설명했다. 표어의 홍수는 확실히 풍경과 어울리지 않았다. 부자연스러운 느낌이었다. 최 선생은 더 이상 아무 말도 하지 않았다.

본관은 새 건물로 작은 인공 호수 옆에 들어서 있었다. 가장 먼저 간 곳은 총장실이었다. 인삼차가 나왔다. 일본 연구 전문가가 아닌 총장에게 일본어로 이야기하면 실례가 아닐까 생각해서 영어로 인사했더니 총장은 막힘없는 일본어로 왜 일본어를 쓰지 않는지, 일본어로도 괜찮다며 차를 권했다. 그는 현국대학교가 1946년, 다시 말해 광복 이듬해에 농업이야말로 국가 초석이라는 이념 아래 건학된 곳임을 간단히 설명하며 작지만 부속 박물관이 있으니 시간 날 때 가보라고 말했다. 총장실 벽에는 태극기와 함께 뺨이 홀쭉하고 어두워 보이는 남자의 초상 사진이 걸려 있었다. 박정희 대통령이었다.

계속해서 조금 걸어 약간 높은 언덕 위 사범대학 건물로 갔다. 한국에서는 대학을 대학교로, 학부를 대학이라고 부른다는 사실을 이때 알았다. 사범대학에는 내가 교편을 잡을 예정인 일본어학과가 있었다. 아주 평범한, 지어진 지 얼마 되지 않은 3층 건물이었다. 학과 연구실이든 교실이든 '일본어'라는 표시는 없었다. 외국어학과라는 매정한 표찰만이 밖에 걸려 있었다. "아직 대학 안에서 '일본어'라는 단어를 정식으로 내걸기에는 여러 모로 저항이 있어서"라고 양 군이 미안한 말투로 말했다.

나는 학과 주임인 김윤숙 교수와 조교인 미스 리와 인사를 나눴다. 김 교수는 마른 데다 매우 신경질적인 분위기를 풍기는 여성으로, 자신은 시인이라고 말했다. 이미 국제전화를 여러 번 했던 터라 목소리가 귀에 익었다. 미스 리는 20대 후반 정도 됐을까, 일본어는 약간 이상했는데 통통한 체형에 친절한 느낌이었다. 한국에서는 남에게 말을 걸 때 '선생', 윗사람에게는 '선생님'을 붙이는 게 일반적으로 '미스'나 '미스터'라는 호칭도 자주 쓰이는 것 같았다. 미국 영향이 아닐까 생각했다.

마지막으로 또 한 사람, 일본인 중년 여성을 시간강사라고 소개받았다. 미국 대학에서 유학 중이던 한국인과 결혼해 이미 오랜 세월을 서울에서 보냈다고 한다. 지금까지 그녀 혼자서 일본어 회화 강좌를 담당했는데 최근 들어 학생 수가 급증하는 바람에 도저히 혼자서는 감당이 안 됐다. 그러던 차에 내가 조력자로 등장했다며 감사 인사를 했다.

학과 연구실 책장에는 최신 일본 고전문학과 현대문학 전집이 빼곡했다. 또 시초사 출판사가 발행하는 '현대시 문고 시리즈'가 가지런히 꽂혀 있었다. 김 교수의 선택이리라고 짐작했다. 일본에서 책을 거의 갖고 오지 않은 나는 이 책들로 강의 교재 걱정을 덜었다.

연구실 벽에도 박정희 대통령의 초상 사진이 걸려 있었다.

분명 공적 장소에는 의무적으로 걸게 되어 있나 보다. 나는 일본에서 전전戰前 시대 국민학교에 내걸렸다는 천황 초상화를 떠올렸다. 일본 메이지유신을 모방해 '정신유신' 같은 말을 고안하고 국민에게 강요하는 독재자인 만큼 당연히 여기에도 모방의 힘이 작동하리라. 다만 이 나라에 와서 아직 아무것도 모르는 내가 조심성 없이 입에 담기가 꺼려졌다. 자신들이 전 종주국 관습을 답습하고 있음을, 다른 사람도 아닌 일본인한테 지적받는다면 기꺼이 수긍할 한국인은 없을 테니까.

다음 날부터 바로 수업이 시작됐다. 내가 맡은 강의는 3학년 일본어 회화와 4학년 일본어 강독으로 여덟 시간이 채 안 됐다. 3월 한 달을 휴강한 탓에 어느 정도 보강을 해야 했지만 도쿄에서 보낸 분주한 나날에 비하면 훨씬 여유로운 시간표로 생활하겠다는 생각이 들었다. 3학년은 스물일곱 명으로 남녀 비율은 반반이었다. 4학년은 스무 명으로 전원이 여성이었다. 나는 3학년에게는 일본 대중음악을 들려주고 청취를 시킨다는 대략적인 방침을 세웠다. 4학년 수업은 다자이 오사무의 『달려라 메로스』를 강독 교재로 지정하고 미스 리에게 문학 전집에서 찾아 인원수만큼 복사해달라고 부탁했다. 이를 단서 삼아 우선 학생들 분위기와 일본어 실력을 확인해볼 요량이었다. 하지만 교실에 들어간 지 5분도 되지 않아 내 계획이 생각대로 되지 않을 것임을 깨달았다. 시험대에 오른 사람은 학생들이 아니고 나였다.

미스 리가 방금 건네준 출석부에는 전 학년 학생 이름이 전부 한글로 적혀 있었다. 박병협, 이옥희, 김정, 임진영, 김영미, 박선영……. 이름을 순서대로 읽으며 출결을 확인하기란 일본 출발 직전 급하게 한글 발음 원리를 머리에 주입했을 뿐인 내 능력을 뛰어넘는 일이었다. 그래도 시행착오 끝에 횡설수설하며 3학년 전원 이름 부르기를 끝낸 나는 또 다른 사실을 알아챘다. 출석하지 않은 학생은 '결석' 처리한다고 말을 꺼낸 순간, 학생들 사이에서 웃는 소리가 새어 나왔다. "결석이에요"라고 거듭 주의를 주자 또다시, 아니 이번에는 더욱 큰 웃음소리가 터져 나왔다. 나중에야 한국어에서 최대 욕 중 하나인 개새끼^{일본어 결} ^{석의 발음이 개새끼와 비슷하다}라는 말이 짐승만도 못한 개 같은 새끼라는 뜻임을 알았다. 나는 그 자리에 있지도 않는 학생을 향해 뜻도 모른 채 욕을 내뱉은 데다 어설픈 말투였기에 학생들에게 우스꽝스럽게 보였던 모양이었다.

학생들은 모두 성실했고 떠드는 사람도 없었다. 그런데 가장 열심히 강의를 듣던 학생이 다음 주에는 갑자기 자취를 감추거나 학기 중간에 미지의 학생이 수강하는 일이 일어나곤 했다. 학생 수는 미묘하게 늘었다 줄기를 반복했다. 이것도 설명을 듣고 이유를 알게 됐다. 징병제였다.

한국 남자에게는 병역 의무가 주어진다. 육군의 경우, 약 3년이다. 대학생은 스무 살 즉 입학해서 3학년쯤에 병역 의무를 이행하는 것이 일반적이었다. 학기 중간에 병역을 마친 학생이 갑자기 나타나는가 하면 반대로 바로 전날까지 강의를 듣던 학생이 입대해버린다. 결과적으로 남학생이 학점을 모두 채우고 졸업하는 건 스물다섯이 되어서다. 한국은 세는 나이로 계산하는 풍습이 있으니 스물여섯인 셈이다. 대학 입시에 실패해 재수라도 한다면 그 나이는 더욱 늦어진다.

아직 군대에 가지 않은 학생과 병역을 마친 학생은 잠깐이라도 이야기해보면 어딘지 모르게 달랐다. 군대를 모르는 학생은 아직 애티가 났고 어딘가 붕 떠 있는 것 같았다. 군대를 아는 학생은 분명하게 이야기를 하고 말에 규율과 질서를 중요하게 여기고 있음이 엿보였다. 내가 군대 시절을 물어보려고 해도 그들은 엄중한 비밀이라면서 쉽게 입을 열지 않았다. 대학을 막 졸업하고 사회 경험이 전혀 없는 스물두 살짜리가 이런 '베테랑' 학생 앞에서 교사 노릇을 하자니 다소 마음이 불편했다. 그렇다고 외국인 교사가 군대를 모를지언정 또 비록 자기들보다 연하에 한글조차 만족스럽게 읽지 못할지언정 학생들이 교사인 나를 깔보거나 건방진 태도를 보이는 일은 전혀 없었다. 그들이 살아가는 사회에서는 일상생활 구석구석에 유교가 침투한 덕에 교사는 가장 존경받아야 할 존재로 여겨졌다.

교실에서 전투복 차림의 남학생은 눈에 띄었다. 군복을 입은 채로 수업을 듣는 학생도 있었다. 일주일에 한 번, 오후에 군사교련 시간이 있었다. 또 일반 학생과는 별도로 ROTC(예비역 장교훈련대)라고 해서 대학 졸업 후 곧바로 소위로 임관하는 제도를 선택한 학생이 여러 명 있었는데 그들은 감색 제복을 입었다. 그들은 일반 학생들에 비해 보다 엄격한 군사훈련을 받으며 자랑스러워했다. 일반 학생은 그들과 거리를 두고 가깝게 지내려고 하지 않았다. 군대가 겉으로 드러났다. 그것도 곳곳에서 공공연하게 드러났다. 나는 그렇게 느꼈다. 징병제 유무는 일본과 한국의 대학 사이를 가르는 결정적인 요소였다. 이렇게 4월이 눈 깜짝할 사이에 끝나가고 있었다. 캠퍼스에는 노란 개나리꽃이 활짝 피었고 바람이 불면 하얀 버들강아지가 춤추는 아름다운 계절이었다. 나는 출석부에 적힌 한글 이름을 매끄럽게 읽게 됐고 그에 따라 쉰 명이 채 안 되는 학생 대부분 얼굴과 이름을 일치시켰다.

다양한 학생이 있었다. 모두 공부에 열심이었고 수업에 적극적이었다. 일본 학생들과는 다르게 이해가 안 되는 말이 있으면 바로 손을 들고 질문했다. 3학년 정도 되면 결코 완벽하지 않더라도 일본어로 의사소통이 가능했기에 강의가 끝나면 반드시 몇 명은 내게 말을 걸어왔다. 4학년 중에는 미야자와 겐지로 졸업논문을 준비한다고 말하는 학생도 있었고, 시내 일본어 원서를 파는 서점에서 마음에 드는 소설을 발견해 읽는다는 학생도 있었다. 나는 강의와는 별개로 그들과 이야기하는 것을 좋아했다. 그들 역시 느닷없이 나타난, 나이 차이가 거의 나지 않는 일본인에게 강한 흥미를 느꼈다. 시간강사인 여성을 제외하면 나는 그들 대부분에게 처음으로 말을 걸어본 일본인이었다.

오전 강의가 끝나면 언제나 정문 앞 여러 채 늘어선 분식집으로 발걸음을 옮겼다. 교내 교직원용 식당에서 되도록 교사는 식사하라는 이야기를 들었지만 길거리 식당을 가보고 싶었다.

캠퍼스를 가로질러 걷다 보면 방금 전까지 수업을 듣던 학생이 말을 걸어온다. 학생 두세 명에게 같이 가자고 하면 그 두세 명이 또 다른 학생에게 말을 건다. 이 나라에서는 혼자서 밥을 먹는 일이 죄악인지, 아니면 엄청난 불행으로 여기는 것 같았다. 우리는 항상 대여섯 명 무리를 지어 식당으로 들어갔다. 라면, 그러니까 인스턴트 라면에 채소를 약간 얹어서 200원. 냉면과 비빔밥이 300원이었다. 일본 엔으로 환산하면 80엔과 120엔이 된다. 당시엔 물가를 가늠할 수 없었는데 적어도 음식 물가는 싸다는 사실을 알고 안심했다.

학생들의 식사 방식은 일본과는 크게 달랐다. 그들은 우선 양손으로 젓가락을 한 개씩 잡고 금속 그릇에 든 음식을 재빠르게 섞었다. 국물을 마실 때는 일본처럼 그릇을 손으로 들지 않고 숟가락을 사용했다. 라면의 면을 다 먹고 난 다음에는 미리 갖고 온 도시락밥 위에 국물을 붓고 탁자 위에 놓인 무제한 김치를 듬뿍 올려 먹는다. 김치 그릇은 비우기 무섭게 새로 채워진 그릇이 나온다. 앞 접시도 덜어 먹는 젓가락도 없다. 여러 명이 하나의 그릇을 차례로 돌려가며 밥을 나눠 먹는 일이 흔하다. 된장국을 주문하면 큰 그릇에 찰랑할 정도로 가득 담겨

탁자 중앙에 놓는다. 각자 자기 숟가락으로 떠서 입으로 가져간다. 보리차가 든 주전자를 찾으면 찻잔 대신 주전자 뚜껑에 요령껏 따라 마신다. 주전자 주둥이에 직접 입을 대고 마시는 남학생도 있었는데 이를 나무라는 사람은 없었다. 나는 거기서 군대 체험의 흔적을 발견했다.

식당에서 계산할 때면 항상 누군가가 다 계산했다. 비록 학생들끼리라도 각자 낸다는 습관은 없었다. 늘 누군가한테 얻어먹기만 해서 오늘이야말로 꼭 내가 내고 말겠다는 심산으로 점심 식사에 임해도 간발의 차로 누군가가 점심값을 모두 치르고 만다. 습관이라고 하지만 학생이 결코 풍족하게 생활비를 받을리 없다. 여러 명의 밥값을 내다니 상당히 부담이 될 텐데. 하지만 그들은 마치 밥값을 신경 쓰는 일 따윈 하찮다는 듯이 화제에 올리기를 피했다.

정문 앞 분식집 거리 뒤편에는 미로 같은 뒷골목이 펼쳐졌다. 길 위는 부서진 연탄재로 더러웠고 벽돌담에는 영화 포스터가 찢긴 데다 여러 겹으로 붙어 있었다. '간첩 신고' 전단 밑에는 아이들이 쓴 한글 낙서가 보였다. 문득 생각나서 해 질 녘에 산보를 시도했는데 좁고 구불구불한 골목길은 여러 갈래로 갈라져 한층 더 앞을 가늠할 수 없었다. 양옆으로 흙먼지를 뒤집어쓴 초라한 단층집이 끝없이 늘어섰다. 작은 물웅덩이를 피해가며 발길을 옮기니 돌연 판석이 깔린 광장이 나왔다. 이발소가있고, 자전거 가게가 있고, 막과자 가게가 있다. 더러워진 유리창 안쪽을 살짝 들여다보니 남자 여러 명이 족발을 안주 삼아 조용히 소주를 마셨다. 끝없이 이어질 것처럼 보였던 골목길은 어느 순간 갑자기 끊겼다. 가옥이 철거되어 지면이 거칠게 드러났다. 고속도로 건설을 위한 토지 재개발이 진행 중이었다.

일본어 회화 시간에 일본을 향해 보이는 학생들 태도는 실로 다양했다. 자라온 가정환경과 교육, 시대 분위기가 반영되었지만 그 이상으로 제한된 정보 속에서 그들이 얼마나 진지하게 고민하고 사고를 구축해왔는지를 보여주었다. 일본 대학생들과 비교가 안 될 정도로 활발히 발언하고 질문을 던졌다.

국민학교에서 선생님한테 일본인은 우리나라를 여러 번 침략했고 수많은 절과 궁궐을 불태웠다고 배웠습니다, 라고 말하는 학생도 있었다. '일제시대' 때 우리나라 사람이 강제로 끌려가 탄광 등지에서 가혹한 노동을 강요당했다고 사회과 수업에서 배웠다는 학생도 있었다. '일제시대'가 무엇이냐고 물었더니 일제시대 즉 일본 제국주의 시대를 가리킨다고 알려주었다. 이 단어는 내가 한국에서 지내는 동안 가는 곳마다 들었다. 학생들이 보여준 일본 사정이 적힌 교과서 첫머리에는 한국과 일본의 농촌 차이를 보여주는 컬러 도판이 실려 있었다. 한국은 넓은 농지에서 트랙터를 조작하는 청년이, 일본은 초가집 지붕 아래 작은 밭을 경작하는 노인이었다.

한편 만약 일본에 갈 기회가 생긴다면, 이라는 질문에 "천황

폐하에게 인사를 올리고 싶다"고 정확하게 경어를 써서 대답하는 학생도 있었다. 일본에는 조총련이라는 위험한 조직이 있어서 조심해야 한다고 대답하는 학생도 있었다. 내가 다시 물어보니 조선총련을 말하는 것이었다. 5년 전 재일 한국인 청년이 이 조직의 명령을 받아 대통령 암살을 시도, 곁에 있던 부인이 생명을 잃은 사건이 아직 기억에 생생했다.

오사카에 사는 친척이 여러 명 있어서 어렸을 때 한 번 놀러 간 적이 있는데 오사카 사투리는 표준어와는 꽤 달랐다면서 선생님은 오사카 말을 알아들을 수 있냐는 질문을 받기도 했다. 우리나라는 반드시 일본을 따라잡겠죠, 일본이라는 나라가 이웃해 밤낮으로 그 모습을 가까이 지켜보는 한 그것은 논리적으로 옳은 일이라고 생각합니다, 라고 결의에 찬 선언을 하는 여학생도 있었다.

강의가 끝난 후 연구실에 있는 나한테 개인적으로 찾아오는 학생도 있었다. 교실에서의 대화는 자칫하면 공식적인 발언이 되기 쉬운데 소수 인원이 되면 학생들이 생각지도 못한 이야기를 꺼내 나를 놀라게 했다.

어떤 학생은 약혼자가 사우디아라비아에서 일한다면서 메카 중앙에 자리한 성소의 검은 돌이 그려진 우표를 주었다. 그녀는 우표 수집에 흥미가 있는지 어떻게 해서든 북한 우표를 손에 넣고 싶어 했다. 하지만 소장하다가 발각되면 범죄가 되고 애당초 입수 방법을 알지 못한다고 했다. 남학생 중에는 더욱 나를 기겁하게 만드는 호걸이 있었다.

서낙호라는 학생은 모르는 일본어가 있으니 알려달라며 찾아왔다.

"선생님, '보쿠짱어린 남자아이를 부르는 호칭'이라는 말은 일본에서 자주 쓰나요?"

"보쿠짱?"

"이 책에서 여자가 남자를 그렇게 부르던데요."

그가 내 앞에 내민 책은 가와카미 소쿤의 신간 소설이었다. 내가 모른다고 하자 그는 남녀 교합의 자세한 기법과 여성 성기의 특수한 호칭을 질문했다. 도대체 이런 책을 어디서 발견했냐고 묻자 그는 태연한 얼굴로 아버지가 책장 뒤쪽에 일본 포르노 소설을 수십 권 감춰놓았고 자신이 그중 한 권을 꺼내 가져왔다고 했다. 주간지에 실린 누드 사진은 검열 대상이었지만 일본어 서적 내용에 아무리 에로틱한 묘사가 있더라도 전혀 문제가 되지 않는 모양이었다.

나는 이 학생을 '보쿠짱'으로 기억했다. 그는 밝고 싹싹한 성격의 소유자로 일본 연극에 강한 호기심을 갖고 있었다. 동영상으로 가부키를 봤다면서 언젠가 도쿄나 교토에서 본고장 무대를 보는 것이 꿈이라고 했다. 내가 수업 중에 '보쿠짱'이라고 부른 일을 계기로 그는 교실에서도 그렇게 불렸다.

보쿠짱에 의하면 내가 서울에 도착하기 바로 전, 촌상룡村上 龍, 소설가 무라카미 류의 이름 독음의 아쿠타가와상 수상작 『한없이 투명한 블루』가 화제가 되어 여러 종류 번역본이 등장했다고 한다. 당국이 외설 문서로 발매 금지하자 오히려 불에 기름을 부은 결과를 낳아 더 많은 해적판이 나돌았다. 무엇보다 에로티시즘을 기대한 대다수 독자는 실망해 소설을 읽다 도중에 던져 버렸다고.

일본 소설가 중에 누구를 아느냐고 학생들에게 물어보면 지명도가 높은 작가가 미우라 아야코와 야마오카 소하치였다. 미우라의 인기는 기독교 죄의식을 바탕으로 한 멜로드라마『빙점』를 썼다는 점에 있었다. 기독교도가 인구의 30퍼센트를 차지하는 한국에서는 그녀가 그리는 이야기가 국적과 민족을 초월해 자기 일처럼 받아들여졌다.

야마오카 소하치의 지명도에는 한국인의 도쿠가와 이에야스 편애라는 역사적 사정이 어느 정도 작동했다. 두 차례에 걸쳐 조선 땅에 군사를 진군시킨 도요토미 히데요시가 증오해 마땅한 악이라면, 그 후에 권력을 장악하고 조선과 화친을 꾀하며 장기적으로 안정적인 정치체제 기초를 구축한 도쿠가와 이에야스는 현군으로서 호의적으로 받아들여졌다. 야마오카가 쓴 전기소설은 『대망』이라는 번역 제목을 부여받아 사업가들 필독서라는 평판 속에 한 집당 한 권이 있을 정도로 증쇄를 거듭했다.

두 소설가에 대한 서민적 인기가 우리 학생들이 그들 작품을 적극적으로 수용하고 있음을 의미하는 것은 아니었다. 일본어를 배우는 젊은 학생들에게 가장 인기 있는 일본 소설가는 다자이 오사무였다. 어느 여학생은 『인간 실격』이야말로 자신의 바이블이라며 자기에게 만약 『사양』에 등장하는 동생이 있다면 어떨지 늘 상상한다고 말했다. 또 다른 학생은 일본어 서적을 판매하는 서점을 발견했다며 젊은 여성 에세이스트가 쓴 『지적인 악녀의 추천』이라는 번역서를 보여주었다. 이 사람은 긴자의 넘버원 호스티스였다고 하는데 선생님은 아시나요? 그녀가 물었다. ROTC 제복 무리 중에서 미시마 유키오의 『우국』을 읽는다는 학생을 발견했을 때 그와 적극적으로 이야기해보고 싶었다. 미시마가 말년에 주창했던 천황중심주의와 군국주의야말로 한국에게 숙적이 아닌가라는 생각이 내 안에 있었다. 실제로 군대 생활을 체험하고 쿠데타로 권력을 빼앗긴 이후의 사회를 살아가는 한국인 입에서 미시마 문학과 행동을 비평하는 의견을 들어보고 싶었다.

의외로 이 학생은 미시마를 『우국』으로만 알았고, 게다가 깊이 심취해 있었다. '세계 애국문학 걸작집'이라는 제목으로 앤솔로지가 증쇄를 거듭했고, 『우국』은 그 시리즈 중 하나로 번역 출간됐다. 우리나라에는 미시마 같은 애국자가 필요하다고 학생은 말했다. 그럼 친구들과 황제 중 누군가를 선택해야만 하는 입장에 놓인다면 너는 어떻게 할 것이냐고 물었다. 그때는…… 그때는, 말하려다가 그는 잠시 침묵한 후 대답했다.

"선생님, 우리나라에는 더 이상 목숨을 걸 만한 황제 따위 없습니다. 조선 왕조 이씨는 애초에 양반 가문 중 하나에 불과했습니다. 지금은 그 후손들이 일본인이나 서양인과 결혼해 순수한 민족 혈통을 잃어 국민의 신망과는 거리가 멉니다. 왕가 부활은 더는 누구의 관심사도 아닙니다." 하지만 학생의 다음 말은 전혀 예상하지 못한 것이었다.

"만약 우리나라에 일본처럼 왕정이 존재했다면 남북통일은 훨씬 더 쉽게 이루어졌을지 모릅니다. 김일성의 권력 등을 가볍게 다룰 만한 상징적인 존재가 만약 한국에 있었다면 말입니다……."

나는 충격을 받았다. 이 학생이 미시마의 『우국』에 공감하고 군대 안에서도 엘리트 코스에 해당하는 ROTC 길을 선택한 데에는 일관성이 느껴졌다. 앞서 이야기한 보쿠짱은 ROTC를 Royalty of Twist Champion, '트위스트 챔피언 왕족 일가'라고 부르며 공공연히 비웃었다.

왜 대학에서 일본어 공부를 택한 걸까? 학생 모두가 똑같이 고민하는 문제였다. 영어를 전공한다고 하면 이해가 간다. 독일어나 프랑스어여도 학문으로서 익힐 가치가 있다. 그런데 하필이면 어째서 하나밖에 선택할 수 없는 대학 전공을 일본어로 택한 것일까? 외국어학과에 소속한 학생들은 가정에서도, 고등학교 동창회에서도, 아르바이트하는 곳에서도 항상 똑같은 질문을 받고 대답해야만 했다.

외국어 학습은 대부분 그 언어를 사용하는 나라를 향한 강한 동경을 동반한다. 파리 샹송에 매료된 사람은 프랑스어를 배우고 아메리칸 뉴시네마에 공감하는 사람은 영어를 선택한다. 전혀 이상할 게 없다. 하지만 일본어는 사정이 다르다. 무려 36년 동안 식민지 지배가 있었고 수많은 고통과 굴욕을 안겨준 옛 종주국에 한국인이 소박한 동경을 품기에는 너무나 큰 희생을 치렀기 때문이다. 설령 문화와 예술에 강한 관심을 갖고 있더라도 공언하기에는 감정적으로 거리낌이 있다. 더군다나 대학에서 일본어를 전공한다고 하면 당연히 주위에서 이상하게 여긴다. 물론 딱 한 가지 좋은 탈출법이 있다. 일본어를 전공해 교원 자격을 획득하면 중·고등학교 일본어 교사로 임용된다. 4학년 학생들 반 이상이 여학생인 이유 중 하나다. 하지만 이런 실용적 목적과는 별개로 어느 날 우연히 일본 문화와 문학에 공감해 연구해보고 싶다고 결심한 사람은 어떻게 하면 좋을까. 일본어 교사로서 잠시 교단에 서는 동안 이 문제가 학생들 사이에서 꽤 심각했음을 알게 됐다.

어느 날 4학년 여학생이 학생들 리포트를 모아 개인 연구실에 있던 내게 가져다주었다. 용건을 마쳤는데도 전혀 나가려 하지 않았다. 얼굴을 바라보니 매우 진지한 표정을 하고 있었다. 마치 무언가 결심한 것 같은 느낌이었다. 그녀에게 의자에 앉으라고 권한 후 이야기를 들어보기로 했다.

"선생님은 아시나요? 우리 외국어학과 학생들은 영어학과나 프랑스어학과에 미묘한 감정을 갖고 있어요. 열등감이라기에는 조금 다를지 모르겠지만 왠지 떳떳하지 못하고 복잡한 감정이에요." 그녀가 말을 꺼냈다. "우리는 일본어를 공부하는데도 외국어학과 학생으로서, 사람들 앞에서는 '외국어'를 공부한다고 말해야만 하죠."

이 학생의 할아버지는 젊은 시절 만주에서 항일운동에 참여했다. 조국이 해방되고 서울로 돌아온 후에도 일관되게 일본은 숙적이라는 생각을 잃지 않은 채 살아왔으며 현재 예순다섯 살이다. 그녀가 상경해 대학에서 일본어를 전공한다고 했을 때 그는 무서운 얼굴로 호통쳤다. 일본어 따위 배울 필요가 없다. 그런 천한 패거리가 쓰는 말을 최고 학부에서 배우다니 대체 무슨 의미가 있느냐. 기세 강한 말투에 압도당한 그녀는 대학에서 프랑스어를 배운다고 거짓말을 하고 마침내 입학 허락을 받았다. 지금도 고향 부모님께 보내는 편지에는 프랑스어학과에 재학 중이라고 적는다. 사실을 말하자면 자신만 이렇게 허위 상황에 처한 것이 아니다. 선생님도 잘 아는 모 군도, 모 씨도, 고향에는 영어나 중국어를 전공한다고 말하며 일본어를 배운다. 만약 진실이 발각된다면 생활비 송금은 중단될지도 모른다. 자신들은 4학년이 될 때까지 학과명을 '일본어학과'로 부를 수 없음을 굴욕처럼 받아들였는데 드디어 졸업 학년이 되자 이제는 다른 생각을 하게 되었다. 졸업장에 '일본어학과'로 표기된다면 할아버지를 비롯한 친척 모두가 자신을 가문의 수치라고 여길 것이다. 하지만 이런 안도감마저도 어떤 의미에서는 더한 굴욕이 아닐까 생각하면 더는 견딜 수 없는 기분에 사로잡힌다.

그녀는 대략 이런 이야기를 했다.

"자네는 왜 일본어를 공부하지?"

"많은 여자가 중등교원 자격증을 따서 선생님이 되고 싶어 해요. 하지만 저는 특별히 중학교 선생님이 되고 싶지도 관광 비즈니스 세계에 진출하고 싶지도 않아요. 제가 일본어를 공부하는 이유는 일본 책을 읽고 싶기 때문이에요. 그뿐이에요."

"일본 문학이 좋은 거군요."

"그것도 아니에요. 일본에는 민주주의가 있기 때문이에요. 저는 민주주의 관련 책을 읽고 싶어요. 선생님은 아시나요? 우리나라에서 전쟁이 끝난 게 1953년이에요. 일본은 1945년이니까 8년 뒤처진 셈이지요. 가장 큰 차이점은 일본은 그 후 민주주의 국가가 됐지만 한국은 그 후 쭉 독재자의 나라였다는 거예요. 저는 물론 한국인이니까 일본이 우리나라를 강제적으로 병합한 행위는 용서할 수 없습니다. 하지만 일본은 이미 30년 넘는 민주주의 역사가 있고 징병제도 군대도 없잖아요. 베트남에 군인을 파병해 돈벌이도 하지 않았어요. 그에 비해 한국은 군인들 나라에요. 왜 이런 차이가 생겨났는지를, 일본에 가서 공부하고 싶어요."

나는 바로 대답할 수 없었다. 눈앞에 있는 학생만이 아니었다. 그 밖에도 몇몇 학생들이 일본어를 공부한다는 사실을 숨긴 채 대학 생활을 했다. 그중에는 가와카미 소쿤의 팬도, 다자이 오사무에 심취한 사람도 섞여 있다는 사실에 동요했다. 그들은 내 앞에서는 아무 말도 하지 않았지만 한국과 일본이라는 두 개 언어와 사회의 틈바구니에 끼어 때로는 몸이 찢어지는 아픔을 경험했다.

그들의 부모 세대까지는 황민화 교육 덕에 나름대로 일본어를 이해했다. 조부모 세대는 완벽하게 일본어를 할 줄 알았다. 부모 입장에서 본다면 일본어는 자연스럽게 몸에 배는 언어니 대학에서 전공할 가치가 없다고 생각해도 이상하지 않다. 식민지주의의 잔혹함을 틈새로 엿본 것 같은 기분이 들었다. 정확히 말하면 일본 통치하의 세대는 일본어'로' 공부했고 해방 후 오늘날 세대는 일본어'를' 공부했다. 한국 현실에 강한 의문을 품은 젊은이가 보다 나은 사회를 꿈꾸며 굳이 기피하는 학과인 일본어를 선택하다니. 가볍게 발을 들여놓지 못할, 진지한 무언가가 느껴졌다.

서울에 도착하기 전 느꼈던 기댈 곳 없는 심정을 떠올렸다. 고립되고 방치된 것 같았더랬다. 하지만 매일 마주하는 학생들의 굴절된 감정에 비하면 그 감정이 얼마나 하찮은지. 생각지도 못한 질문이 던져졌다. 이것이 내가 이 나라에서 받은 첫 번째 질문이었다.

4월이 끝나갈 무렵, 나는 첫 월급을 받았다. 본봉이 26만 7,000원. 거기서 소득세 2만 3,760원, 주민세 1,782원, 국방세 2,376원을 빼면 손에 쥐는 돈은 23만 9,082원이었다. 하숙비 13만 원을 내면 10만 원쯤 남는다는 계산이 나온다. 일본 엔으

로는 4만 엔이지만 서울 물가가 도쿄의 절반 정도 되니 낭비하
지 않는 한 어떻게든 꾸려나가겠지. 나는 낙관했다.

3장 성곽도시 서울

1979년 서울은 생활 감각에서 봤을 때 지금의 절반 정도 크기였다. 그 후 한강 이남이 급속히 발전해 '신시가지' 분위기를 형성하면서 옛 서울은 '구시가지'라는 다소 구닥다리 의미가 담긴 이름으로 불린다. 그러나 내가 머물던 1970년대는 이 구시가지야말로 수도의 중심지였고 옛 도읍지 면모를 어느 정도 간직한 활기찬 도시였다.

구시가지의 근간은 조선시대 '한양'으로 불리다가 일제강점기 '경성'으로 이름을 바꾸고 근대 도시가 된 성곽도시였다. 한국이 독립하자 서울은 '특별시'로 승격했고 한국전쟁 휴전 이후 1960년대 성 밖 주변 지역을 합병하며 크게 팽창했다.

배산임수에 남쪽으로는 구릉, 산이 옷깃처럼 둘러 솟고 강이 띠처럼 감도는 서울은 풍수상 이상적 조건을 갖추었다. 구시가지 주변은 바위산으로 둘러싸여 중심부에는 청계천이 서쪽에서 동쪽으로 흐른다. 이 땅에서 이치를 보고 덕으로 여기며 수도로 정한 사람은 지형 전체가 여성 생식기 모양을 닮도록 도시를 설계했다는 말이 있다. 옛 지도를 보면 그럴 수도 있겠다 싶지만 진실은 알 수 없다. 근대화가 진행될수록 성곽도시를 둘러싸던 성벽은 차례차례 철거되었다. 지금은 남대문이나 동대문 같은 성문과 혜화동 성벽 등을 제외하면 옛 성곽도시 경계를 짐작할 흔적은 거의 없다. 성문 밖에 만들어진 시장은 거대한 규모로 확대되었다. 한국이 고도 성장기에 접어들 무렵 청계천은 속도랑으로 바뀌었고 주위에 시장과 슬럼이 형성되었다.

구시가지에서 남쪽으로 발걸음을 옮기면 큰 물줄기인 한강이 도도히 흐른다. 북한의 산중을 수원지 중 하나로 삼아 동쪽에서 서쪽으로 흐르는 강은 서울을 거쳐 인천 앞바다에 이른다. 강폭은 1킬로미터에 달하고 곳곳에 거대한 다리가 놓여 있다. 한강 남쪽을 '강남'이라고 부른다. 현재는 서울 번화의 중심이 강남으로 옮겨가서 구시가지 번화가는 쇠퇴의 조짐을 보인다. 물론 1970년대만 해도 강남은 아직 토지 조성과 개발이 진행 중이었기에 '신시가지'라고 불릴 정도에 이르지는 못했다. 서울의 핵은 한강 북쪽 즉 구시가지 좁은 구획 안에 거의 다 들어가 있었다.

현국대학교는 도심 동쪽 외곽, 지도에서 보면 금방이라도 한강으로 흘러내릴 듯한 곳에 위치했다. 옆에는 화양동이라는 작은 번화가가 자리했고 뒤편으론 모진동이라는 서민 동네가 펼쳐졌다. 나는 매일 버스를 타고 건너편 강가에 막 지어진 고층 아파트에서 대학교까지 한강을 가로질러 출퇴근했다. 버스는 어느 시간에 타도 만원이었고 뒤쪽에서 검은 배기가스를 대량으로 뿜어내며 느릿느릿 달렸다.

민영 전철은 존재하지 않았다. 지하철은 겨우 1호선이 서울역에서 동대문을 지나 청량리까지 막 이어진 참이었고 총 길이가 10킬로미터도 채 되지 않았다. 택시는 미터기 따위는 있으나 마나 해서 같은 방향으로 가는 손님 두세 명이 합승하고 요금은 흥정해 지불하는 게 보통이었다. 자연스레 교통수단은 버스에 의존했다.

버스 노선은 목적지에 따라 무서울 정도로 세분화되어 모세혈관처럼 도시 전역을 순회했다. 토큰 판매소에서 『버스 노선 안내』라는 책을 샀다. 문고본 절반 크기에 130쪽 분량으로 1번부터 1007번까지 모든 버스의 경로가 빽빽하게 작은 글씨로 설명되어 있었다. 한자는 한 글자도 없이 전부 한글이었다. 정류장 앞에 서서 줄 서는 습관이 전혀 없는 승객들의 소란 속에서 이 안내서를 해독하며 목표로 하는 버스를 찾는 일이 나의 시내 탐험을 위한 필수과목이었다.

대학에서 명동이나 종로, 신촌 등 시내 번화가로 가려면 버스를 타고 정류장에 내려 조금 걷든지, 아니면 어딘가에서 버스를 갈아타야 했다. 사방팔방 폭이 다른, 울퉁불퉁하고 물웅덩이 투성이인 도로를 버스는 아랑곳하지 않고 달린다. 여기에 끔찍한 교통 체증이 더해진다. 목적지에 도착할 때까지 항상 40분 정도를 만원 버스 안에서 보냈다.

18번, 68번, 510번, 588번. 버스 천장에 달린 스피커를 통해 줄곧 라디오에서 틀어주는 가요가 음성이 갈라진 채 흘러나왔다. 어떤 버스든 기름때로 반질반질해진 검은 제복을 입은 차장이 높은 목소리와 독특한 억양으로 다음 정류장을 안내했다. 아직 앳된 얼굴을 한 차장들은 한결같이 몸집이 작았다.

어느 날 교차로 앞에서 길이 막혀 버스가 꼼짝도 못 했던 적이 있었다. 차장은 바로 버스에서 내려 가게 쪽으로 달려갔다. 승객들이 이상하게 여기며 창밖을 내다봤다. 그녀는 아이스케이크 두 개를 손에 쥐고 뛰어왔다. 차장은 한 개를 운전석에 앉은 동료에게 건네주곤 늘 그렇듯 높은 목소리로 다음 정류장 이름을 안내했다.

버스 안으로 잇달아 장사꾼이 들이닥쳤다. 그때마다 밀집된 좁은 공간에 시장의 소란스러움이 들어왔다. 한 집에 한 권, 이 책만 있으면 더 이상 한자 걱정할 필요 없다고 기세 좋게 외치며 『천자문』 소책자를 팔러 온 중년 남성. 아무 말 없이 추잉껌을 승객들 무릎에 툭 툭 올려놓고 가슴에 건 설명문을 그대로 암송하는 검은 안경을 쓴 소년. 어린아이를 업은 채 승객들 앞에 손을 내밀고는 잠자코 선 엄마. 동전을 주는 승객이 있는가 하면 눈을 감고 무시하는 승객도 있었다.

승객들이 같은 버스에 탄 타인에게 영 무관심했느냐면 결코 그렇지 않았다. 만원 버스 안에서 무거운 짐을 짊어지거나 책이 가득 든 가방을 든 주부나 학생이 서 있으면 좌석에 앉은 승객이 가만히 손을 뻗어 짐이나 가방을 자기 무릎 위에 올렸다. 이 무언의 습관은 한국의 독자적인 문화가 아닐까, 나는 생각했다. 일본에서는 본 적이 없었기 때문이다.

일본인은 만원 버스에 타도 좀처럼 안쪽으로 들어가려 하지 않는다. 대부분 입구 쪽에 몰려 있기 십상이다. 뒤쪽이 의외로 비기도 해서 나중에 탄 승객이 불만을 느끼는 경우가 적지 않다. 이 점은 한국인이 훨씬 합리적으로 보인다. 한국인은 버스에 타자마자 일단 맨 뒤로 가서 다음 사람을 위해 충분히 공간을 마련해두는 게 일상이었다. 그들은 어떻게, 어디서 이런 상부상조하는 지혜를 터득한 것일까. 어쩌면 한국전쟁이 발발해 수많은 한국인이 남쪽으로 피난하는 사이 자연발생적으로 생겨난 게 아닐까. 내 추측을 뒷받침할 만한 근거는 하나도 없었지만 그렇게 믿고 싶었다.

만원 버스에 있는 동안 스스로에게 의무 한 가지를 부여했다. 차창 너머로 보이는 간판을 버스가 달리는 속도에 맞춰 읽어내고 입속으로 발음하는 연습이다. 동대문운동장, 다방, 천지호텔, 영락교회, 장충체육관, 미용실…… 효과가 즉각 나타났다.

도쿄에서 비자가 나오길 기다릴 때는 음절마다 분해하며 읽던 한글을 하나의 문자로 통째 읽어냈고 속도도 점점 빨라졌다. 거리나 동네에 걸린 표지판을 읽는 데 불편이 사라지자 버스로 시내 나가는 시간이 즐거워졌다. 군사독재 국가란 도시 전역에서 치안이 보장된다는 의미이기도 하다. 나는 서울시 전체 지도를 구해 그걸 실마리 삼아 시내 구석구석 탐험에 나섰다.

서울 번화가는 언뜻 보기에 도쿄와 비슷한 복잡성을 띠지만 세부는 크게 달랐다. 육교와 지하도가 매우 많고 지하도 입구에 흙주머니를 쌓아 올린다. 보도는 여기저기 울퉁불퉁하고 포석이 군데군데 빠져 있다. 도로는 좁아지다가 넓어지다가 하며 길가에 포장마차가 줄지어 늘어서고 길바닥에 노점상이 돗자리를 펴고 갖가지 일용품을 늘어놓는다. 두 마리의 뱀을 교미시켜 사람을 끌어모아 정력제를 팔아넘기려는 싸구려 장사치가 있는가 하면 금색 가발을 쓰고 한 손에 트럼펫을 든 호객하는 난쟁이 약장수가 있다. 미군 기지에서 흘러나온 미국 누드 잡지가 쌓인 곳 옆에는 비틀스부터 드뷔시까지 조잡한 흑백 재킷으로 감싼 해적판 레코드가 팔려나간다.

비가 내리자 어디 숨어 있었는지 모를 맨발의 아이들이 일제히 나타나서 대나무와 비닐로 만든 간이 우산을 행인들에게 팔았다. 이때 동네 깡패 같은 남자가 등장해 우산을 걷어차며 장사를 방해한다. 아이들은 곧장 지하도로 도망쳤다가 때를 봐서 다시 길거리로 돌아와 찢기고 흩어진 우산을 주워 들고 아무 일 없었다는 듯이 다시 장사를 시작한다. 비가 그치자 우산은 하나둘 길거리에 버려졌다. 그러면 아이들은 진창길로 뛰어나와 버려진 우산을 수십 개씩 묶어 지하도로 사라졌다. 다음 비가 올 때까지 수선해두기 위해서다.

모두 잰걸음으로 걸어갔다. 앞에 가는 사람 어깨를 손으로 밀면서 걷는 사람도 흔했다. 싸우는 소리가 들려왔다. 뽀글뽀글 파마머리를 한 중년 여성 두 명이 격한 말투로 다투고 있었다. 군중이 그녀들을 둘러싸고 구경했다. 누군가 둘 중 한 명을 제지하려 했지만 그녀는 뿌리치며 더욱 증오로 가득 찬 기세로 상대방에게 욕을 해댔다. 일본에서는 여하튼 볼 수 없는 광경이었다. 싸움은 곳곳에서 벌어졌다.

거리에 소란이 고조되고 인파가 더욱 늘었을 즈음 눈앞에 갑자기 거대한 시장이 나타났다. 시장 안은 개미집처럼 미로를 이뤘다. 광장에서 시작한 길이란 길은 순식간에 갈라져 또 다른 길과 만나 안쪽으로 뻗어 나갔다. 무서울 정도로 혼잡한 가운데 무언가 소리 높여 외치며 양손에 든 물건을 흔들어 손님 시선을 끄는 사람. 당근을 산더미처럼 쌓아 올린 수레를 미는 사람. 궤짝을 짊어진 사람. 땅바닥에 철물이나 그릇을 늘어놓고 옆자리 동업자와 수다를 떠는 사람. 이런 상인들 사이를 지나다니는, 아직 어린 배달부 소년이 냉면이나 내장탕, 김치 등을 담은 금속 그릇을 쟁반에 받쳐 들고 나른다.

시장에서는 모든 것이 넘쳐났다. 채소가 있고 생선과 고기가 있다. 도자기와 가죽 제품이 놓인 모퉁이를 지나자 옷감 파는 가게가 몇십 채나 나왔다. 팥, 잣, 참깨를 담은 마치 목욕할 때나 쓸 것 같은 커다란 대야 옆에는 각기 다르게 빻은 고춧가루가 대야 몇 개에 나뉘어 늘어섰다. 건어물전 천장에는 말린 조기와 명태가 가게를 뒤덮을 듯 매달렸고, 정육점 앞에는 소금에 절인 돼지머리가 즐비했다. 정육점은 붉은 조명을 사용해 고기를 연출한다. 한편에서는 내장을 넣고 푹 끓인 큰 냄비에서 김이 올라왔다. 유럽 브랜드상품을 빼닮은 스웨터나 스카프를 취급하는 가게, 바로 옆에는 브랜드 상표 이미테이션만 파는 작은 가게가 버젓이 장사했다. 이것이 2만 평 부지를 자랑하는 남대문시장이었다. 인파 저 너머, 가득 쌓인 무와 배추 너머로 어렴풋이 위풍을 간직한 남대문이 보였다. 시장은 나를 압도했다.

나의 서울 탐색은 동시에 영화관 탐색이었다. 1979년 시점, 이 성곽도시에는 개봉관부터 재개봉관, 재재개봉관까지 실로 많은 극장이 존재했다. 그렇다고 도쿄처럼 생활 정보지가 있는 것도 아니었다. 상영 정보는 스포츠 신문 광고란을 보든지 아니면 거리를 걸어 다니다 우연히 마주치는 전봇대나 벽에 붙은 영화 포스터에 의존하는 수밖에 없었다.

시내 번화가에는 단성사, 명보극장, 중앙극장, 스카라극장, 대한극장, 국제극장 등 개봉관이 죽 늘어서 있었다. 단성사는 일제강점기 이전부터 이어져 온 노포로 무성영화 시대 〈아리랑〉이라는 항일영화를 상영할 때는 관객들이 결말부에 주제가를 합창하려고 몇 번이고 찾았다는 유서 깊은 극장이다. 국제극장은 광화문 이순신 장군 동상에서 비스듬히 마주 보이는 곳에 자리했다. 장군이 왜 저렇게 옹골차고 야무진 얼굴로 매섭게 노려보는지 알아? 당연하지, 국제극장에서 어떤 영화가 상영하는지 간판을 보고 싶어서잖아. 학생들은 그런 농담을 주고받으며 할리우드 영화를 보러 극장으로 향했다.

학생 두 명과 함께 명보극장에 〈디어 헌터〉라는 할리우드 영화를 보러 갔을 때의 일이다. 나는 영화 저변에 흐르는 섬뜩한 죽음을 향한 충동에 말 못 할 충격을 받았다. 로버트 드 니로와 크리스토퍼 월켄이 베트남에 군인으로 파병된다. 그들은 '베트콩'에게 포로로 잡혀 서로 머리에 권총을 겨누는 러시안룰렛의 표적이 된다. 두 사람은 겨우 탈출하고 드 니로는 제대 후 귀국한다. 하지만 그는 결코 군복을 벗지 못하고 굳은 표정으로 살아간다. 그는 쫓기듯 옛 친구를 찾으러 과거 전쟁터였던 사이공으로 돌아간다. 그곳에서 예전 전우였던 월켄이 정신의 균형을 잃고 군중에 둘러싸인 채 러시안룰렛을 반복하고 있다. 드 니로는 친구가 이렇게 비참한 갬블러로 생계를 이어가는 모습을 우연히 목격한다.

쓸쓸한 뒷맛을 느끼며 영화관을 나왔다. 나보다 조금 윗세대 많은 사람이 베트남전쟁을 반대하며 '베평련베트남에 평화를! 시민연

^{합의 준말}' 집회에 참석해 데모를 했다. 적극적으로 반전 활동에 참여한 사람이 적지 않았다. 나도 남북으로 분단된 그 나라가 호찌민에 의해 통일되리라 생각하며 막연히 공감했다. 대학에 입학하던 해, 이미 베트남전쟁은 끝났다. 패배한 미군의 완전 철수로 모두 해결됐을 터였다. 적어도 나는 순진하게 그렇게 믿었다.

동행한 남학생 두 명은 베트남전쟁에 대해 전혀 다른 생각을 갖고 있었다. 돌아오는 길에 들른 다방에서 그들 입에서 나온 말은 베트남 공산군의 잔학 행위는 그렇게 간단한 문제가 아니라는 냉정한 발언이었다. '선배'들로부터 베트남이 문자 그대로 지옥이었다는 이야기를 들었다고 했다.

존슨이 북쪽 폭격을 시작하고 얼마 되지 않아 박정희 대통령은 1965년부터 베트남 파병을 결정했다. 베트남으로 파병된 한국군 숫자는 관계자를 포함해 8년 동안 40만 명에 이른다. 청룡, 맹호, 백마 이렇게 세 개 부대는 미군이 발을 들여놓길 주저하던 지역까지 들어가 처절한 전투를 반복했다. 건설 노동자와 기술자 그리고 접객업에 종사하는 여성들이 뒤를 따랐다. 군수 산업 진흥으로 한국은 막대한 외화를 벌어들였다. 무엇보다 대통령은 베트남 파병을 정당화하며 경제 정책은 언급하지 않은 채 오직 반공 정책의 일환이라고만 강조했다. 베트남에서 돌아온 병사들은 들고 온 얼마간의 달러를 자본으로 사업을 시작하거나 이민 우선 제도를 이용해 미국으로 건너가 재빠르게 그린카드를 취득했다.

나는 멍청하게도 한국인의 베트남 체험을 전혀 알지 못했다. 두 학생의 이야기를 듣는 동안 한국인이 베트남을 형제 나라로 바라본다는 사실을 알았다. 두 나라 모두 중국이라는 거대한 제국과 맞닿아 역사적으로 종속 관계를 강요받았다. 20세기 전반 식민지가 됐다가 제2차 세계대전 후 독립했지만 냉전 체제하에서 분단국가라는 길을 걸었다. 남베트남 자유주의 정권을 향한 지원은 한국전쟁 당시 연합군 도움을 받은 한국으로서는 당연한 일이었다. 베트남 파병을 정당화하는 논리를 계속 들어왔던 학생들이 전쟁 트라우마에 시달리는 미국인 귀환병을 주인공으로 한 영화를 보고 나와 전혀 다른 감상을 늘어놓더라도 이상할 게 없었다.

로버트 드 니로와 크리스토퍼 월켄처럼 마음이 병든 재향군인은 어쩌면 한국에도 존재할 가능성이 있었다. 일본에 있는 한, 베트남전쟁이 아무리 오래 지속된들 강 건너 불구경이었다. 한국인은 자기 나라 운명을 좌우할지도 모르는 전쟁이었기에 진지하게 생각했다. 만약 사이공이 공산군에게 함락됐다면 다음은 타이완, 한국순으로 적화의 파도가 밀려왔을 터였다. 수업이 끝나고 나서 어떤 학생이 "우리나라는 일본보다 8년 늦게 전후戰後를 맞이했다"고 말했던 일을 떠올렸다. 일본은 오키나와를 제외하곤 지상전이 벌어진 적이 없었다. 하지만 한국인은 한국전쟁 때, 일본인은 상상도 못 할 처절한 전쟁을 자국 땅에서 경험했다. 그리고 현재 언제 북한 군대가 침공할지 모른다는 공포 속에서 살아간다. 도처에 전쟁이 생생하게 드러나서 감히 부주의한 맞장구조차 치지 못했다.

막 개봉한 미국 영화만 보러 다닌 것은 아니다. 영화 체험 대부분은 한국 영화였다. 외국 영화 상영은 도쿄에 비교하면 믿기 힘들 정도로 적었다. 개봉 작품은 거의 다 할리우드 영화, 나머지는 홍콩 영화였다. 내가 머물렀던 1년 동안 유럽 영화 신작이 공개된 적은 없었다.

재개봉관, 재재개봉관은 서울 변두리 지역, 요컨대 나의 주요 행동반경에서 말하면 장미아파트와 현국대학교라는 두 개의 초점으로부터 완만하게 형성된 타원 안쪽이었다. 대학 근처 작은 번화가에 화양극장, 조금 더 걸어가면 동서울극장이 있었다. 아파트에서 한강을 좌측으로 두고 거슬러 올라가면 한적한 상점가가 나오는데 그곳에 천호극장이 자리했다. 변두리 영화관은 전년도에 개봉한 영화를 포함해 다양한 한국 영화를 상영했다. 화양극장 로비 벽면에는 커다란 오드리 헵번 사진이 걸려 있었다. 가까이 가면 오른쪽 아래 구석에 'スクリーンスク린'이란 일본어 활자가 보였다. 누가 어떤 방법으로 들여온 것일까? 아마도 '장사'를 이유로 빈번하게 한국을 드나드는 재일 한국인이 가벼운 선물(?)로 극장 주인에게 주지 않았을까.

극장에서 장내가 어두워지면 관객들은 바로 자리에서 일어나야 한다. 바람에 휘날리는 태극기 영상과 함께 엄숙하게 애국가가 흘러나온다. 수평선에서 떠오르는 태양. 신록 속 바위에서 깊은 계곡으로 이동하는 카메라. 화면 전체에 노란 유채 꽃밭이 펼쳐지고 한가로이 풀을 뜯는 말. 활짝 핀 코스모스와 무궁화. 꽃 옆에 우두커니 선 소녀들. 이런 연이은 영상 앞에 서서 관객들은 한참 동안 국가에 대해 경의를 표하도록 요구받았다. 애국가가 끝나면 박정희 대통령 근황을 알리는 문화뉴스가 이어진다. 빈농 출신 독재자는 농촌을 방문해 농민과 함께 막걸리를 마시고 청와대에서 유럽 요인을 맞이해 훈훈한 담소를 나눈다. 이쯤에서 장내는 어두워지고 드디어 본편이 상영된다. 상영 중에도 벽에 붙은 '금연'과 '반공' 표시는 꺼지지 않는다.

변두리 영화관은 예외 없이 화면이 어둡고 갑자기 장면을 건너뛰거나 편집 시 생긴 흠집이 영사되는 일이 종종 있었다. 입장료는 할리우드 영화 개봉관 요금과 비교하면 훨씬 쌌지만 관객이 뜸했고 보는 사이 우울한 기분이 엄습하는 작품이 적지 않았다.

어떤 영화는 특수 훈련을 받은 공수부대가 하늘에서 북한으로 낙하해 현지 군인으로 위장한 뒤 감옥에 갇힌 사람들을 풀어주는 내용이 액션 가득 그려졌다. 주인공 병사는 전투 중에 반공 게릴라인 누이와 재회하지만 안타깝게도 총탄에 맞아 쓰러지고 만다. 다른 영화에서는 남한 농촌에서 국민학교 교사로 근무 중인 여성이 북한 인민군한테 포로로 잡혀 자식을 잃을 뿐만 아니라 매일 밤 강간당하는 비참한 이야기가 묘사되기도 했다. 그녀는 한국군에 의해 풀려나지만 북한에 협력했다는 이유로 감옥에 갇히고 간신히 재회한 남편도 아들이 장난감인 줄 알고 갖고 놀던 수류탄이 터져 죽고 만다.

한국전쟁은 1950년 6월 25일 북한 인민군이 북위 38도선을 넘어 급습하며 시작되어 육이오라고도 불린다. 육이오가 한국인에게 씻을 수 없는 마음의 상처를 남겼음이 이해됐다. 나는 학생들에게 육이오를 어떻게 생각하는지 물어봤다. 평소 질문에 적극적으로 대답하더니 이번에는 아무도 선뜻 입을 열지 않았다. 잠시 후 한 학생이 한마디 툭 던졌다. 그저 '치욕'이라는 단어뿐이었다. 왜 치욕스러운 일이냐고 물었다. 그녀는 "같은 민족이 강대국 힘을 빌려 서로 죽이다니……" 이제 그만하라는 표정으로 나를 쳐다보았다.

반공 반북 영화는 도대체 누구를 관객으로 상정하고 제작하는 걸까. 영화를 다 보고 난 뒤 의문이 남았다. 반공을 국시로 삼은 현 정권에 아첨하려고 제작된 작품임이 분명하다. 문교부의 엄격한 검열 기준 때문에 국가 정책에 부합하는 반공 영화를 제외하면 대부분 영화가 각본 단계에서 '부적절'한 부분이 삭제되거나 여러 가지 수정을 강요당한다. 게다가 외국 영화를 수입해 개봉하려면 미리 적당한 수의 영화를 제작해야만 하는 스크린쿼터제가 굳건히 존재했다. 이는 조잡한 한국 영화가 범람하는 원인이었다. 내가 아는 한, 학생들은 할리우드 영화에 강한 관심을 보였지만 자국에서 제작한 이런 영화에는 눈길조차 주지 않았다. 사람이 거의 없는 극장에서 더는 배겨내지 못하겠다 생각하며 영사 상태가 불량한 스크린을 바라봤다.

변두리 영화관을 순회하는 나를 본 학생이 있었는지, 어느 날 학과장인 김윤숙 교수에게 불려 갔다. 그녀는 늘 신경질적인 말투로 교수는 교수답게 항상 양복에 넥타이를 매라고 요구했다. 영화를 보려면 시내 깨끗한 개봉관에서 보라고 말했다. 교수는 교수답게 학생은 학생답게라니? 불과 얼마 전까지만 해도 한낱 학생에 불과했던 나는, 한국 땅에서 일본보다 더 일본 같은 이 '~답게'의 세계에 적응해야만 했다.

남산에 위치한 영화진흥공사에서 재한 일본인을 위한 영화 특별 상영회가 열린다는 소식을 들은 것은 변두리 영화관 탐색이 슬슬 지겨워질 무렵이었다. 전년도 대종상에서 차석으로 화제를 모은 〈족보〉라는 영화가 상영된다고 했다. 시내 일반 영화관이 아닌 곳으로 영화를 보러 가는 것은 처음이었다. 진흥공사 홀에 가니 일본인회 회원으로 보이는 사람들이 서른 명 정도 와 있었다. 대부분 여성이었다. 상영에 앞서 시나리오를 담당한 한운사라는 초로의 신사가 단상에 섰다.

"족보란 조선 명문가에 전해지는, 역대 가계도를 말합니다. 저는 일본인 가지야마 도시유키 씨가 쓴 소설을 바탕으로 각본을 집필했고, 작년에 임권택 감독이 영화화했습니다. 가지야마 작가는 경성에서 태어나 열다섯 살에 일본으로 귀국했는데, 아직 무명이던 스물두 살에 이 단편을 동인지에 발표했습니다. 식민지였던 조선에 깊은 속죄 의식을 갖고 계셨던 분이었습니다."

한운사 씨는 차분한 일본어 말투로 간결하게 소개했다. 영화는 도입부에 700년에 걸쳐 써 내려온 오래된 가문의 족보를 비춘다. 그 방대한 권수가 면면히 이어져 온 오랜 가문 역사를 떠올리게 한다. 히틀러부터 도조 히데키^{군인이자 정치인으로 태평양전쟁을 일으킨 A급 전범}까지 전시 뉴스 영상이 나온 후 조선인에게 신사참배를 강요하고 성명을 일본식으로 바꾸라는 조선총독부의 황민화 운동 방침을 설명한다.

무대는 1940년, 당시 경성으로 불리던 서울. 주인공은 다니^谷라는 일본인 청년으로 징용을 피하기 위해 경기도청에 적을 두는 한편 남몰래 화가를 꿈꾼다. 그는 상사로부터 수원 대지주인 설薛씨 집안을 찾아가 가장에게 창씨개명을 종용하라는 임무를 부여받는다. 설 노인은 대단한 친일파로 중국 전선에서 싸우는 일본군을 위해 봉납미를 대량 헌상한 인물이다. 그는 쌀은 바칠 수 있어도 '설'이라는 성씨만은 바꿀 수 없다고 주장하며 다니의 제안을 완강히 거부한다. 마침 노인의 막내딸 옥순이 나타나고 다니는 그녀의 아름다움에 강하게 매료된다. 그는 노인을 설득하는 데 실패하고 수원을 떠난다. 내면은 식민지 지배자인 일본인 관료로서 입장과 화가로서 아름다움을 추구하는 입장의 모순으로 괴로워한다. 전통을 끝까지 지키려는 설 노인에게 경의를 품으면서도 어리석은 정책을 강요해야 하는 자기 처지를 비참하게 여긴다.

다가올 '성전'을 앞두고 총독부의 황민화 운동에 따른 압박은 점점 더 심해진다. 도청으로 돌아온 다니는 상사에게 질책을 받고 다시 수원으로 향한다. 설 노인에게 '설' 한 글자만 일본어 '마사키'로 읽으면 괜찮지 않겠냐고 궁여지책으로 제안하지만 역시 들어주지 않는다. 설 노인이 창씨개명에 찬성하지 않는 한 마을 소작인은 아무도 성을 바꾸려 하지 않으리라. 창씨개명 정책이 별다른 효과를 거두지 못하자 초조해진 총독부는 갖은 수단을 동원해 설씨 가문에 탄압을 가한다. 옥순의 약혼자인 가네다金田, 창씨개명을 한 상태를 부당하게 체포해 고문한다. 마을 어린 여자아이들을 한꺼번에 납치해 열악한 조건으로 공장 노동을 강요한다. 마지막으로 국민학교 교사들에게 명령해 설 노인 손자들을 괴롭힌다.

개명을 요구하며 울부짖는 손자들의 애처로운 얼굴을 보고 설 노인은 결국 다니의 제안을 받아들인다. 그는 한밤중 문득 잠에서 깨어 사랑하는 백자 항아리를 쓰다듬으며 가치를 알려준 일본인 야나기 무네요시에게 고마운 마음을 품는다. 다음 날, 그는 면사무소에 출두해 '구사하라草原'라는 새로운 성을 신고한다. 저녁 식사 자리에서 국민 창가 〈저녁노을일본 동요로 원제는 '夕焼け小焼け'〉을 즐겁게 부르는 손자들을 향해 노인은 작은 목소리로 "구사하라 씨, 구사하라 씨"라고 불러본다. 그날 밤, 그는 족보 끝에 '성을 버린' 사정을 붓으로 적은 뒤 독을 마시고 자살한다.

옥순이 보낸 전보로 설 노인의 죽음을 알게 된 다니는 지독한 회한에 휩싸인다. 그는 도청에 사표를 던지고 곧바로 수원으로 향한다. 마을에서 모시는 장례에는 수백 명에 달하는 소작인 가족들이 모여들었고 초록 들판에는 백의를 입은 사람들 행렬이 끝없이 이어진다. 노인은 죽기 직전 다니에게 유서를 남겼다. 옥순으로부터 유서를 건네받은 다니는 뭐라고 대꾸할 말이 없어 멍하니 서 있다. 이때 화면에 내레이션이 흐르며 그가 석 달 후 소집되어 출정했음을 알린다.

다니를 연기한 젊은 배우에게 강렬한 인상을 받았다. 그는 미남에 성실의 화신 같았지만 항상 자세가 구부정했고 자신 없어 보이는 안짱걸음으로 걸었다. 일순간 다니가 옥순과 약혼식을 치른 가네다와 개울 위 다리에서 스쳐 지나가는 장면이 나온다. 가네다는 날렵하고 자신만만하게 당당히 걷는다. 그에 비해 다니의 걸음걸이는 어찌나 쭈뼛거리는지 온몸에서 죄의식이 배어나는 듯하다. 그는 창씨개명의 어리석음을 충분히 이해하고 옥순에게 아련한 연정을 품지만, 그 어떤 말도 입 밖으로 꺼내지 못한다.

마지막 장례식 장면에서 고립감과 무력감은 극에 달한다. 아이고 아이고, 독경과 비슷한 여인의 울음소리가 흘러나오는 가운데 다니는 홀로 검은 양복 차림으로 조문하러 간다. 분노한 나머지 장례식 참석을 막으려는 사람이 있는가 하면, 이를 말리는 사람이 있다. 백의를 입은 수많은 조선인에 둘러싸인 검은 양복 차림의 청년은 이젠 징용을 피해 조선에 적을 둔 애매한 신분을 버리고 적극적으로 식민지 정책과 성전에 가담하는 일본인으로 살아갈 수밖에 없음을, 깊은 굴욕 속에서 깨닫는다. 그의 내면은 좌절에 빠진다.

〈족보〉 상영이 끝난 후 나는 깊은 감동에 휩싸였다. 앞줄 끝에 앉은 각본가에게 말을 걸어 간단히 자기소개를 했다. 감동을 전하고 싶었다. 한 씨가 대답하려는데 퇴장하는 관객 중에 한 씨를 부르는 신사가 있었다. 안병섭이라는 사람으로 영화 평론가이자 한국외국어대학교 불어과 교수였다. 각본가인 한운사 씨와는 오래전부터 알고 지내는 사이인 것 같았다. 우리 세 사람은 진흥공사 로비에서 커피를 마시며 잠시 이야기를 나눴다.

한운사 씨는 개인적으로 가지야마 도시유키와 친분이 있었다. 경성 출신인 가지야마 씨는 르포 작가로 '가지야마 사단'을 이끌었고, 추리 소설가로 유명해지기 전 식민지에서 보낸 소년 시절 경험을 바탕으로 여러 단편을 발표했다. 언젠가 그 주제를 장편으로 확장해 대표작으로 삼고 싶은 생각에 발이 닳도록 서울을 드나들며 문헌 자료를 수집했다. 한일 국교 정상화 직전에 방한했을 때는 동행한 부인이 기모노 차림이어서 화제가 되었다고 한다. 예전에 자신이 태어나고 자란 집이 그대로 남아 있어 반가웠지만 새 주인은 일본인이 집 안에 들어오는 일을 허락하지 않았다. 가지야마 씨는 1975년 홍콩에서 객사했다. 마흔다섯 살이었다. "이제 그런 일본인은 없어요, 조선인 사연에 진심으로 눈물을 흘리는 사람이었거든요."

한 씨는 대략 그런 이야기를 했다. 모르는 일투성이였다. 가지야마의 아버지는 총독부 하급 관리였고, 어머니는 하와이 이민 귀향자 2세였다. 진주만 공습 당시 어머니는 고향이 불타고 있다며 울부짖었다.

"〈족보〉는 작년에 우리나라에서 가장 훌륭한 영화였어요." 안 교수가 말했다. "마침 알렉스 헤일리의 『뿌리』가 화제를 모을 때라 개봉 당시 '한국판 『뿌리』'라고 불리며 화제가 됐지요. 당연히 대종상을 받을 줄 알았는데 아쉽게도 차석이었습니다. 일본인이 쓴 원작에 일본인이 주인공이라는 설정이 분명 불편하게 느껴졌겠죠."

내가 영화를 좋아한다고 하자 안 교수는 종이에 몇몇 한국영화감독 이름을 한자와 한글로 써주었다. 하길종. 임권택. 이만희. 이경태. 이원세. 이두용. 그리고 잠시 생각하더니 이 이름들과 조금 떨어진 곳에 '김기영'을 따로 적었다.

"이 감독만 좀 특별해요. 한번 보면 좋을 텐데, 다른 사람 작품과 스케일이 전혀 달라요. 아참, 한운사 씨의 자서전을 영화로 만든 감독입니다."

안 교수의 말에 한 씨는 쓴웃음을 지었다.

"어릴 때부터 마음속으로 일본인이 되고 싶어서 도쿄에 가서 고학했어요. 어느 날 히비야공회당에서 나카노 세이고의 강연회가 열렸는데 조선을 독립시켜야 한다는 말을 듣고 민족의

식에 눈을 떴어요. 나카노 씨는 군부와 대립하다 할복자살로 생을 마감하죠. 그 후 저는 솔선해서 조선인 학도병이 되었습니다. 전쟁이 끝나고 조국이 해방되자 일본군 병사로서 군대에서 겪은 모든 체험을 소설로 쓰거나 라디오 드라마로 만들었어요. 그걸 김기영 감독이 재미있다며 영화로 연출했고요. 벌써 오래전 일이네요."

"그 영화를 볼 수 있습니까?"

"아니요, 제목이 〈현해탄은 알고 있다〉인데 지금은 필름이 심하게 훼손돼서 돈을 들여 복원하지 않는 한 볼 수 없어요. 이 나라에서 영화란 일회용일 뿐이죠."

"한국에서 옛날 영화를 보려면 어떻게 해야 하나요?"

안 교수는 "음~" 하며 인상을 찌푸리더니 "올해는 한국 영화 60주년이니까 진흥공사에서 옛날 명작을 상영하는 행사가 분명 있을 거예요. 그때 알려줄게요"라고 약속했다. 그는 친절하게도 만약 한국 영화와 연극을 알고 싶으면 이 사람에게 연락해보라며 비평가 한 명을 알려주었다. 김정옥이라는 인물은 중앙대학교 교수로 프랑스 영화를 다룬 책을 썼다고 한다.

안 교수로부터 전화번호를 받은 그날 바로 김정옥 교수에게 연락을 취해 그의 대학 연구실을 방문했다. "아니, 얼마 전 알랭 로브그리예 감독이 서울에 왔는데, 여기저기 데리고 다니느라 진이 다 빠졌네." 김 교수는 말했다. 고다르와 닮은 풍모에 자못 프랑스에서 배운 티가 나는 사람이었다.

"영화라는 게 여자랑 같아서, 젊을 때는 많이 경험해봐야지 하다가도 내 나이쯤 되면 아무래도 좋단 말이지."

나는 김 교수에게 친근감을 느꼈다. 학생은 학생답게, 교수는 교수답게라는 '~답게' 세계와 거리가 먼 자유로운 지식인과 대화하는 기분이었다. 그날 이후 그와 안 교수를 통해 조금씩 한국 영화 연구자들 세계를 알아갔고 가끔 초대받아 시사회에 발걸음을 옮겼다.

김윤숙 교수한테 인근 롯데호텔에서 국제시인대회가 열린다는 소식을 들었다. 강의는 순조롭게 진행되고 거리에 솜처럼 흩날리던 버들강아지가 사라지고 얼마 지나지 않았을 무렵이었다. 여름이 조금씩 다가오고 있었다. 기조 강연은 파리에서 온 미셸 드기가 한다는데, 이름이 낯익었다. 프랑스 젊은 시인이자 철학자라고 대학 세미나에서 교수가 입에 올린 적이 있었다. 나는 대학 수업 사정상 대회 개회 선언 직후에 열리는 그의 강연은 듣지 못할 것 같았다. 김 교수에 따르면 일정이 끝난 후 방한한 일본 시인들을 위해 일본대사관저에서 리셉션이 개최된다니, 그녀와 같이 얼굴을 비추기로 했다.

대사관저는 시내에서 조금 떨어진 산 중턱에 자리했다. 정원에 서면 마치 파노라마처럼 시가지가 내려다보였다. 해 질 녘이라 선선한 바람이 불어왔고 초록색 잔디가 상쾌했다. 한쪽에 음료가 놓인 테이블이 마련되어 있었다.

도착하니 이미 서른 명 남짓한 사람들이 야외에서 담소를 나누고 있었다. 일본 시인과 한국 시인 그리고 대사관 관계자들이었다. 곧 주한 일본대사가 매우 예의 바른 어조로 짧은 환영사를 했고 이어 일본에서 온 시인 몇 명이 마이크를 잡았다. 모두 중년부터 초로에 이르는, 극히 평범한 일본인으로 여성은 없었다. 아무래도 그들 대부분은 전쟁 이전부터 이어져 온 중진급 동인지 멤버인 모양이었다. 시인이란 나카하라 주야처럼 이상한 모자를 쓰고 기괴한 발언을 하는 사람이라는 이미지밖에 없던 나는 그들 외양에 약간 실망했다. 그들이 차례로 연설을 시작하자 더 큰 실망감에 휩싸였다.

첫 번째 인물은 이 나라는 일본과 달리 장마가 없어 매우 살기 좋다고 말했다. 다음 인물은 와이셔츠든 양복이든 싸기 때문에 곧장 숙박 호텔 지하 상점에서 옷을 맞췄다며 몹시 좋아라 했다. 한국 시인은 일본어에 능통한 사람이 많아 대화에 어려움이 없어 편하다는 사람도 있었고, 워커힐이라는 유흥가에서 처음으로 카지노를 즐겼다고 흥겨워하는 사람도 있었다. 일본 시인은 전부 기분이 좋았다. 와인 잔을 한 손에 들고 한국을 찬양했다. 시 이야기를 하는 사람도, 조금 전 열린 미셸 드기 강연을 말하는 사람도 없었다. 정원 한구석에 한국 시인들이 초대되어 있었다. 그들이 쓴웃음 섞인 표정으로 일본 시인들 연설을 지켜보는 모습이 조금 떨어진 곳에 있던 나에게도 보였다. 한국 시인들이 연설을 하기 위해 마이크를 잡는 일은 없었다.

리셉션에서 일본대사관 홍보실에 근무하는 일본인을 알게 되었다. 그는 자신의 이름은 니시바야시, 국제교류기금에서 서울에 파견된 지 이제 막 1년이 되었다고 했다. 파티가 끝나갈 무렵, 니시바야시 씨가 근처에서 맥주 한잔하지 않겠느냐고 물었다. 한국에 도착한 이래 일본인과 술자리를 가진 적은 그때가 처음이었다. 클래식 음악을 즐기는, 인상 좋은 사람이었다.

국제시인대회 후일담이 있다. 둘째 날 밤, 세계 각국에서 초청된 시인들이 묵는 롯데호텔에 누군가 숨어들어 방방이 문 밑으로 몰래 삐라를 집어넣었다. 삐라는 수 개 국어로 쓰여 있었다. 다음 날 오후, 화기애애한 분위기 속에서 대회가 막바지에 이르렀을 즈음 한 라틴아메리카 시인이 손을 들고 발언을 요청했다. 그는 대회가 성공리에 끝나가는 지금, 이를 기념하여 옥중에 갇힌 한국인 시인 석방 요구를 결의하는 게 어떻겠냐며 제안했다. 김지…… 라고 이름을 입에 담는 순간 바로 신호가 울렸고 경찰들이 행사장에 난입해 강제 해산을 선언했다.

이 무참한 전말을 알게 된 것은 대회가 끝나고 며칠 후였다. 학생 중 한 명이 "선생님, 알고 계십니까?"라며 전해 들은 이야기를 들려주었다. 물론 신문에 보도된 것은 아니었다. 이 나라에서 중대한 정보는 모두 개인에서 개인으로, 익명 전언이라는 형태로 전해지는구나, 새삼 되새겼다.

이와 관련해 1년 후 일본에 돌아가 어느 현대시 월간지 편집자와 만날 기회가 있었다. 그는 미셸 드기를 기조 강연자로 선

정한 대회의 높은 안목을 칭찬하며 참가한 일본 시인 중 한 명이 귀국 후 신문에 쓴 보고문에서 삐라를 언급했다고 알려주었다. 다만 간단히 소개했을 뿐 논평은 없었다. 일본 시인들이 마지막 날 밤, 누군가의 방에 모여 대회 중단 사태에 일체 침묵하기로 결의하는 모습을 상상했다.

나는 서울에 거주하는 일본인에게 별반 관심을 갖지 않았다. 일본인회라는 모임이 존재한다는 건 알았지만 적극적으로 다가갈 엄두가 나지 않아 오로지 학생들과 술을 마시러 돌아다니며 한국인 속에서 생활했다. 일본에서 온 유학생이 아마 몇 명 있었을 터였다. 연세대학교 어학당에 다닥다닥 좋아붙은 것처럼 모여 매일 밤 술판을 벌인다는 이야기를 들었으나 먼저 연락해 교제를 틀 마음이 생기지 않았다. 일본과 일본인에게 짜증이 났다. 대사관저에서 일본 시인들의 어리석은 추태를 본 이후 점점 떠나온 내 나라와 거리 두고 싶다는 생각을 품었다.

4장 일본인과 교포

국제시인대회와는 별개로 그 후 일본인을 만난 적이 두 번 있었다. 간단히 적어보겠다.

서울에 도착한 지 얼마 되지 않았을 때, 갑자기 아파트로 일본어를 하는 여성이 전화를 걸어왔다. 목소리 톤으로 한국인이 아니라 일본인임을 알았다. 전화를 건 사람은 대학 시간강사로 일하는 여성으로부터 전화번호를 받았다며 자신은 서울에 거주하는 일본인 여성들 간 작은 친목회를 여는 사람이라고 설명했다. 대학 강의 때문에 바쁘겠지만 상담할 일이 있으니 한번 만나고 싶다고 말했다.

영문도 모른 채 롯데호텔 카페에 나가 보니 일본인 세 명이 기다렸다. 모두 30대 여성으로 주위 한국 여성들과는 전혀 다른, 조신하면서도 고급스러운 옷차림을 하고 있었다. 세 사람 모두 은행과 상사에 근무하는 남편을 따라 서울에 체류하는 모양이었다. 이태원동에 있는 외국인 전용 아파트에서 생활하며 한 층 아래에 사는 미국인 여성에게 영어를 배우다가 같은 처지라서 친해졌다고 했다. 그녀들은 서로 닮은꼴이었다. 아무래도 시간이 남아돌아 새로운 대화 상대를 찾는 거겠지, 나는 짐작했다.

우리는 호텔 최상층 전망 좋은 프렌치 레스토랑으로 올라갔다. 식사하면서 조금씩 알게 된 것은 이 세 명의 일본인 여성이 한국에 대해 아무런 지식도 관심도 없다는 사실이었다. 그녀들은 한국어로 간단한 인사말조차 몰랐고 한국 음식에 강한 경계심을 품고 있었다. 불결하고 위험하다는 이유로 시장에 발을 들여놓지도 않았다. 식료품은 아파트 아래 슈퍼마켓에서 수입품을 구입했고 옷은 가끔 도쿄로 돌아가 '쇼핑'하기에 충분했다.

어이가 없어 그럼 관광은 어떻게 하느냐고 물었더니 한 명은 경주와 부산에 여행을 다녀온 적이 있다고 했다. 다른 두 명은 남편 일이 바빠서 서울에 산 지 2년이 지났건만 어디에도 데리고 간 적이 없다고 했다. 한국은 존재하지 않았다. 그녀들 중 한 명은 뉴욕에 근무하는 남편 동료를 부러워했다. 말끝마다 자신이 지금 서울에 있다니 뭔가 잘못됐다고 생각하는 게 느껴졌다.

그녀들은 내게 질문을 하기 시작했다. 맨 먼저 출신 대학을 물어 대답하자 일단 납득했는지, 다음으로 출신 고등학교가 어디냐고 물었다. 경찰관처럼 성급하게 질문하는 말투가 조금 당혹스러웠지만 대화를 나누다 보니 이유를 깨달았다. 그녀들은 일본인 학교에 다니는 자녀를 귀국 후 유명 중학교에 진학시키려고 가정교사를 찾고 있었다. 내가 특별히 유명한 고등학교를 나오지 않았다는 사실을 알자 세 사람은 똑같이 실망한 표정을 지었다. 가정교사 이야기는 중단됐다. 그녀들은 흥미를 잃었고 영어 회화 수업을 마치면 언제나 그랬던 것처럼 자기들끼리 태평하게 수다를 즐겼다. 이미 나와의 용건은 끝난 셈이었다.

만약 내게 호기심과 야심이 있었다면 아마도 그중 누군가를 유혹하는 일은 어렵지 않았을지도 모른다. 그러나 서울이라는 거대한 상대와 격투를 시작한 스물두 살 일본인에게는 쥘리엥 소렐『적과 흑』의 주인공인 양 행동하는 것은 관심사가 아니었다. 세 사람은 스스로를 불운한 존재라고 믿고 싶어 하는 듯했지만 나에게는 그저 따분한 일본인 여성에 불과했다. 나는 정중히 식사에 대한 감사를 표했다. 그녀들은 호텔 앞에 대기하던 택시를 탔고, 나는 을지로에서 걸어 명동을 지나 퇴계로로 와서 늘 타는 588번 버스를 타고 집으로 돌아왔다.

이태원동 외국인 아파트는 그 후 우연한 기회로 가게 되었다. 내가 근무하는 학교에서 한국 현대사를 연구한다는 어느 교수가 모리타 요시오라는 인물을 직접 만나 자기 저서를 전달하고 싶다고 해서 동행했다. 교수에 따르면 모리타 씨는 패전 직후 일본인 귀환을 둘러싼 대저大著, 『조선 종전의 기록』를 출간한 존경할 만한 역사학자였다. 서울에 사는 일본인들 사이에서 원로 같은 존재니 다양한 옛날이야기를 들어봐도 좋을 성싶다고 말해서 따라갔다.

엄중한 경비 속 고급스러운 분위기가 감도는 아파트에 모리타 씨가 살고 있었다. 나이는 일흔 살쯤일까, 차분하게 얘기하는, 완전한 대머리 신사였다. 우리는 참깨를 갈아 만든 차를 대접받았다. 자신은 조선에서 태어나 경성제대 사학과에서 조선사를 공부했다고 그는 말했다.

"일본이 패전을 맞이하자 '내지'로 귀환했는데 그때부터 성심껏 기록해 30여 년 세월에 걸쳐 방대한 저서와 세 권에 이르는 자료집을 발간했습니다. 전후 줄곧 외무성에 근무하면서 한일 국교 정상화 교섭을 일일이 기록하는 데 전념했습니다."

모리타 씨는 정중한 말투로 자기 이력을 설명했다. 외무성을 정년퇴임하고 고향인 서울로 돌아와 현재는 어느 작은 여자대학에서 교편을 잡고 있다고 한다. 헤어질 때 "한국인과 사귈 때 처음에는 얻어먹기만 할 텐데 마지막에는 반드시 이쪽이 계산하겠다고 각오하는 편이 좋습니다. 무슨 일이든 결국 한국인에게 모두 양보한다는 마음으로 임해야 합니다"라고 말했다.

서울로 출발하기 직전 집 근처 하얀 울타리가 쳐진 사진관에 갔던 기억이 떠올랐다. 사진사는 경성에서 사진관을 운영했다면서 그때가 그립다고 말했다. 조선에서 태어난 모리타 씨도 노스탤지어에 이끌려 태어난 고향으로 돌아왔으리라. 하지만 나의 관심은 거기까지였다. 내가 매료된 것은 아름다운 과거의 향수가 아니라 현실의 혼돈이었다.

5월에 접어들자 시내로 나가는 일이 더욱 빈번해졌다. 서울이라는 도시에 대한 지식이 조금씩 쌓이기 시작했기 때문이다. 강의가 끝난 후 학생 두세 명을 데리고 영화를 보러 가기도 하고 홀로 종로2가에 있는 서점을 구경하고 내친김에 서린동 레코드 가게에 들렀다가 무교동으로 향했다. 막다른 길인 좁은 골목에는 선술집이 즐비하다. 나는 가장 안쪽에 자리한 가게가 마음에 들어 가끔 혼자, 때론 대학 외국인 동료와 함께 찾곤 했다. 여기서 대학에서는 볼 수 없는 한국인의 술 마시는 방식을 목격했다.

당시 한국은 제주도를 제외한 전 지역에 야간 통행금지령이 내려져 있었다. 자정부터 새벽 4시까지는 어떤 이유에서든 외출 금지였다. 위반한 사람은 경찰서 유치장에 갇힌다. 때문에 한국인은 느긋하게 술을 즐기지 못했다. 그들은 저녁때 퇴근하고 일터에서 나와 선술집에 가면 처음부터 원샷으로 연거푸 술을 들이켜는 게 일상이었다. 옆에서 보고 있자니 술맛을 느낀다고 할 수 없었다. 누가 뭐래도 만취를 향해 일직선으로 달려가는 느낌이었다.

옆자리에서는 두 청년이 화기애애하게 소주를 마셨다. 간간이 들려오는 대화에서 그들이 대학 동창이고 지금은 서로 다른 신문사에서 일한다는 사실을 알았다. 나의 서툰 한국어 듣기 실력으로도 두 사람이 얼마 전 열린 일본과 한국의 축구 정기전을 이야기하고 있음을 알아챘다. 일본에서 개최된 경기는 처음에 일본 국가가, 그다음에 애국가가 연주되었다. 청년 한 명이 이는 국제 규칙을 무시한 행동 아니냐고 말했다. 다른 한 명이 일본이란 나라는 원래 그런 나라라서 무슨 말을 해도 소용없다고 반쯤 냉소적인 말투로 응수했다.

한동안 일본을 화제로 대화가 이어지는 가운데 '민주주의'라는 단어가 빈번하게 등장했다. 아무래도 두 사람이 근무하는 신문사 중 한 곳은 정부 편이고, 다른 한 곳은 정부에 비판적인 모양이었다. 오가는 말이 과격해졌다. 자칫하면 드잡이로 번질 뻔할 즈음 화해의 순간이 찾아왔다. 서로 나라를 생각하는 마음은 같을 터라고 한쪽이 말하자 다른 쪽도 동의했다. 그 후 내가 본 광경은 상식을 벗어났다. 그들은 소주병을 손에 들고 일어나더니 '민주주의를 위해서'라며 상대방 머리에 끼얹고는 서로 꽉 껴안았다. 그다음 한 사람이 '우리의 우정을 위해서'라며 병을 바닥에 내리치려는 순간 여주인이 허겁지겁 달려와 말렸다.

한국인한테 가끔 보이는 격정은 나를 놀라게 했다. 그들이 급하게 술 마시는 모습을 보고 있으면 그 배후에 전 세계를 둘러싼 우울한 감정이 겹겹이 쌓이고 포개진 것처럼 느껴졌다. 나는 되도록 관찰자 영역에 머물기로 결심했다. 그러나 때로는 그것이 허락되지 않았다. 강인한 힘으로 낯선 한국인들의 취기에서 나오는 자기력에 휘말리는 일도 있었다.

현국대에는 해리라는 흑인 교사가 있었다. 나보다 몇 살 위인 그는 하와이대학교를 졸업한 후 인연이 닿아 영어학과 객원교수로 일한 지 벌써 5년째였다. 말하자면 나와 같은 입장이었다. 어느 날 그를 무교동 술집으로 초대했다.

"당신은 괜찮아. 일본인이니까." 처음부터 해리는 말했다. "일본인이라는 이유만으로 누구한테든 친절한 대접을 받잖아. 사람들이 일본어로 말을 걸기도 하고 좋은 일만 가득하지 않아?"

"그래도 학생들은 누구나 영어를 동경하잖아?"

"확실히 그건 그래. 하지만 나는 미합중국의 흑인이야. 아무리 이곳에 오래 있어도. 이 가게에 들어왔을 때 분위기 기억하지? 아무도 당신을 쳐다보지 않았어. 평범하니까. 반면 그들은 일어나선 안 될 일이 일어난 것 같은 표정을 지으며 내 얼굴을 바라봤지."

"일본인과 한국인은 좀처럼 구분이 안 되니까."

"내가 뒤에서 뭐라고 불리는지 알아? 흑인 정도는 좋은 축에 속해. 도깨비라든가 괴물이라고 불린다고."

"괴물이라니! 너무 심하네."

우리는 영어로 이야기했다. 그게 귀에 거슬렸는지 조금 떨어진 곳에서 술을 마시던 네 명의 회사원이 우리 대화를 엿듣는 것 같았다. 이윽고 한 사람이 결심했는지 우리 테이블로 다가오더니 "미국 사람?"이라고 물었다. 미국인 즉 아메리카 사람이라는 뜻이다. 해리는 입을 다물었다. 한국 체류 기간이 길다고는 하지만 그는 한국어를 배우려는 의지가 전혀 없었다.

내가 "일본 사람"이라고 말하자 상대는 순간 허를 찔린 듯한 표정을 짓더니 이런저런 말을 걸어왔다. 아직 늦은 시간은 아니었지만 술에 취해 대담해진 모양이었다.

"일본 사람이 왜 우리말을 하는 거야? 교포지?"

"교포 아니야. 일본 사람이 한국어를 공부하고 있다."

"도요토미 히데요시 알아?"

"물론 알지. 임진왜란이잖아."

"이토 히로부미는 어때? 나쁜 놈이지?"

"아, 나쁜 놈이야. 한국에서 안중근은 영웅이지?"

"당신은 일본인이잖아. 이토 히로부미는 영웅이 아니야?"

이 술주정뱅이는 자기 테이블로 돌아가선 나와의 대화를 동료들에게 보고했다. 술에 취해 목소리가 커서 이야기하는 게 다 들렸다. 곧 다른 한 사람이 다가왔다. 그는 좀 더 차분하게 일본 사람과 처음 얘기해본다며 늘 게다를 신고 다니느냐고 물었다. 국민학교 때 선생님이 일본 사람은 발가락이 두 개밖에 없어서 게다를 신고 머리카락 속에 새빨간 뿔이 자란다고 했는데, 자신은 오랫동안 그렇게 믿어왔다고 했다. 내가 웃으며 상대해주지 않자 이번에는 나머지 두 사람이 다가왔다. 손에는 소주잔과 병을 들고 같이 마시자고 제안했다.

불쌍하게도 모두가 해리를 무시했다. 마주 보고 앉은 미국인은 '거봐, 말한 그대로지?'라는 얼굴로 살짝 인사하고는 가게에서 나가버렸다.

네 명의 회사원은 기분이 좋았다. 처음에는 생전 처음 보는 일본인을 경계하더니 경계심이 풀리자 곧 일본에 대해 자신이 아는 한도 내에서 나에게 말을 건넸다. 배운 지 얼마 안 된 어설픈 한국어로 응수하자 그들은 똑같이 만족스러운 표정을 지으며 자기들 언어로 열심히 말하려는 일본인을 향해 몇 번이나 건배했다.

우리는 무교동 골목을 빠져나와 그들 중 한 명이 단골이라는 다른 가게로 이동했다. 어둡긴 해도 곳곳에 붉은 조명이 켜진, 위스키를 마시는 바였다. 그들은 일본 자위대에 관심이 많았고 한국군과 어느 쪽이 더 강하냐고 물었다. 내가 대답하지 못하자 처음 말을 걸었던 남자가 화제를 바꿔 일본 여자는 다리 사이가 세로로 찢어진 것이 아니라 가로로 찢어졌다고 하던데 사실인지 물었다. 그런 바보 같은 얘기는 없다며 너나없이 웃어대자 그 남자는 자신이 진짜로 그걸 본 사람과 군대에서 같이 있었다고 힘주어 말했다.

나는 시계를 보았다. 11시를 훌쩍 넘어가고 있었다. 이제부터 평소 타던 버스를 탄다면 과연 통행금지가 되기 전에 아파트에 도착할까? 최후 수단으로는 택시가 있다. 하지만 택시는 항상 합승을 해서 같은 방향으로 가는 승객을 태우려고 여기저기 들를 터. 강 건너 잠실까지 돌아가려는 외국인에게 마음 써줄 운전사를 쉽게 찾으리라고는 기대되지 않는다. 시간을 신경 쓰는 나를 눈치챈 한 사람이 자신에게 맡겨달라고 했다. 그렇게 술자리를 파하고 나는 방금 전 만난 회사원 손에 이끌려 귀가를 서두르는 군중 속을 걸었다. 남자는 눈 깜짝할 사이에 택시를 발견하고는 큰 소리로 "잠실!" 하고 외쳤다. 차는 순식간에 남대문에서 서울역 부근을 지나 한강대교를 건너 강을 따라 가다 어느 아파트 단지 앞에 이르러 갑자기 멈춰 섰다. 자정이 조금 지난 시간이었다. 내가 사는 잠실에서 그리 멀지 않은 곳이었지만, 더 이상 앞으로 나아가기 힘들 것 같았다.

자기 집이 바로 근처니까 이제부터 다시 술을 마시자고 남자는 제안했다. 택시 소리를 알아차린 두 명의 경찰관이 다가오는 모습이 보였다. 남자는 마치 알았다는 듯이 지갑에서 지폐 몇 장을 꺼내 경찰관에게 건넸다. 그걸로 전부 해결됐고, 나는 이름도 모르는 남자의 아파트를 방문하기에 이르렀다.

"내 친구가 도쿄에서 왔어! 문 열어! 문 열어!"

남자가 문을 두드리자 잠시 후 잠옷 차림의 젊은 여성이 나타났다. 그녀는 영문도 모른 채 나를 집 안에 들이고는 곧바로 응접실에 밥상을 두 개 나란히 놓더니 맥주와 술안주를 내왔다. 커다란 나전칠기 장롱 위에는 결혼식 사진이 걸려 있었다. 아무래도 결혼한 지 몇 년 안 된 것 같았다. 부인이 침실로 들어가자 남자는 가족 앨범을 꺼내 오더니 결혼 직전 교외 녹지에서 찍은 부부 사진을 하나하나 설명하기 시작했다.

도대체 한국인은 어떤 사람들일까. 졸음이 쏟아지는 가운데 이 이상한 환대를 어떻게 받아들여야 좋을지 생각했다. 반년 전이라면 상상조차 못 할 즉흥적 인생이 이곳에서는 펼쳐졌다. 한국인은 가난하지도 않았고 반일도 아니었다. 항상 일인칭 현재형으로 나를 향해 정면으로 말을 걸어왔다. 그들은 마음씨 좋은 사람들이었다. 나는 바닥에 방석을 접어 포개서 베고 잠시 쉬다가 새벽녘에 아파트를 나왔다. 또 오라고 남자는 말했다. 자신도 언젠가는 다른 회사에서 도쿄 근무를 하고야 말겠다면서.

날은 벌써 밝아오고 있었다. 한강이 보이는 곳으로 나가자 강변을 따라 쭉 걸으면 잠실에 도착한다는 사실을 깨달았다. 어젯밤에 헤어진 해리가 조금 신경 쓰였다. 온 지 얼마 안 된 나는 '친구'라 불렸고 5년째 머무는 그는 '괴물'이라 불렸다. 그가 안쓰러웠지만 너무 피곤해서 그 이상 생각을 이어갈 수 없었다.

1학기가 끝나갈 무렵, 재일 한국인 2세 모국 방문단과 합동으로 기념식수를 했다. 일본 사회에서 살아가는 그들 대부분은 일본 이름을 통명으로 사용하고 한국어와 관계없는 곳에서 생계를 이어간다. 대개 한국어를 할 줄 모른다. 그래서 주최자인 민단(재일본대한민국민단)은 방한 일정 중 일본어를 배우는 대학생과의 의견 교환회라는 행사를 기획했다. 내가 근무하는 대학 외국어학과는 이를 환영했다. 학생들이 동 세대 동포를 통해 살아 있는 일본어를 접하고 현재 일본을 이해할 좋은 기회라고 학과장은 생각했다. 나는 한국 측 학생들 인솔자 자격으로 행사에 동행했다.

일정은 군사교련이 없는 날을 골라 정했다. 오전 8시 대학 정문 앞에 집합해 전세 버스를 타고 천안으로 향했다. 천안은 서울에서 100킬로미터 정도 남쪽에 위치한 충청남도 도시다. 이곳에서 학생들은 이미 도착해 있던 방한단과 합류해 기념식수를 했다. 식수는 박 대통령이 제창한 새마을운동의 일환으로 기회가 생길 때마다 행해졌다. 나무를 다 심고 나자 점심시간이었다. 두 단체는 널찍한 식당으로 이동했다. 두 단체원이 서로 섞여 앉는 식으로 좌석을 배정했다. 이번 방한단은 홋카이도 민단이 중심이었다. 민단 지부 측과 대학 측이 간단한 인사를 나누며 친목 도모를 위한 회식을 시작했다.

우리 학생들은 처음에 좀처럼 마음을 열지 않았다. 방한단 재일 교포 2세들도 마찬가지여서 끼리끼리 모여 자기들만의 언어 벽 속에 틀어박혔다. 당연했다. 학생들에게 2세들이 재잘거리는 빠른 일본어, 그것도 억양이 강한 일본어를 따라잡기란 쉬운 일이 아니었다. 차츰 그들은 자신이 아는 일본어 어휘를 머릿속에서 조합해 어떻게든 일본에서 온 방문객에게 말을 걸어 보려고 했다. 2세들은 음, 음 맞장구를 치며 유창한 일본어로 대응했다.

학생들의 위축에는 다른 이유도 있었다. 그들 대부분은 소박하고 조신한 차림새였다. 군사교련이 없는 날 열린 특별한 행사라서 전투복을 입은 사람은 없었지만 여학생들조차 화장만 살짝 했을 뿐 화려한 옷차림과 거리가 멀었다. 재일 교포 2세들은 전혀 달랐다. 이미 사회인이라는 점은 차치하더라도 훨씬 더 세련되고 어른스러운 분위기를 풍겼다. 선조의 나라를 방문한다는 의식 때문인지 복장에서 긴장감마저 묻어났다. 특히 여성들은 얼굴에 짙은 화장을 하고 좋은 옷을 차려입고 우아한 장신구를 착용했다. 모국 방문단 멤버들은 필시 대부분 한국 땅을 처음 밟을 터, 다들 즐거워했고 흥분한 기색이 역력했다. 그 기세에 압도당해 한국 학생들은 위축됐다.

나중에 여학생 한 명이 말했다. "처음 교포들을 봤을 때 모두 호스티스인 줄 오해하고 말았어요. 옆자리에 앉은 사람과 이야기를 나누면서 언젠가 삿포로에 놀러 오라는 말을 듣고 친절한 사람임을 알았지만, 처음에는 무서웠어요. 일본 부잣집 여자들과의 대화는 이런 느낌이구나, 생각했습니다."

친목회 식사가 끝나갈 무렵 재일 교포 측 간사 역할을 맡은 사람이 테이블로 왔다. 그는 가와무라라고 이름을 말하고는 컵에 맥주를 따르며 친근하게 굴었다. 풍선처럼 뚱뚱한 청년으로 리더답게 자신만만한 얼굴이었다. 가와무라는 인솔해줘서 고맙다며 처음 방문한 한국에 대한 인상을 늘어놓았다. 아마 조금 취한 상태였지 싶다. 그는 마지막으로 내 일본어를 칭찬했다.

"역시 일본어 선생인 만큼 일본어를 잘하네요. 근데 이런 말을 하면 실례일지 모르겠지만 선생 일본어는 책상에서 공부한 일본어예요. 한번 일본에 오셔서 살아 있는 일본어를 공부해보세요."

그렇게 말하고는 한 손에 큰 맥주병을 들고 다른 테이블로 자리를 옮겼다. 이윽고 어디선가 노랫소리가 들려왔다. 학생들이 환영의 의미로 〈블루 라이트 요코하마〉를 부르는 참이었다.

나는 도쿄에 있을 때 재일 한국인에 대한 그 어떤 지식도 갖고 있지 않았다. 중고등학교에 한국 이름을 쓰는 반 친구도 없었고, 한국을 화제에 올리는 친구도 없었다. 그저 막연하게 한국인은 국적을 자신의 의지로 선택할 수 있으니까 부럽다고만 생각했다. 차별 문제는 존재한다. 마땅히 부끄러운 일이며 반드시 해결해야 할 일이라고 인식했지만 구체적인 실태를 알 길이 없었다. 무지를 모르고 관심 폭을 좁히며 스스로 잘못된 고정관념을 허용했다.

서울에 도착한 나는 기회가 생길 때마다 한국인에게 재일 한국인에 대한 의견을 들어봤다. 모 교수는 교포를 모두 한국으로 데려와 민족정신을 고취시켜야 한다고 아무렇지 않게 말했다. 조국의 언어를 버리고 머릿속에 돈벌이만 있는 족속 아니면 북한 조직에 충성을 맹세한 족속이라고 덧붙였다. 일반 학생은 교포를 일본에서 성공한 부자라고 막연하게 인식했다. 딱 한 사람, 그 사람들은 군대에 가지 않아도 되니까 부럽다고 냉정하게 말한 남학생이 있었다.

이 마지막 감상이 언제까지고 신경 쓰였다. 재일 교포를 둘러싼 한국인의 굴절된 감정 기저에는 그들이 일본이라는 평화로운 사회에서 안온하게 산다는 이미지가 가로놓여 있었다. 같은 한국인이라고 해도 군사정권과 무관하게 풍요로운 나라에서 지내고 병역 의무가 없는, 일본인으로 우아하게 생활하는 운 좋은 사람들. 재일 한국인을 향한 가혹한 차별을 언급하는 사람은 없었다.

재일 한국인 2세와의 의견 교환회로부터 일주일 정도 지났을 때다. 어느 교포 청년과 술을 마실 기회가 있었다. 나이는 스물두 살로 나와 동갑이었다. 현재 연세대학교 어학당에서 한국어 초급 수업을 듣는다고 했다.

"아버지가 벤츠를 사준다고 약속해서 이 나라에 왔어요."

신촌 고깃집 의자에 앉자마자 느닷없이 말했다.

"더럽고 가난한 곳이에요. 말도 거의 통하지 않고. 나는 저 글자가 싫어요. 동그라미라든가 네모라든가, 도로 표지판도 아니고. 가갸거겨 사샤서셔, 어째서 저런 이상한 기호를 배워야 하냐고요."

그는 공항 입국 심사 창구에서 직원한테 한국인인 주제에 왜 한국말을 못하냐는 말을 들었다고 했다. 그러니까 공부하러 온 거 아니냐고, 말하려고 해도 말이 나오지 않아 분했던 모양이었다. 그 후 서울에서 보고 듣고 경험하는 모든 일에 짜증이 났다. 그렇다고 일본어로 털어놓을 상대가 주변에 있는 것도 아니었다. 어쩌다 알게 된 내가 딱 좋은 이야기 상대였다. 눈앞에 놓인 수많은 접시를 보며 말을 이었다.

"이것 좀 봐, 모두 오렌지색이잖아. 장아찌도, 회도, 볶음 요리도, 이것저것 다 고추장을 위에 뿌리거나 처바르거나 요컨대 양념이 전부 똑같아. 전골도 마찬가지야. 그거 알아? 국민학교에서 아이들에게 손을 들라고 하면 절반 이상이 김치를 싫어하는 쪽에 손을 든다고 하더라. 그렇게 매운 음식만 먹으니까 머리가 좋아지질 않는 거야."

청년의 한국 비판은 끝이 없었다. 어머니는 아들의 건강을 염려해 갖가지 음식을 상자에 담아 보내준다고 한다. 마요네즈든 버터든 빵이든 뭐든지 어이없을 정도로 맛이 없지 않느냐면서 이 사람들은 인스턴트커피가 아닌 커피가 있는 줄도 모를 테고 뭣보다 캔 맥주를 본 적조차 없다고 투덜댔다.

"툭하면 일본 제국주의니 식민지 35년이니 어리석은 외고집만 되풀이해. 나라를 빼앗긴 것은 자신들이 나약하고 같은 편끼리 싸우기만 해서잖아? 이제 와서 무슨 우는소리를 하는 거냐고. 나 같은 놈은 일본에서 '퍽'(그는 주먹을 쥐고 맞는 시늉을 했다)이잖아. 한국에 왔더니 또 '퍽'이네. 민족 언어를 배워서 민족 정신을 깨우치라니! 어느 나라에 가든 얻어맞기만 하는데. 도무지 수지가 안 맞잖아."

그는 눈앞에서 연기를 내며 익어가는 고기를 바라보았다. "이런 비계투성이 돼지고기 따윈 일본에서는 절대 안 먹지. 나는 반년만 더 참으면 벤츠다, 벤츠! 하면서 여기에 있는 거야. 알겠어?"

5월 말 야당인 신민당 전당대회에서 김영삼이 당 대표가 되었고 가택 연금 중이던 김대중 집을 곧바로 찾아가 그와 포옹했다. 김영삼도 김대중과 마찬가지로 '한국의 케네디'로 불렸다. 그 '케네디'를 만나러 카터 대통령이 근래 서울을 방문해 인권 외교를 펼칠 예정이라는 소문이 돌았다. 그런 고차원적 정치는 나와는 인연이 없었다. 민주주의든 인권이든 결국은 미국을 축으로 회전할 뿐이지 않나. 나는 눈앞에 놓인 작은 '정치'를 어떻게 마주 대할지로 머릿속이 꽉 차 있었다.

한번은 다음 학기 교재를 준비하려고 대학 본관 옆 종합도서관에 갔다. 도서관 직원은 지하 서고에 일본 책이 있으니 마음대로 열람해도 좋다고 허락해줬다. 서울에 살러 오면서 일본 책을 거의 가져오지 않아 밤낮으로 한글에 둘러싸여 살다가 일본어를 읽을 수 있다니, 사막에서 오아시스를 만난 기분이었다.

사무실 안쪽 계단을 통해 지하로 내려가니 깜깜했다. 학생이나 교수는커녕 직원조차 있는 기색이 없다. 벽을 따라 스위치를 찾아 천장 조명을 차례차례 켰다. 빛이 어둠을 몰아내고 공간을 넓혀간다. 널따랗고 냉기 가득한 무인 공간을 가로질러 갔다.

서고에 일본 책이 있다는 말은 틀린 말이 아니었다. 다만 조금도 정리되어 있지 않았다. 상권 하권조차 맞추지 않고 일단 책을 서가에 세워 놓았다는 느낌이었다. 바닥에 그냥 쌓아 올렸을 뿐인 책더미는 심지어 무너져 있기도 했다. 권수는 2,000부 정도였을까. 단지 일본어로 쓰였다는 점 외에는 어떤 통일성도 없었다. 여성 서간문 쓰는 법, 만엽집, 국민학교 교과서, 여성 잡지, 하이쿠 입문서…… 믿기지 않게도 이런 잡서에 섞여 미시마 유키오가 전쟁 말기에 출간한 단편집 『꽃이 만발한 숲』이 있었다. 장서는 전부 전쟁 전이나 전쟁 중 즉 식민지 시대에 출판됐음을 알아챘다.

추측건대 조선에서 '내지'로 귀환하는 일본인들이 가져갈 수 없자 집이나 직장에 두고 간 책이 아닐까. 가옥을 접수하러 온 한국인들이 어떻게 처리해야 할지 몰라 마침 막 건립된 이 대학에 가져다 놓고, 그렇게 30년 넘게 지하 서고에 방치된다. 아니, 다른 가능성도 있다. 일본 책을 가까이하던 한국인이 해방 후 보관하기 곤란해 대학에 가져온다. 북한군이 두 차례에 걸쳐 서울을 점령했을 때 일본어 서적을 대량 소장하던 집이 '반동분자'로 찍혀 처형 대상이 되는 위험한 장면이 상상된다.

어수선한 서가 풍경도 납득할 만하다. 미시마 유키오의 처녀작을 갖고 있던 주인은 경성 내 서점에서 구입했을까. 아니면 도쿄나 어딘가 '내지' 서점에서 발견하고 가방 속에 넣어 현해탄을 건너왔을까.

놀라운 것은 미시마 유키오만이 아니었다. 쌓아둔 잡지들 가운데 『녹기』라는 월간지가 보였다. 먼지를 털어내고 책장을 넘기니 1930년대부터 1940년대 중반까지 경성에서 발행된 종합잡지였다. 출판사는 '녹기연맹'이라는 내선일체를 설파하고 황민화 운동 선두에 섰던 단체였다. 사주이자 발행인란에는 작게 모리타 요시오라는 이름이 기재돼 있었다.

전쟁 전에는 경성제대에서 조선사를 연구했고 전후에는 외무성에서 근무했다는 모리타 씨가 내 앞에서 말하지 않은 전쟁 동안 경력이 바로 이 『녹기』였다. 흥미를 느낀 나는 한동안 잡지 과월호를 넘기며 모리타 요시오에 대해 더 많은 정보를 얻었다. 그는 「동아일보」가 베를린올림픽 마라톤에서 금메달을 딴 손기정 선수 사진을 게재하면서 일장기를 검게 칠한 사건을 두고 내선일체를 설파하는 입장에서 이를 규탄하는 소책자를 저술했다. 또한 친일파 문인들 작품 간행에 깊이 관여했다. 아직 30대였던 모리타 요시오는 그야말로 황민화 운동 중추에서 활약한 인물이었다.

모리타는 일본 패전 후 주변 한국인들로부터 규탄받았을까? 아니면 무사히 '내지'로 돌아가 경력을 봉인하고 외무성에

재취업한 걸까? 자신이 젊은 시절 열정을 불태웠던 황민화 운동을 지금은 어떻게 생각할지 궁금했다. 이 사실을 한국인에게 이야기한 적이 있을까? 서울 고급 아파트에서 유유자적 노년을 보내는 모습은 그가 귀환 후에도 한국과 돈독한 유대를 맺었음을 보여준다. 유대의 한 축을 지탱한 것은 아마도 일제강점기에 친일파로 활동했던 사람들이 아니었을까.

한 달 전쯤 영화진흥공사에서 본 〈족보〉가 떠올랐다. 원작자인 가지야마 도시유키는 경성중학 학생으로 녹기연맹과 중심인물인 모리타 요시오라는 이름을 들어봤을 터였다. 내가 만난 온화한 노신사는 단편의 주인공인 일본인 청년을 격려하고 창씨개명 정책을 추진하는 측을 대표하는 인물이었다.

대학 도서관 지하실, 버려진 수많은 책 속에는 은폐된 기억이 잠들어 있었다. 어지럽게 쌓인 『녹기』 과월호는 머지않아 더 많은 먼지를 뒤집어쓰고 좀에 먹혀 사그라지리라. 책은 다시 읽힐 일 없이 소멸하리라. 나는 미시마 유키오 단편집을 빌려 볼까 하다가 결국 그만두었다. 멸망하는 것은 멸망하는 대로 둬야 한다. 이 오래된 교훈을 우직하게 따르자고 생각했다.

도서관을 나오니 해 질 녘이었다. 농업시험장과 가축병원 옆을 지나 모진동 골목으로 들어섰다. 질서정연한 대학 공간과 전혀 무관한 세계가 끝없이 펼쳐졌다. 이윽고 한강변에 이르렀다. 강물은 어두웠다. 그 너머로 내가 사는 고층 아파트 불빛이 보였다.

5장 잔재와 모방

얼마 전까지만 해도 눈처럼 하늘에서 흩날리던 하얀 버들강아지가 도로 모퉁이로 쓸려 가더니 어느새 자취를 감췄다. 봄이 끝나갔다.

나는 대학 수업이 없는 날, 아파트 앞을 도도하게 흐르는 한강 둔치 산책을 즐겼다. 드문드문 커다란 다리가 놓였고 강변에는 모래주머니가 쌓여 있다. 경비원 청년이 말을 걸어왔다. 내년에 드디어 꿈이 이루어져 미국으로 이민을 간다고 했다. 매우 야윈 얼굴이었다. 강에는 하얀 물새 떼가 시끄럽게 울어댔다.

강둑을 따라 걸어갈수록 내가 사는 고층 아파트 그림자가 점점 작아져 결국 보이지 않는다. 한 시간만 걸어가도 더 이상

도시를 떠올리게 하는 것은 없다. 끝없이 펼쳐진 밭과 농사짓는 마을이 여기저기 자리할 뿐이다. 농사일을 하는 사람이 드문드문 보인다. 길가에는 소 몇 마리가 아무 일도 하지 않은 채 꼬리로 파리를 쫓는다. 감나무 아래 광장에는 흰옷 입은 노인이 곰방대를 피우며 석양을 바라본다. 고추를 한가득 널어놓은 마당이 보인다. 멍하니 바라보고 있자니 하루하루 급속도로 발전하는 서울 도심과는 전혀 다른 시간이 흐르는 것 같았다. 아니, 원래 시간 따위는 흐르지 않았는지도 모른다. 도시의 소란에 지치면 이따금 강변을 따라 전원에서 노닐었다.

마을 광장에 기계를 들고나와 센베이를 구워 파는 노인이 있었다. 물에 밀가루를 풀어 회전하는 기계 안에 붓자 가벼운 폭발음 같은 소리가 나더니 잇따라 센베이가 튀어나온다. 아이들이 재미있는지 쳐다본다. 방해될까 봐 돌아서 지나가려 하자 "천만에요!" 괜찮다며 큰 소리로 외쳤다. 막 구워내 아직 뜨거운 센베이를 한입 베어 물며 그와 일본어로 대화를 나눴다.

노인은 옛날에 일본 '황군皇軍'에 있었다고 했다. 1947년 북에서 도망쳐 나왔다면서 그 후 일은 자세히 말하려 하지 않았다. 그저 "김일성, 그건 사람이 아니야. 돼지 새끼야"라고 내뱉었다.

나는 조금씩 한글에 익숙해졌다. 미세한 음편 변화도 그런대로 이해했다. 강의실에서 비웃음을 사지 않고 출석부에 적힌 학생 이름을 다 읽어낼 정도였다. 3학년 대상 일본어 회화 수업

시간에 일본 대중음악 카세트테이프를 준비해 카세트로 들려줬다. 이 시도는 성공을 거뒀다. 학생들은 오카바야시 노부야스가 부르는 포크송에 민감하게 반응했고, 이시카와 세리 노래를 여러 번 듣고 나자 교실 안에 작은 합창단이 생겼다. 핑크레이디 노래 가사는 전혀 알아듣지 못했지만 평판은 좋았다. 그녀들이 일본 방송 「스타 천일야」와 비슷한 한국 프로그램에 출연해, 비록 가타카나로 쓴 가사를 통째로 외워 부르긴 했어도 처음부터 끝까지 한국어로 노래했기 때문이다. 야마구치 모모에 노래를 틀었을 때는 카세트테이프 케이스 사진을 보고 혜은이와 똑 닮았다고 말하는 여학생도 있었다. 혜은이는 제주도 출신 인기 가수로 〈제3한강교〉라는 곡이 대히트 중이었다.

"이번에는 여러분이 좋아하는 한국 노래를 알려주세요." 일본 대학생과 달리 한 학생이 곧바로 손을 들었다. 그는 남북통일을 위한 곡이라고 소개하더니 처음부터 음정 따위는 무시하며 노래를 불러 젖혔다. 소시시바이壯士芝居, 메이지시대 지식인 청년이 자유 민권 사상을 민중에 고취하고자 만든 아마추어 연극의 변사 같은 창법이었다.

추억 속의 스카브로우여

나 언제나 돌아가리

내 사랑이 기다리는

아름다운 나의 고향

"한국 노래가 아니잖아?"

"아니요, 우리나라 노래입니다. 얼마 전에 인기였어요."

"아니야, 사이먼 앤 가펑클이라는 미국 가수 노래야. 벌써 10년도 전에 일본에서 유행했다고. 원래는 영국 민요지만."

"그럴 리가 없습니다. 이 노래는 남북통일을 기원하는 마음을 담아 우리나라에서 부르는 노래에요."

학생은 양보하지 않았다. 여러모로 물어보니 〈Scarborough Fair〉뿐만이 아니었다. 영국과 미국의 팝에 원곡과는 전혀 상관없는 한국어 가사를 붙여 한국 오리지널 곡으로 많이 불렀다. 그중에는 텔레비전에 출연하는 유명한 가수가 부른 경우도 있고 무명의 누군가가 가사를 붙인 곡이 학생들 사이에서 널리 알려진 경우도 있다. 어느 노래든 공통점이라면 적잖은 노래가 남북 분단이나 민주화 투쟁이라는 그야말로 한국의 현실 문제를 노래한다는 것이었다. 나에게 노래를 알려준 학생들은 원곡을 모른 채 모든 노래가 한국의 독자적인 노래라고 믿었다.

"자, 이번에는 선생님이 노래하세요. 선생님은 우리말로 어떤 노래를 부를 수 있어요?"

학생들의 요청에 일본 텔레비전 애니메이션 주제가를 불렀다. 그저 노래만 부르면 재미없지 싶어 완전히 즉흥으로 서툴지만 한국어로 가사를 바꿨다. 영어로 치면 중학교 2학년 수준, 지나치게 간단하고 유치한 한국어였다.

케게, 케게게위게

아침은 침대에서 쿨쿨쿨

즐겁구나 즐겁구나

도깨비에게는 학교도

시험도 아무것도 없다

"그게 뭐예요? 이상한 노래네요. 도깨비에게는 학교도 시험도 없으니까 즐겁다니! 너무 유치한 노래라고 생각합니다." 학생이 말했다.

"꼬마 도깨비의 노래야. 일본 어린이라면 누구나 다 알지."

"학교도 시험도 없다면 어린이는 무엇을 하나요?"

"낮에는 낮잠 자고 밤이면 묘지에 가서 운동회를 하지."

"운동회요? 정말 이해가 안 돼요."

"그러니까, 그러면 좋겠다는 꿈 이야기야. 시험공부를 좋아할 어린이는 없을 테니까."

"도깨비라서 그런 거잖아요. 우리 민족 아이들이 제대로 학교에 가서 시험을 보지 않으면 우리나라는 어떻게 될까요?"

"도깨비에게 민족 따윈 없어. 국경도 없지."

대화가 좀처럼 맞물리지 않았다. 학생들은 '도깨비'라는 단어는 알았지만 무서운 귀신 그 이상으로는 인식하지 못했다. 도깨비는 셀 수 없이 종류가 많고 그중에는 꼬마도 있고 할아버지나 할머니도 있다. 꼬마 도깨비가 나쁜 도깨비를 퇴치하는 만화가 일본에서 인기를 끌어 텔레비전 애니메이션으로 만들어졌다. 그렇게 설명해도 학생들은 잘 이해하지 못했다. 묘지도 일본과 한국은 크게 달랐다. 한국 무덤은 좀 높은 언덕 중턱에 자리하고 옆에 석상이나 비석을 세운다. 기본적으로 흙무덤이다. 묘지는 조상이 잠든 안식처이지 일본처럼 밤만 되면 악령이나 유령이 출몰하는 으스스한 공간이 아니었다. 두 나라의 공통점은 학교와 시험뿐이었다. 학생들은 일본과는 비교할 수 없을 정도로 대학생이라는 사실에 자부심을 가졌다. 그 이유를 묻는다면 혹독한 입시 전쟁과 빈부 격차랑 관계있다. 나는 방송에 나오는 주제가 한 곡을 이해하는 데도 그 배경에 깔린 모든 문화적 문맥을 동원해야 함을 실감했다.

학생들에게 만화에 대해 질문했다.

"우리는 대학생이라 만화를 읽지 않습니다."

한 학생이 답했다.

"일본에서는 대학생도 만화를 읽거든."

"만화는 어린이가 읽습니다."

억지스러운 말투의 대답이었다. 길거리 도서 대여점에 만화책이 빽빽이 꽂힌 모습을 보았다. 청계로 시장을 걷다 보면 만화 전문 도매상이 몇 곳이나 있었다. 먼지로 뒤덮인 바닥에 수백 권의 만화책이 끈에 묶여 아무렇게나 쌓인 광경을 익히 알았다. 대학생들이 만화를 읽지 않는다는 말은 일본과 달리 어른이 읽을 만한 만화가 아직 제작되지 않았을 뿐이라는 의미가 아닐까.

　질문 방향을 바꿔 혹시 예전에 읽었거나 형제가 읽는 만화가 집에 있으면 가져오라고 했다. 질문은 효과가 있었다. 다음 수업 시간, 학생들은 다양한 만화를 교실에 가져왔다. 『무림비사』는 태권도를 수행하는 이야기를 극화풍으로 그린 만화였다. 조선시대 암행어사를 주인공으로 한 액션물도 있었고 『달려라 삼총사』라고 여성 야구 투수를 그린 스포츠물도 있었다. 역시 기대했던 대로였다. 한국에서도 일본과 마찬가지로 만화는 출판 산업으로 훌륭하게 자리 잡았다.

　적지 않은 만화가 일본 만화의 도작이었다. 제목과 등장인물 이름만 한국식으로 고쳐서 한국 만화로 당당하게 출판했다. 『만월가면』은 분명 일본의 『달빛가면』이었다. 흰 복면으로 얼굴을 가리고 하얀 망토를 휘날리며 오토바이를 타고 달리는 남자가 표지에 그려져 있었다. 일부러 양천기라는 작가 이름을 표지에 강조한 걸 보면 일본 원작을 무단으로 복제했다는 사실을 숨기고 싶어 하는 모양이었다. 권투 만화 『허리케인 조』는 『내일의 조』이고, 『무적소년 파평』은 후지코 후지오의 『퍼맨』이었다. 이 만화를 갖고 온 학생에게 이건 일본 만화이지 않냐고 물었다. 그는 단호히 부정하며 어릴 적부터 읽은 『만월가면』이 일본 작품의 모방일 리가 없다, 우리 세대는 쭉 우리나라 만화라고 믿으며 읽어왔고 선생님은 그걸 일본어로 번역한 책을 읽었다고 말했다. 더 이상 추궁하지 않았다. 단지 만화마다 세부 내용을 살펴보니 일본에만 있는 풍속을 고심 끝에 한국풍으로 고쳐 그린 부분이 곳곳에 있어 궁리한 흔적을 찾는 재미가 쏠쏠했다. 내 기억으로는 지바 데쓰야의 『노타리 마쓰타로』 주인공은 스모의 마와시샅바의 일종를 맸지만 한국판인 『이무기』는 스모가 씨름으로 바뀌었고 마와시는 검은 팬티로 그려져 있었다.

역도산과 오야마 마스타쓰한국 이름 최배달는 소년 만화의 양대 히어로였다. 특히 오야마 마스타쓰는 '감동 만화'라는 부제가 붙어 『대야망』이라는 네 권짜리 단행본으로 묶어 나왔다. 나는 ROTC 학생한테 전권을 빌려 읽었다. 이야기는 일제강점기 경성에서 시작된다. 북한 심산에서 3년에 걸쳐 수행을 거듭한 한 청년이 가라테선수권에 참가해 "일본 가라테와 우리나라 태권도 중에 어느 쪽이 강한지 잘 보라"고 외치며 한꺼번에 기와 열일곱 장을 깨뜨린다. "우리 배달민족은 영혼까지 억압당하고 짓밟히지 않았느냐"고 열변을 토하며 전봇대를 힘껏 때린다. 주먹 모양대로 움푹 패인 전봇대 위에서 푸드덕 날갯짓하며 참새가 떨어진다. 청년은 곧바로 권총을 들이대는 헌병대에 붙잡혀 고문을 당한다. 그러나 그는 묶인 밧줄을 끊고 헌병대 본부 담을 가뿐히 뛰어넘어 도망친다. 밤의 어둠을 틈타 '민족의 복수를 맹세하며 원수의 나라 일본'으로 밀항한다.

중학생 시절 『소년매거진』에 연재되던 「가라테 광인의 일생」이라는 만화를 알았지만 주인공인 오야마 마스타쓰가 한국인이라고는 생각지 못했다. 일본 만화 속에서 그는 가미카제 특공대의 기적적 생존자로 미군이 점령 중인 도쿄 번화가에서 미군에게 습격당한 일본 여성을 특기인 가라테로 구한다. 미야모토 무사시_일본의 전설적인 검술가_를 목표로 무도 수행에 매진하는 일본인이었다. 『대야망』의 주인공은 전혀 달랐다. 그는 일본 가라테를 부정하고 한국 태권도의 우위를 설파하는 민족주의 정신이 충만한 청년이었다. '배달'은 조선 민족을 가리키는 존칭이라고 제자가 알려주었다.

나는 두 만화의 온도 차에 놀랐다. 일본 소년 만화에서는 민족 차별이나 식민지 문제 묘사가 금기시되었지만 한국에서는 반대로 모든 재일 한국인이 민족주의 열정에 불타는 영웅으로 그려져야 했다.

일본적인 것은 두루 퍼져 있었다. 한국에서는 '민족 감정'을 고려한다는 애매한 표현 아래 공공장소에서 일본 음악을 금지했다. 다만 표면상 방침일 뿐, 실제로 서울에서 생활하는 한 일본 문화는 식민지 시대의 잔재든 최신 유행하는 패션이든 어디에서나 목격됐다.

자주 가는 호프집에선 일본인 손님이 오면 〈블루 라이트 요코하마〉나 〈여자의 의지〉 두 노래 중 하나가 흘러나왔다. 물론 팁을 바라고 틀었을 게다. 나한테 〈여기에 행복이 있어〉라는 노래를 같이 부르자고 한 적도 있다. 서점에 놓인 잡지를 봐도 『주간조선』이나 『월간중앙』의 표지 레이아웃은 분명히 『주간아사히』의 영향을 받았고, 『선데이서울』은 『선데이마이니치』를 모델로 했다. 『한국문학』은 『분게이슌주文藝春秋』를, 『여성자신』은 『죠세이지신女性自身』을 모방했다. 왜 이런 작품까지 있을까 싶은 일본 신인 소설가 작품이 야단스럽게 번역돼 매대에 쌓였고 일본에서는 간소하게 신서판밖에 내지 않는 서양 미술사 입문서가 컬러 도판을 넉넉히 사용해 호화로운 하드커버로 출간돼 있었다. 스포츠 신문은 세계섹스올림픽에서 우승한 일본 정력가가 드디어 부산에 상륙했다는 황당무계한 기사를 게재하고 밑에 쇼치쿠 영화사의 다큐멘터리 영화 〈지상 최강의 가라테〉 광고를 크게 실었다.

하지만 아무리 널리 퍼져 있다고 해도 이러한 '일본'은 어디까지나 대중적인 서브컬처 범주를 벗어나지 못했다. 일본 문화는 프랑스나 미국 등 서양 문화에 비해 한 단계 낮다고 여겨졌다. 학교 사람들과 이야기를 나눠보아도 일본에는 고상한 사상이나 철학이 존재하지 않는다는 암묵적인 이해가 느껴졌다. 현국대학교에서 영문학회가 열렸을 때 수업이 없는 틈을 타서 리셉션을 엿본 적이 있다. 접수대 앞에서 프레드릭 제임슨부터 해럴드 블룸까지 미국 최신 비평서를 판매했다. 놀랍게도 모두 원서를 복사기로 복사해 제본한 책들이었다. 이 해적판 박람회는 일본 만화를 한국식으로 고쳐 그려 청계로 노상에서 팔던 광경과 보기 좋게 대응했다. 외국 문화는 정점과 바닥 즉 서양과 일본으로 나뉘어 수요가 컸지만 해적판이 공급을 떠맡았다. 한국 출판계는 저작권에 매우 무관심해 보였다.

6월이 되자 친구들 편지가 하나둘씩 아파트로 날아오기 시작했다. 서울 도착을 알린 내 편지에 대한 답장이었다. 그들은 내가 한글로 쓴 주소를 어설픈 글씨로 항공우편 주소란에 적었고 도쿄 근황을 알려주었다. '한국 경성시'라고 주소를 적은 호걸도 있었다. 무라노는 사잔 올 스타즈의 신곡인 〈사랑스러운 엘리〉가 너무 좋다는 한편 어딜 가든 사이조 히데키의 〈Y.M.C.A〉가 들린다고 투덜거렸다. 히가시는 '미스터 부' 시리즈 신작이 전작보다 재미있었고 그에 비해 기대작인 〈에게해에 바친다〉는 실망스럽다고 썼다. 일찌감치 파리에 도착한 세키는 파리의 해가 길어 저녁 먹은 후 라탱 지구에 영화를 보러 가는 습관이 생길 것 같다고 적었다. 지금 계절에는 칸국제영화제 수상작이 차례로 공개 중인데, 파리 영화 팬 사이에서 조만간 장 뤽 고다르의 복귀작이 공개된다는 소문이 돌아서 기대된다고. 여름에는 무라노와 함께 엑상프로방스로 여행 가서 세잔기념관을 방문할 예정이라고 덧붙였다. 작은 문어는 롤랑 바르트의 브리야 사바랭론을 읽는 중인데 너무 어려워서……라고 썼다. 큰 문어는 아테네프랑세에서 뒤라스 영화를 처음 보고 깜짝 놀랐다며 그림엽서를 보냈다.

세잔, 바르트, 고다르…… 이런 고유명사를 보니 매우 불안한 마음이 들었다. 그 이름들은 석 달 전까지만 해도 친근했지만 지금은 아주 먼 옛날 일처럼 여겨졌다.

편지는 한꺼번에 세 통, 네 통씩 뭉텅이로 배달되었다. 한 번

개봉해서 문장을 검열한 후 풀로 치덕치덕 다시 봉인한 흔적이 선명했다. 불길했다. 아마 내가 일본으로 보내는 편지에도 같은 처리를 했겠지. 한 번에 여러 통의 편지가 도착하는 이유는 검열에 시간이 오래 걸리기 때문이다.

일본에서 온 잡지와 책을 받으려면 더 번거로운 절차가 필요했다. 어느 날 갑자기 국제우체국에서 출두하라는 요청이 인쇄된 엽서가 도착한다. 그러면 버스를 갈아타고 신촌 앞 철도 밑을 지나 연세대학교 맞은편에 있는 우체국에 가야 한다. 오전 중으로 시간대가 지정돼 아무래도 출퇴근 러시아워에 맞닥뜨린다. 비틀거리며 버스에서 팅겨 나와 우체국 바깥 계단을 올라가 2층 창구에서 서류를 보여주고 외국에서 온 소포 수령을 신고한다. 하지만 그것으로 수령 절차가 끝날 리 없다. 담당자가 커터 칼로 소포 포장을 거칠게 뜯으면 안에서 나온 책과 잡지에 대해 한 권 한 권 설명하지 않으면 안 된다. 공산주의와 반정부 관련 문서가 없는지 검사하려는 목적이다.

내가 서툰 한국말로 설명하면 담당자는 매우 깔보는 태도로 듣는다. 그는 "이와나미, 이와나미"를 반복한다. 이와나미서점이 발행하는 잡지를 무서워한다. 가끔은 뭔가 검사하는 시늉을 보여줘야 한다고 생각하는지 요리책을 집어 들고 사진 페이지를 넘기기도 한다. 모든 검사가 끝나자 그는 작은 문서를 건넨다. 책 통관 시 내는 관세 청구서다. 또 다른 창구에 줄 서서 세금을 내고 나면 너덜너덜해진 포장지 채로 몇 권의 책과 잡지를 겨우 손에 쥔다.

나는 이 절차가 너무나 싫었다. 도착한 서적 검열이든 담당자의 거만한 태도든 불쾌감 외에는 아무것도 느끼지 못했다. 어쩌다 대학에서 나와 같은 외국어 교사로 근무하는 해리에게 그일을 푸념했더니 매우 간단한 해결책을 알려주었다.

"간단한 일이야. 한국어를 쓰려니까 상대방이 기어오르는거야. 나처럼 처음부터 영어로 말하면 돼."

해리의 조언대로였다. 한국어를 못 알아듣는 척하며 처음부터 영어로 말을 걸자 창구 담당자는 태도가 돌변하더니 부드러워졌다. 그저 "플리즈, 플리즈" 하면서 눈 깜짝할 사이 서류에 검사 완료 도장을 찍고 비굴해 보이는 웃음을 지었다. 가슴이 후련했지만 마음속에 납득할 수 없는 무언가가 느껴졌다. 그렇구나, 해리는 여기 온 지 벌써 5년이나 됐는데 항상 이런 방법을 썼구나. 그가 한국어로 인사말조차 거의 하지 않는 이유를 알 것 같았다.

일본인인 내가 그를 흉내 낼 수는 없었다. 한국에 사는 이상일상생활에서는 가능한 한 한국어를 사용하는 것이 이 나라에 대한 최소한의 예의이자 경의를 표하는 방법이 아닐까. 태어날 때부터 영어권에서 불편함 없이 살아온 해리의 영어 만능주의를, 모국어가 영어가 아닌 나는 순진하게 답습하는 데 주저했다. 아마도 반세기 전 경성에 있던 일본인들도 해리처럼 일본어 만능주의로 통했으리라. 결국 창구에서 서툰 한국어를 쓰며 내

팽개쳐지는 책을 수령하는 쪽을 택했다. 이 불쾌감을 매번 경험하는 것도 무언가 의미가 있으리라고 애써 생각했다.

마음속에서 차라리 좀 더 체계적으로 한국어를 배워야 하지 않겠느냐고, 또 다른 목소리가 들려왔다. 일상 대화는 그럭저럭 불편하지 않을 정도로 할 수 있었다. 한자를 한국식으로 고쳐 읽는 일에도 익숙해졌다. 반대로 한글 표기에서 원래 한자를 유추해 '복원'하는 일도 조금씩 가능해졌다. 漢字는 '한자'고, 復元은 '복원'이지만 자음과 모음이 결합해 '보권'으로 발음된다. 하지만 좀 더 복잡한 구문을 신속하게 알아듣거나 한국어로 쓰인 소설이나 논문을 이해하기에는 부족했다. 만약 본격적으로 한국어를 배우려면 연세대학교 어학당이라도 등록해서 매일 몇 시간씩 강습을 받아야 한다. 대학원에서 한국 연구를 논문 주제로 삼는다면 모를까, 1년 후 귀국해 영화학이라는 전혀 다른 미학 탐구에 종사할 사람에게 과연 필요한 일일까? 또 객원교수로 매인 처지에 시간 여유가 허락될까? 설령 한국어가 어느 정도 능숙해지더라도 귀국 후 생활에서 한국어를 활용할 여건이 충분히 갖춰지지 않는다면 모처럼 쌓은 어학 실력이 순식간에 풍화돼 흔적 없이 사라지는 것은 아닐까.

나를 둘러싼 언어 상황을 돌아보자 다시금 복잡한 심정이 될 수밖에 없었다. 일본어 교사로 봉급을 받는 이상 학생들에게 일본어로 이야기하는 것이 권장되었고 그들도 매우 기뻐하며 맞춰주었다. 하숙집 아저씨 부부도 대학교수들도 일본어를 자유롭게 구사한다. 그들 일본어는 전후 일본의 외래어 유행이나 혼잡한 신조어와 무관한 만큼 나에게는 오히려 차분하고 고상한 일본어로 들리기도 한다. 번화가에서 맥주를 주문했다고 하자. "사천팔백 원!"이라며 계산을 요구한다. 머릿속에서 한국어 숫자를 일본어로 바꿀 틈도 주지 않고 점원이 일본어로 "사천팔백 엔!"이라며 다시 말한다. '엔'은 '원'일 것이다. 일본어를 모르는 젊은 연구자와 조금이라도 깊이 있는 이야기를 할 때는 타협점으로 영어를 쓴다. 게다가 미국에서 박사 학위를 취득하고 돌아온 지 얼마 안 된 한국인 학자와 대화하면 상대방 미국식 언변에 압도당해 대화가 어그러진 채로 끝나기도 한다. 나는 항상 언어 미결정 상태에 놓여 있었다.

모든 현실은 조금도 절대적이지 않다. 오히려 20세기 역사 속에서 우발적으로 생겨난 현상이라고 생각을 바꿔봤다. 36년에 걸친 일본의 식민지 지배는 한국인에게 일본어와 일본 문화를 강요했다. 한국은 해방 이후 모국어를 회복했다. 그러나 한번 심어진 일본적인 것은 표면상 한국인 의식에서 지워졌어도 얼룩조릿대 땅속줄기가 땅 밑에 무성하듯 그들 사고 밑바닥에 거푸집으로 남아 만화부터 영화, 음악에 이르기까지 서민 문화 속에 짙게 남아 있다.

내가 이 나라에서 서툰 한국어만으로 살아남은 것은 결국 식민지 지배 종식 이후 남겨진 문화 잔재에 약삭빠르게 의존하며 기생한다는 이야기가 아닐까. 또 가끔 영어로 호소하는 것은 한국인과 일본인 어느 쪽 모국어도 아닌 영어가 중립적이고 투명한 매개체로 존재함을 의미한다. 이 또한 역사적, 정치적 현상이라고 할 수 있다. 제2차 세계대전 승전국인 미국이야말로 전후 냉전 체제하에서 일본과 한국을 군사적으로 지배했다. 야구와 할리우드, 팝송을 통해 주둔군 문화가 뿌리내렸다. 영어야말로 세계 공용어라는 이데올로기를 침투시켰다. 간단히 말해 나는 일본어에서 영어로, 제국주의 언어를 바꾸었을 뿐이 아닐까.

쉽게 '전후'라는 표현을 써도 되는 것일까. 여기서도 나는 망설임에 사로잡힌다. 이 단어를 역사 구분으로 천진스레 입에 올리는 나라는 일본과 미국뿐이다. 엄밀히 말하면 한국에는 '전후'가 존재하지 않는다. 1945년은 한국인에게 있어 '해방'이고 '광복'이다. 한국전쟁은 1953년에 단지 일시적 '휴전'을 맞이했을 뿐, 전쟁 종결을 의미하지 않는다. 서울 길거리에 내리자마자 느낀 군사적 색채는 이 나라가 항상 임전 태세임을 암시했다.

나는 해리를 생각했다. 서울에 있는 대학에서 영어 회화 교사로 고용돼 5년이나 지났는데도 그는 한국어 습득에 조금도 관심을 두지 않았다. 영어라는 세계 최강 언어를 사용하는 국가에서 태어났다는 이유로 그 무관심이 가능했다. 내가 만난 세 명의 일본인 여성들도 이웃 나라 땅에서 일본어 만능주의를 신봉하고 의심하지 않는다는 점에서 해리와 똑같았다. 국제우체국에서 영어로 말하면 아무 문제 없다고 당연한 듯 말하는 해리 앞에서 기분 나쁜 위화감을 느낀 나는 과연 어떨까? 잔재한 일본어 권능에 의존해온 나 역시 정도 차이만 있을 뿐, 결국 해리와 같은 부류가 아닐까.

6장 전라남도 여행

서울에 있는 대학에서 지내면서 일본을 돌아봤을 때 가장 큰 차이를 느낀 점은 징병제였다. 헌법에 전쟁 영구 포기가 선언된 나라에서 온 나에게 군대가 확고하게 존재하고 모든 남자에게 병역 의무가 주어지는 사회는 근본적으로 일본과 괴리돼 있었다. 앞에서 간단히 언급했지만 다시 한번 조금 더 자세히 적어보겠다.

남자는 19세가 되면 징병 검사를 의무적으로 받는다. 육군, 해군, 공군에 따라 각각 미묘한 차이는 있지만 1979년 당시 육군 복무 기간은 33개월 즉 3년이 채 되지 않았다. 병역은 30세까지 마쳐야 했고 대학생은 스무 살쯤, 대학 2학년을 마치고 복무하는 것이 일반적이었다.

대학생은 스물세 살에 3학년으로 복학하고 스물다섯이나 스물여섯 살이 돼서야 겨우 졸업했다. 고아나 혼혈아, 신체가 허약하거나 장애가 있는 사람, 아버지나 형제가 전사했거나 중상을 입은 사람. 이들에게는 병역이 특별 면제되었는데 이는 매우 예외적인 일이었다. 왜냐하면 그들은 이후 사회인으로 인생을 살아가기 위한, 군대 시절에 인간관계를 쌓는 소중한 기회를 잃기 때문이다.

입대가 결정되면 친구들이 연일 밤마다 송별회를 열어준다. 잘 마시지도 못하는 술을 연달아 마시고 고성방가를 하는 등 정신적으로 고양된 나날이 이어진다. 이미 군 복무를 마친 선배가 잘난 척하며 주저하는 본인을 유흥업소에 데려간다. 때로는 만취한 사람을 던져 넣기도 한다. 순결을 잃는 경우는 이때가 가장 많다.

일단 입대하면 학력도 빈부 차이도 나이도 상관없는 세계가 끝없이 펼쳐진다. 결정적인 의미를 갖는 것은 입대 시기다. 처음에 이등병이던 신병은 곧 일병, 상병으로 진급하고 별일 없으면 3년 후 병장이 되어 제대한다. 물론 그것으로 끝나는 것은 아니다. 같은 부대 안에서 쌓은 인간관계는 제대 후에도 굳건하게 이어져 취업이나 결혼에 큰 그림자를 드리운다. 남자들에게만 허락된 친밀한 우정과 신뢰의 세계이며 여성은 본질적으로 들어갈 수 없는 폐쇄 구조다. 밤늦게 두 남자가 "충성!"을 외치며 경례하고 헤어지는 모습을 수없이 목격했다. 충성 맹세는 군대 시절 인사였다. 대학 동료였던 농업화학자 최 교수는 때로는 솔직하게 군부 정권 비판을 입에 올리는 사람이었지만 특권층 자제가 돈과 편법을 써서 병역을 면제받는 현상을 두고 한국인으로서 절대 용서할 수 없다고 늘 말하곤 했다.

군대를 이해하지 못하는 한 한국 사회를 이해할 수 없다. 서울에 도착한 직후 바로 깨달았다. 하지만 구체적으로 군대 내부가 어떻게 돌아가는지 알기는 거의 불가능에 가까웠다. 대학에서 담당했던 학생들을 보면 병역을 마친 학생과 그렇지 않은 학생 그리고 어떠한 사정으로 면제받은 학생들 사이에는 바로 보이는 차이가 있었다. 아직 군대를 가지 않은 사람은 군대를 다녀온 사람에 비해 유치하고 귀여웠다. 군 복무를 마치고 돌아온 이들의 언행에는 책임감이 묻어났다. 그들 대부분은 마치 사람이 달라진 것처럼 열심히 일본어와 영어, 철학과 사회학을 공부했다. 무의미하게 보낸 3년을 되찾고 싶은 마음이 강하게 작용했다.

군대 시절을 물어보면 그들은 결코 말하려 하지 않았다. 군 규율에 따라 기밀 유출을 막기 위해 침묵을 요구받았음을 알 수 있었다. 하지만 그 이상으로 그들에게 군인이던 3년은 다시는 기억하고 싶지 않은 과거였다. 경험한 심리적 굴욕과 고독, 상실감과 폭력 등 가능하다면 그대로 봉인해 잊어버리고 싶다. 그들은 그렇게 원하는 것 같았다. 군대를 다녀온 사람에게는 굳이 말할 필요가 없고 다녀오지 않은 사람에게는 아무리 설명해도 이해를 기대할 수 없다. 나의 학생 중 절반은 이런 암묵적인 약속을 공유했다.

홍기철과 최헌이 대학에 돌아온 것은 내가 부임하고 한 달 정도 지난 후였다. 그들은 2학년이 끝나는 시점에 입대해 3년 동안 병역 의무를 마치고 3학년으로 복학했다.

홍기철은 수염이 짙고 사려 깊은 얼굴이었다. 나와는 일본어로 이야기했지만 한국어를 할 때는 "그러니까"를 "긍께"라고 하는 등 주변 사람들과 다른 말투를 사용했다. 물건값을 물어볼 때도 "얼마입니까"가 아니라 "얼마시게요"라고 했다. "맛있어"는 "맛있지라"였다. 아니면 내 어학 실력이 부족해서 미묘하게 다르게 들었을 수도 있다. 이 독특한 말투가 오히려 그에게 진지함과 우울함이 뒤섞인 독특한 개성을 부여했다.

최헌은 덩치가 큰, 아니 당당한 체구의 학생이었다. 이마가 넓고 머리가 약간 곱슬머리인 그는 미국 가수 아트 가펑클과 외모가 비슷했다. 그는 섬세하지만 유쾌한 면이 있어 홍기철과는 대조적이었다.

복학했을 때 두 사람은 이미 스물다섯 살과 스물세 살 즉 나보다 나이가 많았다. 둘은 3년 만에 재회해 우정을 확인하며 새로 부임한 일본어 교사 수업에 함께 나타났다. 여대생들의 유쾌한 수다가 두드러지는 교실에서 늘 닳고 닳은 전투복을 입는 두 사람은 유난히 눈에 띄었다. 그럴 만도 하다. 한때 동급생이던 여학생들은 이미 오래전에 졸업해 결혼하거나 고향으로 돌아갔다. 학급에 남은 남학생 대부분은 새로운 얼굴의 젊은 친구들이었고 그들에게 아무런 관심도 없었다. 군 복무를 마친 이들은 더 이상 예전처럼 순진한 학생이 아니었다. 나는 홍기철이 입고 있는 옷이 궁금해 물었다.

그는 즉시 "이건 개구리복이에요"라고 대답했다. 개구리 무늬와 닮아서 개구리복이라 부른다. 군대에서 훈련할 때 입는 옷으로 제대 후에 입을 옷이 달리 없어서 입는다고 했다.

홍기철은 전라남도 광주 출신이었다. 그 사실을 처음 알게 된 것은 조교수인 양 군 때문이었다. "저 학생은 우수하지만 전남이니 조심하는 게 좋아요. 아무튼 고향이 그쪽이라 다루기 힘들어." 그가 말했다. 무슨 의미인지 몰라서 되묻자 "아뇨, 별거 아니에요"라며 말을 흐렸다. 한국인 사이에서는 설명하지 않아도 서로 알 만한 일을 내가 되묻는 바람에 자신이 한 말을 후회하는 것 같았다.

전남 즉 전라남도는 한국에서 역사적으로 차별받았고 현정권에서도 정치적으로 주변부에 놓였다. 내가 그 사실을 알게 된 것은 나중에 홍기철과 더 깊은 이야기를 나눈 후였다.

일본어 수업에 한해 홍기철과 최헌은 열성적인 공부벌레였다. 교실에서 강의가 끝난 후에도 연구실로 찾아와 일본어 회화를 더 잘하고 싶은 의지를 내보였다. 최헌의 집은 강원도 산골에서 양돈을 했다. 작년부터 돼지고깃값이 하락했는데 정부가 충분한 보상을 해주지 않아 가족들이 어려움을 겪고 있었다. 정부가 말하는 새마을운동은 거짓부렁이라고, 그는 공언했다.

반정부적 감정을 품고 있다는 점에서는 홍기철이 더 과격했다. 그는 고향 정치인인 김대중의 열렬한 지지자였다. 민주구국 선언에 서명했다는 이유로 무거운 금고형을 선고받아 복역 중인 이 정치인을 향한 깊은 존경심을 숨기지 않았다. 그분은 원래 한국 대통령이 돼야 할 분이라고, 일본어로도 높임말을 썼다. 나는 이때 한국인 입에서 '김대중'이라는 이름을 처음 들었다.

한국에서는 웬만해서 김대중과 김지하라는 이름을 입에 올려서는 안 된다. 한국에 오기 전 여러 사람한테 충고를 들었던 기억이 떠올랐다. 홍기철과 최헌은 전혀 달랐다. 그들은 박정희 독재 정권에 강한 분노를 느꼈다. 비록 침묵할지언정 마음속에 품은 정치적 자세 때문인지 그들과 정치에 무관심한 대다수 학생들 사이에는 보이지 않는 거리가 있었다.

나는 김대중에 대해 특별히 상세한 지식을 갖고 있지 않았다. 그러나 6년 전 그가 망명지인 도쿄에서 갑자기 납치돼 해상에서 살해당할 뻔했고 정체불명의 지령에 의해 한국으로 다시 끌려가는 모습을 보며 무모한 짓을 하는 나라구나, 놀랐다. 두 학생은 일본 측에서 바라본 김대중 보도에 관심을 가졌다.

학생 중에 어떤 이유에선지 모르겠지만 병역을 면제받고 자가용을 타고 다니는 학생이 있었다. 부유한 집안 자제들이었다.

하지만 대부분 학생들은 사치와 관계없이 검소하게 생활했다. 그중에서도 홍기철은 유난히 가난해 보였다.

점심시간이면 나는 종종 그와 최헌의 권유로 대학 정문 앞 식당으로 향했다. 보통 짜장면을 주문했다. 짜장면은 검고 부드러운 춘장 소스를 뿌려 먹는 면으로 산둥성 가난한 이주민이 들여온 분식이라는데 당시 평범한 한국인이 즐겨 먹던 몇 안 되는 중국 음식 중 하나였다. 짜장면에는 이유를 모르겠지만 얇게 썬 일본식 단무지가 같이 나왔다. 나와 최헌이 이 면 요리를 먹는 동안 홍기철은 아무것도 주문하지 않았다. 그는 다 닳은 가죽 가방에서 밥만 든 도시락을 꺼내 뚜껑을 열었다. 도시락 가장자리 밥을 먹어 공간을 만든 다음 식당에서 그냥 내어주는 김치를 꾹꾹 담았다. 여기에 뜨거운 물을 붓고 도시락 뚜껑을 덮은 뒤 좌우로 세게 흔든다. 그에 따르면 즉석 비빔밥이었다. 서울에 올라와 대학 입시에 두 번이나 실패하고 신문 배달부터 호프집 종업원까지 온갖 일을 전전하며 생계를 꾸려가던 시절에 배운 '요리'라고 했다.

어느 날 갑자기 홍기철이 "오늘 밤에는 '무겐'에 가자"며 나를 꾀었다. 3년 전, 입대를 앞두고 당시 여자 친구와 함께 갔던 추억의 장소라고 해서 깜짝 놀랐다. 혹시나 해서 그 여자 친구는 어떻게 됐냐고 물었다. 잠시 입을 다물다가 이내 말을 되새김질하며 이야기를 꺼냈다. 사주팔자를 보니 궁합이 맞지 않아 친척들 반대에 부딪혀 결국 결혼을 못 했고, 자신이 군대에 있는 동안 다른 남자와 결혼했다고 대답했다. 조심성 없이 물어본 일을 후회했다. 무겐으로 발길을 돌린 것은 홍기철한테 3년 전 단절된 시간에 대한 상처가 남았기 때문이리라.

퇴계로에 있는 호텔에 도착해 계단을 통해 지하로 내려가니 점점 큰 소리가 가까워졌다. 나는 '무겐'의 의미를 알게 되었다. '몽환'인지 '무한'인지몽환과 무한의 일본어 발음은 '무겐'으로 같다, 한때 도쿄 아카사카에 자리하며 한 시대를 풍미한 디스코 클럽 이름을 딴 디스코 클럽이었다. 무대에서는 필리핀 록 밴드가 〈Y.M.C.A〉와 레드 제플린을 번갈아 연주했다. 그들만 어깨까지 내려오는 장발이라 이상하게 느껴졌다. 깜빡이는 미러볼 아래 100여 명 젊은이들이 춤을 췄다. 모두 짧은 머리였다.

미국 대학 이름이 크게 적힌 티셔츠에 청바지 차림의 남녀 학생들이 이런 게 유행이라는 표정을 지으며 즐겁게 수다를 떨거나 맥주를 마신다. 대부분 커플이나 그룹으로 입장하는 경우였다. 그 속에서 홍기철과 최헌은 국물 속 파리 같은 존재였다. 두 사람은 학교에서랑 마찬가지로 전투복을 입고 춤을 췄다. 믿을 수 없는 건 옷차림뿐만이 아니었다. 디스코 클럽을 나올 때 홍기철은 세 사람분 입장료와 술값을 혼자서 계산했다. 한국 사람들이 계산을 다 같이 나눠서 하는 습관을 싫어함은 이미 알았지만 식당에서 가장 싼 면 요리조차 주문할 수 없는 학생에게 디스코클럽 비용이 얼마나 큰 지출인지 외국인인 나도 짐작이 갔다. 아마도 지난 시간과의 결별을 위해 나와 최헌을 증인으로 초대한 것이리라.

이날 밤은 그것으로 끝나지 않았다. 홍기철이 한 곳 더 가자고 제안했다. 우리 셋은 무겐을 나와 퇴계로에서 언덕길을 조금 올라간 골목 선술집에 들어갔다. 나는 피곤함을 느꼈다. 그러나 홍기철은 작은 소주잔을 연거푸 비우고 억양이 강한 한국말로 말투를 바꿔 최헌에게 열변을 토했다. 허공에 형체도 없이 떠도는 우울한 열기를 술기운으로 억지로라도 날려버리고 싶은 술자리였다.

선술집을 나왔을 때는 자정이 가까웠다. 술집에는 거의 사람이 없었다. 자정 지난 시간에 걷다 보면 일단 야간 통행금지령을 어기게 되고 그럼 간첩일지 모른다는 혐의로 경찰에 연행되더라도 방법이 없다. 그렇다고 심야 영업을 하는 가게에 들어가기가 망설여졌다. 결국 최헌의 하숙집에서 다시 술을 마시기로 하고 큰길로 나와 택시를 잡기로 했다.

택시는 합승이 일반적이다. 차에 태울 수 있는 만큼 손님을 가득 태워 귀가를 서두르는 택시 기사에게 우리는 반갑지 않은 손님이었다. 연달아 승차 거부를 당하고 요금을 세 배로 내겠다는 약속을 한 후에야 겨우 택시를 잡았다. 11시 50분이었다. 야간 통행금지까지 10분밖에 남지 않았다. 최헌은 빠른 말투로 목적지를 설명했고 운전 기사는 그의 말에 따랐다. 목적지에 거의 도착할 즈음, 차가 갑자기 방향을 틀어 경찰서 앞에서 멈춰 섰다. 통행금지 시간을 조금 넘겼다고 했더니 큰일이 될까 두려웠는지 택시 기사가 솔선해서 우리를 경찰에 인계해버렸다. 젊고 성실해 보이는 경찰이 한 손에 손전등을 들고 차에 다가왔다. 택시 기사가 경찰에게 "외국 사람들이에요"라고 설명했지만 경찰은 대꾸하지 않고 모두 밖으로 나오라고 했다. 우리는 결국 경찰서 안에서 '보호'받게 되었다. 나는 여권을, 두 학생은 주민등록증을 제시하고 조서를 쓰는 동안 택시는 사라졌다.

우리는 결국 새벽 4시까지 구금되었다. 방심하다 귀가 시간을 놓친 불운한 커플 반쪽이 함께 있었다. 술에 많이 취한 홍기철이 그에게 말을 걸려고 하자 최헌이 말렸다. 나는 취기와 피곤함으로 몹시 졸렸다. 의자에 기대어 꾸벅꾸벅 조는 사이 새벽 4시가 됐고 어둠 속에 텅 빈 큰길가로 풀려났다. 해가 뜨기 시작한 건 경찰서를 나와 한참을 걸어갔을 무렵이었다.

그러고 보니 예전에 술집에서 알게 된 남자에게 이끌려 신혼집인데도 불구하고 불청객으로 갔다가 역시 새벽에 귀가한 적이 있었지 않나. 도대체 나는 왜 이렇게 어리석은 짓을 하는 것일까. 일찍이 동급생들은 도쿄 대기업에서 기업 전사로 활약하거나 파리나 뉴욕에서 세련된 유학생 생활을 즐기는데 나는 아무것도 배우지 않고 숙취와 수면 부족에 시달리며 아무도 모르는, 사람 한 명 없는 길거리를 어슬렁거리다니. 자기혐오에 빠졌다.

무겐 구금 사건 이후 나와 두 학생 사이는 더욱 가까워졌다. 우리는 방과 후 남대문시장에 가서 지하에 펼쳐진 광활한 어물

전 한구석에서 소주를 마셨고 한국산 쿵푸 영화를 보러 갔다. 이소룡(브루스 리)이 아닌 한소룡이라는 액션 배우가 미국을 여행하며 차례로 악당을 처단하고 한국인을 구하는 시시한 내용이었다. 우리 세 사람은 지난번과 같은 실패를 되풀이하지 않기로 마음먹고 통행금지 시간이 다가오자 뒷골목 여인숙에 들어가 동틀 때까지 맥주를 마시며 시간을 보냈다. 여인숙은 오로지 여성을 데려오기 위한 목적으로 만든 가장 싸게 묵는 여관이다. 얇은 벽 너머에서 남녀 목소리가 속속들이 들려왔다. 우리에게는 이미 두려울 것이 하나도 없었다. 한밤중에 귀가하다 경찰에 연행된 경험이 우리를 뭉치게 만들었다.

어느 오후의 일이다. 강의를 끝내고 연구실로 돌아온 나를 낯선 학생 두 명이 조금 긴장한 표정으로 찾아왔다. 일본어 책을 읽다 모르는 부분이 있어 선생님께 물어보려 찾아왔다고 한 학생이 먼저 말을 꺼냈다. 내 수업을 듣는 학생이 아니었고 일본어는 서툴렀다. 놀랍게도 그가 낡은 가방에서 꺼낸 것은 변변치 않은 종이에 등사판으로 찍어낸 한국어 책이었다. 여러 번 읽었는지 표지 가장자리는 찢어졌고 제본도 벌어지기 직전이었다. 표지에 한글로 『사회관의 탐구』라고 적혀 있었다.

"『사회관의 탐구』? 도대체 이게 무슨 책이에요?"

"군대에 있을 때 선임이 물려준 거예요." 학생이 말했다.

"자기는 얼마 있으면 제대한다. 제대하자마자 대학에 돌아가서 데모에 앞장설 것이다. 이 책은 너한테 줄 테니 내가 그랬던 것처럼 열심히 읽어다오. 하지만 대놓고 읽으면 안 된다. 반드시 화장실에서 읽으라고. 이렇게 저는 선임한테 두 권의 책을 받았습니다. 한 권은 무라카미 류의 『한없이 투명에 가까운 블루』라는 책이고, 다른 한 권은 이 책입니다."

눈앞에 놓인 『사회관의 탐구』는 여러 사람 손을 거쳤는지 책장을 넘기면 빨간 색연필로 밑줄이 그어지거나 메모가 적혀 있었다. 저자 이름은 구로다 간이치였다. 일본 신좌파 운동가들 사이에서 유명한 카리스마 사상가의 이름이다. 본명은 히로카즈라고 읽지만 번역가는 간이치라는 통칭을 선택한 것 같다. 나는 책장을 더 넘겼다. '사적 유물론'이나 '원시공산제', '일본의 민족적 독립' 같은 단어가 한글로 적혔고 괄호 안 한자가 이를 설명했다. 1950년대에 쓰인 마르크스주의 입문서임이 분명했다.

"놀랍네. 이 책이 어떤 책인지 알고 있어요?"

"내용은 대충 읽었습니다. 저도 제대할 때 후임에게 물려줬으면 좋았을 텐데 잘 모르는 부분이 많아서 몰래 가져왔어요."

"그러니까. 이 나라에는 반공법이 있잖아요."

"군대 안에서는 오히려 괜찮았어요. 항상 화장실에 숨어서 읽었거든요. 불시에 하는 소지품 검사 때만 발견되지 않으면 아무 문제 없었어요."

나는 정신이 아찔해졌다. 공산주의를 고무하는 서적을 소유하다니, 이 나라에서는 그 자체로 북한 간첩임을 의미한다. 그

럼에도 불구하고 일본의 혁마르파^{일본혁명적공산주의자동맹 혁명적마르크스}
^{주의파의 줄임말}의 성전이라 할 책이 비밀리에 번역되고 등사판으로
인쇄되어 군대 내부에서 병사 여러 명이 돌려 읽는 일을 어떻게
이해해야 할까. 두 학생은 책장을 넘기며 몇 가지 세세한 질문
을 던졌다. 무엇보다 마르크스주의에 무지한 나로서는 만족할
만한 대답을 줄 수 없었다.

"그런데 학생들은 어디서 일본어를 공부했나요? 외국어학과
학생은 아니잖아요."

"학원에서 배웠습니다. 우리는 농과대학(농학부) 학생입니
다." 한 명이 대답했다. '학원'이란 시내에 있는 일본어 교실을
말한다.

나한테 혁마르파는 대학 시절 캠퍼스에서 발생한 살인사건
의 기억과 깊은 연관이 있는 공포의 집단이었다. 『사회관의 탐
구』는 과연 역사적인 이론서였을지 모르지만 이 책을 손에 쥔
학생들이 속한 분파가 결국 대립 분파와 피비린내 나는 싸움으
로 치닫고 말았다는 이야기가 떠올랐다. 이 책을 군대 화장실에
서 진지하게 읽는 한국 군인들은 비참한 전말을 알지 못한다.
눈앞에 선 두 학생에게 학생운동 내 계파 간 폭력 항쟁이 어떤
것인지 설명할 엄두가 나지 않았다. 설령 설명해준다고 해도 그
들은 이해하지 못할 게다. 내가 할 수 있는 일은 두 학생과 이들
뒤를 이을 학생들이 일본 학생들의 전철을 밟지 않기를 마음속
으로 기도하는 것뿐이었다.

7월이 다가오고 있었다. 도쿄만큼은 아니었지만 하루가 멀다 하고 비가 내렸고 그때마다 한강변 지형이 바뀌었다. 버스 창밖을 바라보니 잡초가 무성한 강가에서 아이들이 물놀이하는 모습이 보였다. 여름방학이 다가올수록 서울은 급속도로 더워졌다.

"조만간 최현을 꾀어 고향인 광주에 내려가려고 하는데요. 선생님도 함께 가시겠습니까?" 홍기철이 물었다. "선생님도 언젠가 부산이나 경주에 가실 거잖아요. 화려한 관광지인 경주를 보기 전에 무엇보다 먼저 부여와 광주를 보았으면 합니다. 광주가 있는 전라남도는 한국에서 가장 한국적인 곳이니까요."

나는 좋은 기회라고 생각했다. 중고등학교 역사 시간에 백제를 배울 때부터 막연한 친근감을 느꼈다. 어쨌든 고대 일본에 문자를 전한 왕인 박사의 나라다. 우아한 자태의 관세음보살 불상도, 그림의 안료도, 경전도, 일본은 모두 백제에서 건너온 도래인渡來人한테 배웠다. 지도를 펼쳐보니 전라남도는 한국 남서부에 위치했고 해안은 리아스식 해안으로 형상이 마치 실밥이 풀린 직물을 연상케 했다. 직물 끝에서 크고 작은 섬이 떨어져 나와 바다로 떠내려간다. 분명 새우와 게와 수많은 해산물이 해변에 숨어 있으리라.

전라남도를 둘러싼 좋지 않은 소문 몇 가지를 들었다. 동료인 양 선생뿐만이 아니었다. 동대문시장에서 알게 된 헌책방 주인이 전남은 한국의 수치라고 서슴없이 말해서 놀랐다. 그쪽 사람들은 말도 안 통하고 냄새도 나고 게다가 거짓말까지 해댄다. 얼굴을 마주 볼 땐 웃으면서도 돌아가는 길에 꼭 오줌을 싸고 간다고 아무렇지 않게 말했다. 북한 함경도에서 남쪽 땅으로 피난 온 사람을 흔히 알래스카라고 부르듯 전라남도 사람을 하와이라는 멸칭으로 부르며 이승만 정권 시절부터 강한 편견을 가져왔다.

내가 자세히 묻자 홍기철로부터 웅변 같은 대답이 돌아왔다.

전라도 출신은 역사적으로 높은 관직에 오를 수 없었다. 1,300년 전 신라가 당과 손잡고 백제를 멸망시킨 후 한반도를 통일하고 백제인을 예속시킨 잔재가 여전히 계속되고 있다. 그 증거가 바로 김대중으로 그는 1971년 대통령 선거에서 근소한 차로 박정희에게 패배한 이후 여러 가지 수난을 겪어왔다. 교통사고로 위장한 살해 위험에 처했고 일본으로 피신했다가 중앙정보부에 납치돼 또 한 번 살해당할 뻔했다. 현 대통령 박정희는 경상북도 출신으로 말하자면 전라도와 견원지간인 셈이다. 전남에서는 바로 얼마 전까지 식량이 부족해 나무껍질을 벗겨 먹는 기근까지 겪었지만 정부 재정 원조 금액이 적었다. 도로 건설은 물론이고 병원 등 의료시설이 뒤떨어져 눈에 띌 정도다. 하지만, 이라며 홍기철은 강조했다.

"우리나라에서 판소리 같은 가창 예능이 특히 발달한 곳도, 무당과 같은 민간신앙이 파괴되지 않고 남은 곳도 전라남도입니다. 현 정권은 '새마을운동'이라는 이름으로 농촌 근대화를 서두르지만 근대화로 인해 훼손될 전통문화가 가장 풍부하게 남은 곳이 바로 이 지역입니다."

그렇게 우리 세 사람은 광주로 여행을 떠나기로 했다. 홍기철은 다음과 같이 계획을 설명했다. 먼저 서울에서 야간열차로 논산으로 가서 백제 옛 도읍지였던 부여를 방문한다. 밤에는 산속이라면 적당한 곳에 텐트를 치고 마을이라면 가능한 한 저렴한 여관을 찾는다. 다음 날은 남원, 구례를 돌아보고 더 남쪽으로 내려가 바다가 나오면 여수에서 하룻밤을 보낸다. 여기서 마음껏 수영한 뒤 순천에서 다시 산 쪽으로 들어가 텐트에서 하룻밤 묵고 드디어 광주로 들어간다. 광주에서 자신은 고향 집에 머물고 선생님은 최 군과 함께 아는 사람이 운영하는 적당한 여관에 묵으면 된다. 광주에서는 시간을 충분히 갖고 마음껏 도시를 둘러보면 좋겠다.

7월 5일 밤, 홍기철의 하숙집에 모여 출발했다. 여행은 계획대로 진행되었다. 서울역을 출발한 우리는 좁은 야간열차 좌석에서 선잠을 자고 새벽 무렵 논산에 도착해 버스로 갈아타고 부여로 향했다. 두 학생은 거대한 배낭을 멨다. 안에는 텐트와 취사도구가 들어 있었다.

솔직히 말해 부여에는 아무것도 없었다. 높은 바위산 아래 모래밭이 자리하고 백마강이 온화하게 굽이굽이 흐른다. 백제가 멸망할 때 삼천궁녀가 몸을 던졌다는 전설의 장소였지만 이를 보여주는 흔적은 없었고 멀지 않은 절에서 솟아 나오는 샘

물을 마시는 일 외에 할 게 없었다. 박물관은 형편없이 빈약했고 용머리 형상을 한 범종과 도깨비기와를 제외하면 아무것도 인상에 남지 않았다. 불상을 기대했지만 전시된 불상 모두 매우 작고 빈약했다. 서울 국립박물관에는 좀 더 있다고 홍기철이 미안한 듯 말했다.

이것이 영화로움을 자랑하던 고대 왕국 수도인가. 부여는 일찍이 고대 일본에 문화적으로 지대한 영향을 미쳤다. 그런데도 그 흔적은 거의 남아 있지 않다. 일본 고도古都인 나라나 교토와 비교해볼 것도 없다. 생각을 달리해보자. 국가 소멸이란 이와 같은 일이리라. 백제가 멸망했을 때 침략자인 당과 신라의 병사들은 궁전과 사찰을 불태웠을 뿐만 아니라 금은보화와 궁녀까지 철저하게 약탈했다. 손가락 하나 크기밖에 되지 않은 불상을 바라보며 짐작했다. 부여는 이 작은 불상을 감추기 위해 최선을 다했으리라.

우리는 버스를 갈아타며 이동했고 최대한 경비를 아낀다는 이유로 산속 야영을 계속했다. 이때 두 학생의 신체가 군대에서 철저하게 단련되었음을 새삼 실감했다. 그들은 나보다 몇 배나 무겁고 큰 배낭을 짊어지고 어떤 산길도 아무렇지 않게 올랐다. 가파른 경사라고 해서 걷는 속도가 느려지는 법이 없었다. 점심을 먹기 위해 휴식을 취할 때면 그들은 배낭을 땅에 내려놓자마자 재빨리 뒤를 돌아보았다. 거의 자동적이고 반사적이라 할 법할 동작이었다. 숟가락으로 감자 껍질을 벗기고 칼끝으로 요령껏 마늘을 다졌다. 순식간에 된장국을 완성했다. 최소한의 도구로 얼마나 효율적으로 조리하는가. 이 신속함이야말로 군대에서 기초 훈련을 받으며 몸에 주입된 행동 규범이었고, 몸은 그것을 생생하게 기억했다. 두 사람은 내가 반도 채 먹지 못했을 때 이미 식사를 끝내고 설거지를 하러 갔다.

"군대에서는 서서 밥을 먹어요. 밥을 담은 식판을 들고 좁은 복도를 걸어가는데 복도가 끝나기 전에 다 먹는 것이 규칙입니다. 그래서 자연스레 먹는 속도가 빨라지죠. 매일매일 밥과 된장국 아니면 카레입니다. 누구든 얼마간 시간이 지나면 질릴 수밖에 없어요. 면회 날 어머니가 가져다주시는 과자가 못 견디게 기다려질 정도였어요."

"된장국을 똥국이라고 불렀어요. 카레는 이제 지긋지긋해요. 제대하고 나서 한 번도 안 먹었어요. 그 시절이 생각나서요." 최헌이 말했다.

"최 군은 어떤 부대에 있었는지 말해주지 않을래요?"

"그걸 물어보는 거예요? 곤란한데. 하지만 선생님이니까 말씀드리죠. 휴전선 바로 근처 부대인데 북한 전파를 듣고 분석하는 것이 제 임무였어요. 매일매일 북측 뉴스 방송을 듣고 보고하죠. 만약 내 집에서 이 일을 했다면 바로 간첩으로 몰려서 큰 곤욕을 치렀을 텐데 돌이켜보면 참 이상한 임무였어요. 사흘 전에 서울대에서 반정부 시위가 열렸다느니 이화여대에 이러이러한 전단이 뿌려졌다느니…… 궁금해서 휴가 때 서울에 있는 친구 집에 놀러 가서 이야기를 해봤어요. 정확히 같은 날짜에 시위가 열렸거나 같은 내용의 전단이 뿌려졌더군요. 깜짝 놀랐죠. 내가 들은 내용과 정확히 일치하는 내용이었으니까요. 도대체 어떻게 그런 세세한 정보까지 알아낼까, 여전히 미스터리지만 북한 간첩이 곳곳에 있음을 실감했습니다."

"최 군은 육군이었기 때문에 지루하지 않은 것만으로도 다행이라고 생각해요." 홍기철이 말했다.

"저는 땅개(육군)가 아니라 물개(해군)였어요. 이런 표현, 선생님 아시겠어요? 운 나쁘게도 동해 순찰 경비를 맡으라는 명령을 받았죠. 선생님, 어떤 일을 하는 건지 아시나요?"

"동해는 알아요. 일본해."

"우리나라에서는 동해라고 합니다. 제 임무는 독도를 지키는 것이었습니다."

"독도라면 다케시마竹島인가?"

"이름 따위는 어떻든 상관없어요. 솔직히 말해 아무것도 없는 곳입니다. 마른 소나무 몇 그루가 자랄 뿐인 작은 섬 두 개가 나란히 자리하고 주위에 파도 사이로 가끔가다 얼굴을 내미는 바위가 있어요. 그게 전부입니다. 군인들이 몇 명 상주하지만 모두들 정말 지루해하고요. 정부는 어떻게든 민간인을 살게 하려고 하는데 그렇게 하기 위해 월급을 줘도 좋다고 해요. 하지만 그런 암초에 좋다고 살겠다는 사람은 아무도 없죠."

"한국에게 중요한 섬이잖아."

"그렇죠. 항상 화제가 되죠. 하지만 일본인이 언제 쳐들어올지 모른다고 2년 반 동안이나 경비정을 타고 감시하다니 생각만 해도 어리석은 임무 같지 않나요? 최 군의 임무와 비교해보세요. 저는 정말로 인생을 낭비했다고 생각해요."

지금까지 수많은 한국인으로부터 독도가 한국 고유 영토라는 말을 수없이 들어왔다. 어째서 물어보지도 않았는데 그렇게 열을 올리며 이야기를 꺼내는지 이해할 수 없었다. 실제로 지금은 한국이 그 섬을 실효 지배한다. 군대가 주둔한다. 그것으로 충분하지 않을까. 딱 한 번, 나의 무반응이 불만이었는지 이승만 대통령이 쓰시마^{대마도}도 한국 영토라고 주장했다고 말하는 사람이 있어서 놀랐다. 과거 독재자가 정말로 그런 발언을 했는지는 나로서는 확인할 방법이 없다.

어느 순간부터 나는 도발적인 언사의 배후에 깔린 심리적 굴절을 생각했다. 한국인은 35년에 걸쳐 일본의 식민 지배를 받은 원한을 심리적으로 해결할 실마리를 찾지 못했다. 독도는 원한을 위장하기 위한 계기에 불과하다. 그들은 독도를 빼앗기고 분해하는 일본인을 보고 싶어 한다. 나한테 도무지 그런 기색이 보이지 않으니 불만인 터다. 그렇다면 독도는 어떤 곳인가? 가본 적이 있는가? 나는 여러 명의 한국인에게 물어보았다. 그들은 대부분 아무것도 모른 채 그저 "우리나라 고유의 영토다"라는 말만 반복했다.

나는 홍기철의 경험이 흥미로웠다. 2년 반의 순찰 경비를

통해 그는 영토 문제가 얼마나 시시한지 몸소 체험했다. 독도
는 이제 실체를 잃어버린 채 편협하게 관념화되었다. 그 관념
에 봉사하기 위해 짧지 않은 세월을 희생한 홍기철에게 동정
을 느꼈다.

광주에 도착한 것은 저녁 무렵이었다. 연일 강행군을 한 탓
에 피곤했는지 나는 버스에 타자마자 잠이 들었다. 눈을 떠보니
버스는 번화한 시내에 들어서는 참이었다.

도로 양옆으로 더러운 벽돌담이 이어졌고 낡은 미용실 간
판은 먼지를 뒤집어쓴 채 걸려 있었다. 울퉁불퉁한 도로. 포장
마차 앞에 모인 여중생들. 땅따먹기를 하며 노는 아이들. 소처
럼 굵직한 목소리로 떠들썩하게 호객하는 시장 여자들. 노상에
서 원숭이 묘기를 선보이는 약장수. 로터리에 의자를 내어놓고
좀처럼 나타나지 않는 손님을 기다리는 이발사, 보퉁이를 머리
에 이고 걸어가는 여성이 보였다. 모두 바삐 오가는 서울 거리
에 비해 왠지 긴장감이 없었다. 버스에서 내린 순간 묘한 기분
에 휩싸였다.

홍기철은 나와 최헌을 여행사로 데리고 가서 고등학교 선배
에게 소개했다. 우리는 그의 안내로 일박에 5,000원짜리 여관
에 들어갔다. 이번 여행에서 가장 호사스러운 일이었다. 홍기철
은 여관 주인과 오랜 지인인지 반갑게 이야기를 나눴다.

홍기철의 고향 집은 여관 바로 근처였다. 그는 우리가 여관

에 들어가는 모습을 지켜본 뒤 고향 집으로 가서 짐을 내려놓고 곧바로 돌아왔다. "무슨 일이 있어도 선생님께 먼저 보여드리고 싶은 것이 있어요." 그는 잰걸음으로 걷기 시작했다. 데려간 곳은 그의 모교, 광주제일고등학교였다. 여름방학이라 그런지 해 질 녘 학교 건물에는 아무도 없었다. 운동장에서 야구를 연습하는 학생들의 구령 소리만 희미하게 들려온다. 정문을 들어서자 바로 앞에 기념비가 보였다. 거기에는 장승처럼 선 소년들이 무언가를 열심히 외치는 부조가 새겨져 있었다.

"1929년에 있었던 일이에요. 당시는 전라남도에서 우수한 중학생이 다니는 고등보통학교였습니다. 어느 날 광주에서 나주로 가는 삼등열차 안에서 일본인 중학생 무리가 조선인 여학생을 향해 장난을 치기 시작했어요. 조센징, 조센징이라 놀리면서 늘어뜨린 머리를 잡아당기기도 했어요. 공교롭게도 여학생의 남동생이 같은 열차에 타고 있었는데 순식간에 싸움으로 번졌어요. 광주보통중학 학생들이었습니다.

싸움은 주위 중학생들까지 끌어들여 순식간에 규모가 커졌고 열차가 나주역에 도착했지만 싸움이 끝날 기미가 보이지 않았습니다. 순사가 역 구내로 달려와 조선인 소년을 때렸고 그제서야 겨우 진정이 됐습니다. 하지만 이튿날에도 같은 하교 열차에서 또다시 다툼이 일어났습니다. 참다못한 차장이 양쪽 학생들 우두머리를 이등칸으로 데려가 사정을 들어보려 하다가 불에 기름을 붓는 결과를 낳고 말았습니다. 함께 있던 광주일보의 일본인 기자가 조선인 소년 앞에서 조선인을 업신여기는 발언을 했고 이를 들은 다른 일본인 승객들이 일제히 박수를 쳤던 것입니다. 그렇게 끝날 리가 없었어요. 광주의 조선인 중학생들 사이에는 일본인을 향한 증오와 복수의 마음이 쌓여 다음 날부터 조선인도 일본인도 중학생들은 절대로 혼자 다니지 않고 항상 몇 명씩 짝을 지어 다녔다고 합니다.

11월 3일 즉 메이지 천황 생일에 드디어 시위가 일어났습니다. 광주보통중학 학생들은 두 패로 나뉘어 반은 광주일보사를 습격했습니다. 윤전기에 모래를 뿌려서 인쇄를 못 하게 만들었습니다. 나머지 반은 신사 참배를 마치고 돌아오는 일본인 중학생 일행을 잠복하며 기다렸어요. 당연히 광주역 앞 광장에서 격렬한 몸싸움이 벌어졌습니다. 일본인 중학생들 쪽에는 경찰은 물론이고 재향군인까지 가세해 무리 지어 조선인 소년들을 난타했습니다.

하지만 여기까지는 단순한 싸움에 불과했습니다. 그다음에 큰 사건이 벌어졌습니다. 일단 물러선 조선인 중학생들이 점심 무렵이 되자 광주 시내를 행진하기 시작한 겁니다. 각자 죽창과 가래를 손에 들고 "조선 독립 만세"를 소리 높여 외치며 시위를 벌였습니다. 3·1 독립운동이 철저하게 진압된 지 꼭 10년 후의 일입니다. 결국 50여 명의 중학생들이 검거됐고 광주보통중학에는 임시 휴교령이 내려졌습니다. 일주일 후 더 큰 규모의 시위가 벌어졌습니다. '민족문화와 사회과학 연구의 자유를 쟁취하자'는 내용이 적힌 전단이 광주 시내 일대에 뿌려졌습니다. 경찰은 처음에는 엄격하게 언론 통제를 했지만 곧 전남의 많은 중학생에게 알려졌고 나주뿐만 아니라 목포와 함평에서도 잇따라 독립을 외치는 불길이 타올랐습니다. 한 달 후 경성제국대학에서도 광주에서와 같은 내용의 전단이 뿌려졌고 서울의 많은 중고등학교가 시위에 돌입했습니다. 이러한 시위는 그해에 해결되지 않았고 한반도 전역에 걸쳐 이듬해 3월까지 계속돼 많은 희생자가 발생했습니다. 이는 3·1운동 이후 가장 큰 규모의 항일 운동이었습니다."

홍기철은 모교 기념비 앞에서 길게 설명했다. 내가 한 번도 들어본 적 없는 역사였다. 이 이야기를 하고 싶어서 먼저 나를 모교로 데리고 온 것이었다. 아니, 애초에 이번 광주 여행을 떠올린 계기일지도 모른다. 마지막으로 그는 이렇게 말했다. "역사의 선두에 서는 사람은 언제나 지식인인 학생입니다."

나는 그때 다시 한번 한국과 일본 대학생의 차이를 뼈저리게 느꼈다. 1970년에서 아직 9년밖에 지나지 않았다. 얼마 전까지만 해도 일본에서는 미국과의 안보 조약에 반대하고 베트남전쟁 중단을 요구하는 운동이 전국적인 규모로 진행되었고 학생과 시민이 반전을 기치로 내걸고 싸웠다. 대학이라는 대학은 전부 바리케이드로 봉쇄되었고 형형색색 헬멧을 쓴 학생들이 집회에서 마이크를 잡고 '미제 타도'를 외치며 연설했다. 미군 탈영병을 지원하는 조직이 비밀리에 만들어졌고 곳곳에서 기지 반대 투쟁이 벌어졌다. 그러나 안보 조약이 갱신되고 패배감에 휩싸인 신좌익 세력이 인접 세력을 향해 동지 죽이기를 시작하면서 학생운동에 대한 기대는 급속히 하락했고 정치 냉소주의와 폭탄 테러가 사회 전체를 뒤덮어버렸다.

나는 한국에 와서 '학생의거'라는 말을 배웠다. 1919년 파고다공원 앞에서 조선 독립 시위 행진을 시작한 시민들. 1960년 이승만 독재 정권을 무너뜨린 학생들. 많은 희생자를 낸 운동이었지만 그 운동에 참여한 사람들은 지금 의거로 순국한 애국자로 추앙받는다. 1929년 광주보통중학 소년들도 식민 지배의 굴욕에 분노하여 의거에 몸을 던진 사람들로 인정받았다.

과연 일본 역사에서 의거는 존재했을까? 일본인은 세간의 시선이라는 환상에 휘둘리기만 할 뿐 어느 시대든 양처럼 권력에 맹종하고 굴욕을 내면으로 봉인하는 일에 이골이 났던 게 아닐까? 홍기철이 마지막으로 했던 말이 떠올랐다. 일본에서는 지식인이 앞장서서 개척한 역사가 지금까지 존재한 적이 없었다. 학생들은 늘 권력 앞에서 패배했고 그 좌절을 교묘히 내면화하면서 약간의 냉소주의를 선물로 품고 기업 전사가 되는 것이 고작이었다. 권력의 입장에서 보면 조종하기 쉬운 양떼에 또 한 마리의 양이 방황하는 것에 불과한 것이 아니었을까?

그날 밤, 홍기철은 우리를 여관에 데려다주면서 여관 주인과 밤늦게까지 이야기를 나누었다. 잠자리에 들기 전, 나는 그들이 있는 방 앞을 지나쳤다. 순간이었지만 두 사람이 무언가 진지하게 이야기하는 모습이 보였다. 그들은 내가 들어가선 안될 영역에 있는 것 같았다.

우리는 광주에 일주일 정도 머물렀다. 하루하루가 강렬한 햇살의 나날이었다. 시장으로 발길을 돌리니 광장에 많은 사람이 모여 있다. 중앙에 빨간 옷을 입은 난쟁이가 무언가 설명하면서 약을 팔았다. 작은 승합차에 산더미처럼 쌓인 나무 조각을 기계로 즙을 짜내 종이컵에 담아 파는 사람이 있었고 그 약효를 믿는 사람들이 줄을 서서 순서를 기다렸다. 식당에 들어서자 되직한 콩물에 담긴 국수가 나왔다. 국수 위에 설탕을 잔뜩 올렸다. 음식 맛은 서울과 전혀 달랐다. 김치는 어딜 가도 빨갛고 묵직한 맛이었고 한쪽에는 몇 종류나 되는 젓갈이 놓여 있었다.

우리는 열기 속에서 걷고 또 걸었다. 계속 땀을 흘렸다. 걷다 지칠 즈음 대기 속에 조금씩 냉기가 감돌면 그때가 저녁 무렵이라는 표시였다. 거리는 끝없이 이어져서 아무리 걸어도 끝이 보이질 않았다.

어느 날 밤, 홍기철은 나와 최헌을 한 술집으로 데려갔다. 동네에서 소문난 곳이라고 했다. 문을 여는 순간 우리는 심한 욕설을 들었다. 술집 주인으로 보이는 노파가 큰 소리로 새로 온 손님에게 욕을 퍼부었다. 욕쟁이 할머니라고 해서 이 동네에선 모르는 사람이 없을 정도로 유명한 할머니라고 홍기철이 말했다. 무슨 뜻이냐고 묻자 곤혹스러운 듯 살짝 웃으며 작은 목소리로 "이놈의 거지새끼야, 아직도 거시기(불알)가 떨어지지 않았냐"고 통역해주었다. 전라남도는 특히 욕설이 풍부한 곳이라 일상용어에도 빈번하게 등장한다. 욕을 하면 더 심한 욕을 해주는 것이 친한 사람들끼리 대화라서 이 암묵적인 규칙에 화를 내면 욕쟁이 할머니 술집 문턱을 넘을 수 없다. 홍기철은 그렇게 설명했다.

광주 공기에는 유쾌하면서도 피부에 끈적끈적 달라붙는 축제성이 감돌았다. 하지만 교외에 지어진 지 얼마 안 된 박물관을 방문했을 땐 전혀 다른 세계로 빠져들었다. 전시실 진열대 곳곳에 작은 조명이 켜졌을 뿐 어둡고 썰렁했다. 관람객은 없었다. 그저 송나라 도자기 수백 점이 진열돼 있을 뿐이었다.

도자기는 최근 해저에 가라앉은 배에서 발견돼 수백 년 만에 지상의 빛을 보게 됐다는 설명이 이어졌다. 하나하나 조심스럽게 옮긴 후 먼저 표면을 덮은 두꺼운 따개비 층을 벗겨냈다. 염산으로 얼룩을 닦아내고 표면 흠집을 정성껏 보수했다. 마지막으로 세세하게 분류하고 추정 연대에 따라 각각 이름을 붙였다. 도자기는 지금 내 눈앞 차가운 유리 케이스 안에서 다시금 새로운 잠을 자고 있었다. 나는 지식도 역사에 대한 기억도 없이 끝없이 늘어선 도자기들을 바라보았다. 그것은 음악을 닮은 희열이었다. 표면에는 물고기와 용, 고대 기괴한 생물의 문장紋章이 아련하게 잠들어 있다. 나의 걸음에 따라 잔은 그릇이 되고, 그릇은 호리병이 되었다.

박물관을 나서는 순간 다시 한번 뜨거운 열기의 습격을 받았다. 목덜미에 또다시 땀이 축축이 맺혔다. 냉기로 가득 찬 무無의 세계는 닫히고 우리는 소란스러운 세속 세계로 되돌아왔다.

"오늘 밤은 매미 구경하러 가는 게 어떻겠습니까?" 홍기철이 말했다. 한국에서는 창녀를 '매미'라는 은어로 부른다. 광주에는 광대한 적색 지대가 있는데 그 길이가 몇 킬로미터에 달한다고 한다. 하지만 그런 이야기를 진지하게 받아들여도 될까?

"그런 곳에 구경하러 가도 괜찮을까?"

"괜찮습니다. 강압적으로 손을 잡아끌거나 때로는 가방을 붙잡고 쫓아오며 실랑이하는 여자도 있지만 그럴 때 주문을 외우면 반드시 '해방'시켜 준다고 합니다."

"주문?"

"하고 옵니다, 라고 말하면 돼요."

"방금 하고 왔다는 뜻?"

"그래요, 하고 옵니다. 이 한마디면 여자들은 포기합니다. 안심하세요."

우리는 소주 한 잔을 마시고 적색 지대를 견학하기 위해 출발했다. 구불구불한 좁은 골목길이 끝없이 이어진다. 가로등이 없어 길은 매우 어둡다. 양옆으로 바닷가에 조개껍데기가 쌓이듯 빈틈없이 늘어서 매춘업소 출입문 틈으로 작은 불빛이 깜박이며 새어 나온다. 걸어가면서 안을 들여다보니 목을 하얗게 칠한 여자들이 몇 명씩 모여 우리를 쳐다본다. 웨딩드레스 같은 차림으로 밖으로 달려 나와 치마를 살짝 걷어 올리며 도발하는 사람도 있고 우리 대화를 귀신같이 알아듣고서는 "일본!" 하며 손을 흔드는 사람도 있다.

"하고 옵니다!"

"하고 옵니다!"

마법의 주문은 효과가 있었다. 가는 곳마다 이 말을 연발하자 여자들은 호객 행위를 중단했다. 이 사람들은 가능성이 없다고 판단하고 바로 다른 행인에게 말을 거는 사람이 있는가 하면 환하게 웃으며 "하고 옵니다"를 앵무새처럼 흉내 내는 사람도 있었다. 그녀들은 언뜻 보기에 정말 구김살이 없어 보였다. 물론 호객 행위를 위한 위장일 뿐임을 나 역시도 알았다. 골목을 지나는 우리들의 여유로운 눈빛에 비해 그녀들의 눈빛은 웃는 듯 날카롭고 진지했다. 그들은 우리 정체를 한순간에 꿰뚫어 봤다.

광주를 떠나는 날 가랑비가 내렸다. 나와 최헌은 홍기철의 배웅을 받으며 오후에 버스터미널에서 고속버스를 탔다. 홍기철은 한동안 고향 집에 있을 예정이었다. 고속버스는 냉방 장치가 완전히 망가져 있었다. 창문도 열리지 않아 서울까지 네 시간 동안 땀을 뻘뻘 흘렸다. 창밖에는 어느새 폭우가 쏟아졌다.

"선생님은 홍 군을 어떻게 생각하세요?" 옆자리에 앉은 최헌이 물었다.

"홍 군이 학생회 회장에 입후보한다는 이야기를 들었는데."

"홍 군은 하고 싶어 합니다. 하지만 전남 출신이라는 이유로 시시한 험담을 하는 학생들이 있을지도 몰라요. 중요한 것은 그가 과거를 떨쳐버려야 하죠."

서울 고속버스터미널에 도착하기 직전 한강이 보이자 드디어 돌아왔다는 느낌이 들었다. 이 주도 채 안 되는 여행이었지만 마음은 몇 달 동안이나 이 도시를 떠났던 것 같았다. 한강변에 늘어선 낯익은 고층 아파트를 마주하자 안도감을 느꼈다. 나는 서울로 돌아온 것이다.

"역사의 선두에 서는 사람은 언제나 지식인인 학생입니다." 홍기철이 광주제일고등학교 기념비 앞에서 했던 말이 떠올랐다. 그는 군 복무를 마치고 복학하자마자 진지하게 일본어를 공부하기 시작했고 일본 신좌익 서적을 열심히 읽었다. 동시에 군대에 의해 철저하게 '만들어진' 신체를 가졌고 적색 지대를 그냥 산책하는 데도 능숙했다. 그리고 어디까지나 나를 선생님이라고 불렀고 일본어로 말할 때 경어를 잊지 않았다. 전라남도에서 태어나 여러 일을 하며 서울에서 고학하는 그는, 아마 나로서는 상상조차 못 할 비탄과 굴욕을 겪으며 살아오지 않았을까? 하지만 그것을 아는 것은 나로서는 불가능했다.

나는 바로 얼마 전까지 머물렀던 광주라는 신기한 도시를 떠올렸다. 경계가 없는, 어디까지라도 끝없이 펼쳐질 것 같은 도시. 그 도시를 다시 한번 방문할 일이 있을까. 그 도시의 밑바닥을 유유히 흐르는 굵은 핏줄이 드러날 때가 과연 올까. 나는 마음속으로 그렇게 생각했다.

7장 이문동

새 학기는 8월 27일에 시작되었다. 오랜만에 학교에 나오니 학과장인 김 교수가 웃는 얼굴로 조교인 미스 리와 대화를 나누고 있었다. 여름방학에 딸을 데리고 도쿄에 다녀왔다고 한다. 서울대에서 미술을 전공하는 딸이 유화로 대통령상을 받았다는 얘기는 예전에 들었다. 이번 여행의 목적은 그녀를 일본 미대 대학원에 유학시키기 위한 사전 답사였던 것 같다. "세노 선생님께 줄 선물이 있어요." 그녀는 말했다. 후지산이 그려진 엽서 세트였다.

나는 새 학기 교재를 정했다. 3학년 회화 수업은 과감하게 하시모토 오사무가 쓴 『모모지리무스메』를 텍스트로 골랐다.

나쓰메 소세키나 가와바타 야스나리 같은 옛 명작보다는 현재 일본 고등학생 세계를 섹스까지 포함해 현실적으로 그린 소설이 더 좋다고 판단했다. 4학년 강독 수업은 다니카와 슌타로 시집에서 작품을 골라 한 줄 한 줄 꼼꼼하게 읽기로 했다.

교재 선택은 둘 다 정답이었다. 학생들은 『모모지리무스메』에서 주고받는 고등학생들 대화에 신선한 흥미를 느꼈다. 그들이 지금까지 일본어 회화로 배워온 지독히도 정중하고 형식적인 말투와는 전혀 달랐기 때문이다. "이건 반말이네요." 한 학생이 말했다. 또래 친구 사이에서 친근함을 확인하려 사용되는 말 즉 반말이다.

그들은 답례로 학생들끼리 쓰는 반말을 알려주었다. 헤어질 때 인사는 '안녕히 가십시오'가 아니라 '잘 가~'이고 사랑 고백은 '사랑해'가 아닌 '뽕 갔어'였다. '진짜!(거짓말!)', '시끄러~(시끄러워)', '야마 돌아(화나)'…… 내가 배운 대로 반말을 따라 하자 학생 모두가 웃음을 터뜨렸다. 교사 지위에 있는 사람이 입에 담을 리 없는 단어였다.

나이와 성별에 따른 경어 사용이 엄격한 이 나라에서 언어는 이중 구조로 성립된다. 여성이 남자친구를 어떻게 부르는지 물어보았다. 한 여학생이 "오빠"라고 대답하자 교실에 웃음소리가 가득 찼다. "오빠가 있~다♪"라는 가요 멜로디를 부르는 학생도 있었다.

4학년 수업은 좀 더 진지한 분위기였다. 다니카와 슌타로의

「말놀이 노래」를 통해 일본 현대시를 처음 접한 학생들은 미묘한 당혹감을 드러냈다. "갓파 낫파 잇파 캇타/갓테 킷테 쿳타かっぱなっぱいっぱかった/かってきってくった, 갓파 푸성귀 잔뜩 샀다/사서 잘라 먹었다"나 "갓파 갓파랏타かっぱかっぱらった, 갓파 후려쳤다" 같은 말장난 시구를 이해하지 못했다. 그들의 시 체험은 중학생 시절, 일본에서 옥사한 '영웅' 시인 윤동주의 시 낭송으로 시작됐다. "죽는 날까지 하늘을 우러러/한 점 부끄럼이 없기를"으로 시작하는 격조 높은 그 시는, 시란 숭고한 도덕의식의 결정체이자 지극히 엄숙한 문학이라는 관념을 머릿속에 새겨놓았다. 나는 학생들에게 시란 여러 단어를 음표처럼 배열해 피아노 치듯 쓰면 무엇이든 가능하다고 설명하며 긴장을 풀어주었다. 슈퍼마켓에서 김밥을 통째로 사서 칼로 잘라 먹어보았다. 일본에서는 그런 일만으로도 시가 써진다. 이에 학생들은 신선한 호기심을 품었다.

"선생님, 오이 김밥을 왜 갓파물속에 산다는 상상 동물로 오이를 좋아하는데, 일본어로 오이 김밥이 갓파마키인 이유라는 도깨비(요괴) 이름으로 부르나요?" 곧바로 질문하는 손이 올라왔다. 서낙호 즉 '보쿠짱'이었다. 3학년인 그는 가끔 4학년 수업에 놀러 왔다.

보쿠짱은 봄 학기 수업 후 일본 포르노 소설을 보여주며 궁금한 단어를 가르쳐달라고 찾아온 학생이었다. 그는 군사교련을 무엇보다 싫어하는, 중산층 가정에서 고이 자란 도련님 분위기를 풍겼다. 늘 전투복만 입고 다니는 홍기철이나 최헌을 멀리했다. 오로지 공부에만 몰두하는 궁상맞은 학생들 사이에서 자칫 신세 편하고 경박해 보이기도 했다.

보쿠짱은 당구를 잘 쳤고 나름대로 학생 미식가를 자처했다. 점심시간이면 학교 앞 식당은 맛없다며 나를 조금 떨어진 곳에 위치한 좀 더 고급스러운 냉면집으로 데려갔다. 이곳 정원을 바라보며 냉면을 먹는 게 최고라며 묘하게 어른스러운 말투로 말했다. 서울은 사방이 산으로 둘러싸인 분지다. 여름 더위는 혹독했다. 새 학기가 시작됐지만 변함없이 대기는 불타올라 걷기만 해도 이마에 땀이 배어났다. 보쿠짱이 나를 유혹했다.

"이럴 땐 아무리 냉면을 먹어도 소용없어요. 보신탕입니다, 선생님."

"그게 뭐죠?"

"한자로는 '補身湯'이라고 써요. 예전에는 개장국이라고 불렀는데, 이름이 너무 노골적이라 대놓고 말하지 못했어요. 그래서 최근에 이런 이름이 붙었어요. 한방에서 말하는 보신도 되고 영양 만점이라는 뜻입니다. 간단히 말해 개고기 스키야키입니다."

보쿠짱이 끌고 간 곳은 대학 근처 번화가, 화양리 뒷골목이었다.

"있다, 있어! 여기입니다."

작은 식당들이 몇 채 늘어선 가운데 한 가게에 붉은 깃발이 걸려 있다. 7월 들어 이 깃발이 걸리면 개고기가 나온다는 뜻이란다. 공공연히 간판을 내걸지 않고 아는 사람만 아는 식으로 조용히 깃발만 내걸다니, 한국 사회에서 개고기 음식이 놓인 미묘한 위치가 엿보인다.

보쿠짱은 이전에도 와본 적이 있는지 어두운 가게에 들어서자 요령껏 아줌마(여주인)에게 주문을 한다. 곧바로 안쪽으로 안내받았다. 온돌바닥이 차가워 기분이 좋다. 자리에 앉아 소주를 마시고 있자니 금세 부글부글 끓는 냄비가 나왔다. 파와 채소를 넣고 푹 끓인 맨 위에 검붉은 고기가 있다. 고기는 매콤한 참깨 양념장에 찍어 먹는다. 조심스럽게 한 점 입에 넣었더니 느끼하지 않고 묘한 맛이 났다. 국물은 향신료를 듬뿍 넣어 맛을 냈다. 개고기 잡내를 없애기 위해서인지 마늘과 생강이 넉넉했고 깻잎이 쌉싸름했다.

"개고기는 전골 말고도 여러 가지 먹는 법이 있어요. 말린 고기로 먹거나 갈비구이로 먹기도 해요. 갈비라고 해도 소고기에 비하면 작은 편이지만, 온전한 갈비뼈 모양 그대로 원래 개 크기가 상상돼서 귀엽습니다."

어느 때보다 더운 오후였다. 냄비 속 고기를 공략하는 동안 얼굴에서는 땀이 뿜어져 나온다. 손수건으로 이마를 닦자 보쿠짱은 "이게 좋은 점이죠. 여름에는 보신탕이 최고예요"라며 득의양양하게 말했다.

다음으로 데리고 간 곳은 서울 최대 규모 축산물 시장이다. 마장동이라 불리는 일대는 학교에서 버스를 타면 그리 멀지 않았다. 동네 외곽 정류장에서 내려 좁은 개천을 따라 걸었다. 물이 뿌옇게 흐렸다. 돼지 피를 흘려보내면 물이 하얗게 변한다고 한다. 보쿠짱은 나를 데려와서 만족한 모양이었다.

개천이 끊긴 곳에서 광장이 나왔다. 가게 앞에는 재주 부리는 원숭이로 손님을 모으는 약장수가 있었다. 광장부터 좁은 골목이 여러 갈래로 뻗어 나갔고 어느 골목이든 양옆으로 약초 파는 노점이 빼곡히 늘어섰다. 더 안쪽으로 들어가니 또 다른 광장, 여기에 정육점 수십 곳이 줄지어 자리했다. 어느 가게든 앞에 물을 그득 채운 커다란 대야가 서너 개씩 놓여 있었다. 가까이 가보니 빨강, 검정, 하양 등 갖가지 색깔 덩어리가 분류되어 물속에 담긴 채였다. 뭔가 신기한 생물이 잠들어 있는 것처럼 보였다. 많은 사람이 그 안을 들여다보며 신선도를 확인했다. 방금 도축한 소의 심장과 폐, 네 종류의 위, 간, 비장 등이었다. 그곳이 바로 마장동이다.

"선생님, 뭘 먹고 싶으세요?"

보쿠짱이 말하길 시장 가게에서 산 고기를 골목에 위치한 식당으로 가져가면 바로 요리해준다고 한다. 나는 내장에 대한 편견이 없다. 모처럼의 기회니까 특이한 부위를 먹고 싶다고 대답했다.

"그럼 쇠골이 좋을 것 같아요."

"쇠골?"

"소의 뇌입니다."

나는 1,000원짜리 지폐 한 장을 내고 비닐봉지에 가득 담긴 쇠골을 받아 들었다. 소의 뇌는 하얗지 않았다. 도축한 직후라 그런지 모세혈관이 뇌 표면을 따라 흘러서 전부 걸쭉한 새빨간 핏덩어리였다.

같은 건물 양옆으로 함석지붕의 간이식당이 몇 채 있었다. 그중 한 집에 들어가 쇠골을 건네자 주인이 회로 할지 탕으로 할지를 무뚝뚝하게 물었다. 반반으로 해줄 수 없냐고 하니 순식간에 작은 접시 여러 개가 테이블에 놓이고 그다음에 쇠골 두 접시가 나왔다. 한쪽 접시 가장자리에는 식초 섞은 고추장 한 숟갈을 듬뿍 얹었다. 소의 뇌는 생선의 이리와 비슷한 쫀득쫀득한 맛이었다.

나는 한국 음식이 재미있었다. 서울은 육류에 관한 한 일본에서는 상상할 수 없을 정도로 재료 폭이 넓었다. 내장은 구워 먹는 것이 아니었다. 우선 삶아 먹고 신선할 때는 생으로 먹었다. 돼지 피는 기름통에 넣어 젤리처럼 굳으면 불을 가해 녹인 다음 국물 요리에 사용했다. 또 향신료를 섞으면 소시지 재료가 되었다. 족발은 간장으로 푹 조렸고, 소 힘줄은 삶아 잘게 자른 후 니코고리^{젤라틴이 많은 생선이나 고기 등의 국물을 조린 후 식혀 굳힌 음식}처럼 만들어 식탁에 올렸다. 식당에서 이름을 물었더니 "족편"이라는 무뚝뚝한 대답이 돌아왔다. 이 모든 것이 놀라웠다. 학생 미식가인 보쿠짱한테 이곳저곳을 안내받으며 나의 새 학기가 시작되었다.

어느 날이었다. 오후 수업을 하는데 조교인 미스 리가 교실에 와서 지금 당장 학과장 방으로 가라고 말했다. 조금 있으면 끝난다고 대답해도 그녀는 나가려고 하지 않았다. 아무튼 수업을 중단하고 지금 당장 가보라는 말만 반복했다. 겁에 질린 듯했지만 진지한 표정이었다. 나는 김 교수의 연구실로 향했다.

김 교수는 여느 때처럼 신경질적인 얼굴로 한창 학생들 리포트를 읽는 중이었다. 그녀는 내 얼굴을 보자마자 말을 꺼냈다.

"세노 선생님이 온 지 벌써 반년 가까이 됐으니까 우리나라 사정을 거의 다 이해했으리라 생각합니다."

"무슨 말씀인지…… 한국어는 아직 잘 못합니다만."

"그러니까, 우리나라의 특수한 사정을 이미 이해하고 있으리라는 뜻입니다."

"네?"

"실은 10분 후에 선생을 데리러 차가 도착할 겁니다."

"어디를 가는 겁니까?"

"네, 그러니까 선생님만 가시면 됩니다."

장소가 어딘지 물어보았지만 그녀는 아무 말도 하지 않았다. 그런 다음 굉장히 곤란한 표정을 지으며 실은 이문동이라고 답했다. 이문동이라면 짐작 못 할 것도 아니다. 서울시 북동쪽, 청량리보다 좀 더 외곽에 자리한 주택가로 몇 개 대학교가 있다. 한국외국어대학교에서 일본어 연극을 상연한다는 이야기를 듣고 한 번 가보기도 했다. 학생들은 무대 위에서 진지하게 일본어 대사를 읊었다. 길상여자사범대학교에서 일본어 연극 연출을 부탁받은 상황이었는데 연극 연출 경험이 전혀 없는 나로서는 적지 않은 힌트를 얻었다. 하지만 이문동에는 또 다른 얼굴 하나가 있었다. 한국중앙정보부다.

"설마 KCIA로 연행되는 건 아니겠지요?"

나는 농담 반 진담 반으로 물었다. 바로 김 교수의 안색이 바뀌었다.

"……실은 말 그대로입니다. 그러니까 선생님에게 우리나라의 특수한 사정을 이해해달라고 말한 거예요."

"제가 신문을 받아야만 하는 이유가 무엇인가요?"

"아니요, 아니요. 아무것도 모릅니다. 알려주지 않았어요."

"제가 싫다고 하면요?"

"그건 불가능합니다. 불가능해요. 중앙정보부가 직접 선생님을 지명해 대학에 연락했어요. 그저 이것만은 알아주셨으면 해요. 저는 아무것도 관여하지 않았어요. 아무것도 모릅니다."

모든 대학 사무국에 KCIA 구성원이 비밀리에 파견돼 교수와 학생의 사상 동향을 살피고 시위 정보를 사전에 탐지해 보고한다. 이에 대해선 일본에서부터 들어서 알았다. 이와나미 신서 『한국으로부터의 통신』을 읽어보면 유신 체제에서는 캠퍼스 내부에 반정부 사상을 가진 사람을 밀고하는 일이 장려됐다. 대학 구내에서 돌연 학생이 KCIA에 납치돼 무참한 고문 희생자가 되거나 반공법 위반으로 무거운 징역형을 받는 사건이 일어난다고 했다. 학생들은 KCIA 이야기가 나오면 급히 목소리를 낮췄고 이 불길한 알파벳 네 글자를 가능한 입에 올리지 않으려고 "저 사람들"이라거나 본부가 위치한 '남산'이나 '이문동'이라는 지명으로 표현했다. 그들 사이에는 불특정 다수 앞에서는 절대로 정치 이야기를 하지 않는다는 암묵적 약속이 있는 것처럼 보였다.

학생 대부분은 홍기철이나 최헌처럼 예외적인 소수는 별도로 하고, 내가 정치 이야기를 꺼내도 자신들은 정치 이야기는 잘 모른다든가 관심이 없다며 화제를 피했다. 나로서는 김 교수의 머뭇거림이 이해가 됐다. KCIA에 조금이라도 관여돼 있다는 소문이 도는 일을 그녀는 무엇보다 두려워했다. 이 조직 앞에서 이의 제기는 불가능했다. 그녀도 익히 알았다.

김 교수는 그 말을 끝으로 입을 다물었다. 불편한 침묵을 견디는 와중에 노크 소리가 들렸다. 들어온 사람은 어디에나 있을 법한 양복 차림의 중년 남성이었다. 분명 복도에서 엿듣다가 타이밍을 봐서 노크를 한 것일 게다.

"세노 선생님이죠? 부탁드리고 싶은 일이 있는데 동행해주지 않겠습니까?"

정중하고 완벽하다고 해도 좋을 일본어였다. 그 부드러운 말투 뒤에는 명령을 거절하는 행위는 용납하지 않겠다는 강한 자세가 느껴졌다. 사범대학 건물 앞에 이미 자동차가 대기했다. 남자는 나를 태우고는 운전사에게 신호를 보내 차를 출발시켰다.

자, 시작되고 말았다. 대체 앞으로 무슨 일이 일어날 것인가. 마음속으로 연행되는 원인을 생각해보았다. 수업 중에 무언가 반정부적 이야기를 한 적이 있었는가? 일단 그런 일은 있을 리가 없다. 오로지 일본 이야기만 했기 때문이다. 하지만 마음에 걸리는 게 아예 없진 않다. 학과 공동 연구실 서가에 꽂힌 일본 현대문학 전집에서 김석범이 쓴 「까마귀의 죽음」을 발견하고는 다 읽은 다음 학생들에게 추천한 적이 있다. 김석범은 한때 조총련 측에 섰던 소설가로 이 단편은 1948년 제주도에서 일어난 학살 사건인 4·3사건을 주제로 한다. 당시 한국에서 절대로 언급해서는 안 되는 사건이었다. 흥미를 느낀 학생이 읽고 아무렇지 않게 다른 사람에게 내용을 이야기하다가 그때 내 이름을 말했을까?

다음으로 생각이 다다른 것은 나를 찾아왔던 두 명의 농과대학 학생 일이었다. 두 학생은 등사판으로 비밀리에 인쇄한 일본 마르크스주의자의 저서를 보여줬고 나는 그에 대해 코멘트를 해줬다. 분명히 한 학생이 그 책을 군대 시절 선임한테 물려받았다고 이야기했다. 하지만 두 학생은 애초에 금단의 문서를 소장한 이상 나를 밀고할 리가 없다.

그렇다면 무엇이 원인일까? 우표 수집을 하는 여학생과 북한 우표 이야기를 나눈 일일까? 도쿄 친구가 보내준 잡지에 김지하 시인의 시 번역본이 실린 게 문제가 됐을까? 아니, 어쩌면 연행 원인은 한국과는 무관하게 대학 시절 교우 관계 중 신좌익 계열 동급생일지도 모른다. 나도 모르게 조총련 멤버와 말을 주고받은 적이 있던 걸까?

곰곰이 생각하다 보니 점점 더 강한 불안감에 휩싸였다. 아마도 내가 생각하는 이유와는 전혀 다른 이유로 끌려가는 것 같았다. 서울로 향하기 직전에 벼락치기로 읽은 한국에 관한 책이 떠올랐다. 물고문, 불고문은 물론이고 며칠 동안 잠을 재우지 않고 신경이 소진되기를 기다렸다가 자백을 강요한다. 흉터가 눈에 띄지 않도록 발바닥에 못을 박는다. KCIA가 특기로 삼는 각종 고문이 그 책에 줄줄이 나왔다. 내가 이런 생각을 하는 동안 차는 한강으로 흘러가는 좁은 개천을 따라 북상해 20여 분 만에 이문동에 도착했다.

건물 주위는 높은 콘크리트 벽으로 둘러싸여 있었다. 검문소를 지나니 넓은 잔디밭이 펼쳐졌고 하얀 장미가 흐드러지게 피었다. 나무가 잘 가꾸어져 도쿄 옛 화족 저택 정원을 연상케 했다. 바깥 음침한 벽에서는 상상할 수 없는 우아하고 밝은 안쪽 공간이었다.

본관으로 보이는 건물 앞에 차를 세우자 현관에 남자 네 명이 기다렸다. 모두 정장 차림이었고 가슴팍에 사진이 실린 신분증을 달았다. 한 사람이 내 이름을 확인하고 출신 대학을 물었다. 놀랍게도 내 아버지 이름을 알았고 나에게 재확인했다. 너에 대해 이미 충분히 조사했다고 윽박지르는 듯했다. 그들은 결코 자신들 정체를 밝히지 않았다. 중앙정보부라는 말조차 하지 않았다.

담당관의 안내를 받아 들어간 곳은 다다미 서른 장 남짓한 넓이의 아무것도 없는 방이었다. 중앙에 사무용 책상 하나, 의자 세 개가 준비되어 있었다. 책상 위에는 작은 녹음기가 놓였다. 자, 드디어 여기서 신문이 시작되는 것인가. 나는 각오를 다졌다. 담당관이 한 말은 내가 전혀 예상하지 못했던 설명이었다.

"선생님은 지금부터 일본어 회화 능력 시험 면접관이 될 것입니다. 응시자는 모두 서른네 명. 기본적으로 일상 회화 능력을 알아보는 시험입니다. 너무 어려운 주제는 피하고 대략 한 사람당 5분 정도로 끝내주세요."

담당관은 그렇게 말하면서 영어로 타이핑된 채점표를 건네주었다. 일본어를 모국어처럼 이해하고 말하는 사람은 91점에서 100점. 전문 영역에서는 모국어와 비슷한 능력을 갖췄지만 전반적으로 회화 능력이 완벽하지 않은 사람은 81점에서 90점. 일상생활에 불편함이 없는 어학 능력이지만 모국어 수준에 미치지 못하는 사람은 71점에서 80점. 언어 능력이 아직 충분하지 못한 사람은 70점 이하. 채점 기준에 따라 일본어 학습 요청 기간이 3개월, 6개월, 12개월, 이렇게 분류돼 옆에 적혀 있었다.

순간 맥이 풀렸다. 이게 웬일인가. 공산주의 활동에 대한 신문도 그 무엇도 아니었다. 단지 KCIA의 신입 공채 시험을 위해 특별 시험관으로 채용됐을 뿐이었다. 생각해보았다. 일본어를

모국어처럼 이해하고 말할 줄 아는 사람이란 어떤 의미일까. 그
것은 긴자나 신주쿠 같은 북새통 속에 자연스럽게 섞여 들어가
지극히 평범한 일본인으로 위장해 첩보 활동을 할 수 있다는
뜻이다. 6년 전 구단시타 한 호텔에서 김대중을 납치한 자들에
게 요구됐던 것이 바로 완벽한 일본어 능력이었다. 의심을 사서
는 안 된다. 임무 수행을 위해서는 완벽하게 일본인으로 가장하
지 않으면 안 된다. 내가 요구받은 것은 수많은 지원자 중에서
그 수준에 도달한 자를 골라내는 일이다.

나는 질문 내용을 생각했다. 사람에 따라 불공평해서는 안
되기에 먼저 간단히 자기소개를 하게 한다. 다음에는 누구에게
나 똑같이 가벼운 질문으로 시작해 상대방 태도에 따라 다음
질문을 던진다. 정치나 역사 해석과 관련된 주제는 절대 피해야
한다. 우선 기본적인 질문 세 가지를 고안했다. 왜 일본어를 공
부하게 되었습니까? 가장 좋아하는 한국 음식은 무엇입니까?
도쿄는 어떤 곳이라고 생각하십니까?

면접시험 자체는 기계적이라고는 할 수 없었지만 단조로운
작업의 반복이었다. 내 옆에는 담당관이 바짝 붙어 면접 모든
과정을 녹음기로 녹음했다.

첫 번째 지원자는 대학을 갓 졸업한 청년이었다. 첫 번째 순
서라서 그런지 긴장을 많이 했다. 일본어는 어색하고 탁음과 청
음 구분을 여러 번 틀렸다. 이 정도로는 일본에 가서도 금방 한
국인이란 사실을 들켜버린다고, 마음속으로 중얼거렸다. 두 번

째 지원자는 풍채 좋은 백발의 신사였다. 그는 정말 능숙한 일본어로 말했다.

"저는 대학을 졸업할 때까지 계속 일본어로 공부를 했습니다. 새로운 가나仮名, 한자 일부를 따서 만든 일본 특유의 음절 문자 사용법은 모르지만 배웠던 가나라면 일본어로 편지쯤은 어렵지 않게 쓸 수 있습니다. 소로문候文, 중세부터 근대에 쓰인 문어체 중 하나 쓰는 연습을 한 적도 있습니다. 다만 지난 30여 년 동안 일본어를 전혀 쓰지 않고 살아왔기에 대화가 조금 자유롭지 못할지도 모르겠습니다. 선생님, 어떻습니까? 저의 일본어 정도면 충분한가요?"

신사는 온화한 말투로 일본인이 모두 철수한 후에도 『분게이슌주』는 빼놓지 않고 읽었다고 말했다.

"해방 당시에는 일본어로 된 잡지를 구하기가 정말 어려웠습니다. 지금으로 치면 정가보다 열 배를 주고 한 달 늦게 읽을 수밖에 없었습니다. 일본 책을 들고 있으면 애국자가 아니라고 야단을 맞기도 했지만 그래도 계속 읽었습니다. 『세카이』라는 잡지가 창간되었다는 소식을 듣고 강독했습니다. 다만 『세카이』는 요즘 붉은색을 띠어 읽기를 그만두었습니다. 『분게이슌주』는 지금도 재미있게 읽습니다."

"실례지만, 지금 취업을 생각하시는 거죠?"

"아니요, 지금은 직장도 벌써 정년퇴직을 했어요. 오늘 이곳에 온 것은 제 일본어가 과연 어느 정도 수준인지 일본분에게 평가받고 싶어서였습니다."

지원자들 나이는 다양했지만 한참 면접을 진행하면서 크게 두 가지 유형으로 나뉜다는 것을 알았다. 황민화 정책 시대에 교육을 받고 식민 통치하에서 인격 형성을 이룬 세대가 우선 존재한다. 이들은 50세 이상으로 매우 높은 일본어 회화 능력을 보여준다. 이에 비해 보다 젊은 세대 즉 중·고등학교 혹은 시중 학원에서 일본어 수업을 받았거나 대학에서 일본어를 전공한 사람 대부분은 연장자 그룹의 어학 수준에 도달하지 못했다. 한국어에는 없는 '쓰'라는 발음을 '츄'라고 발음하는 사람이 있는가 하면 '잘 다녀오세요'라고 직역 표현을 그대로 내뱉는 사람도 있다. 지원자에게 왜 취업할 곳으로 중앙정보부를 선택했는지 물어보고 싶었지만 직접 상대방에게 대답을 들을 용기가 나지 않았다. 옆에 앉은 담당관이 대화가 어학 면접 범주를 넘어서는 것을 싫어할 테니까.

　30대로서는 드물게 일본어를 유난히 잘하는 지원자가 있었다. 이유를 물었더니 오사카 이카이노^{재일 한국인이 모여 살던 동네}에서 태어나 소학교 때 부모님 손에 이끌려 한국으로 "돌아왔다"고 했다. 그러고 보니 말투에서 희미하게 간사이 사투리 흔적이 엿보였다.

　"자신의 나라를 처음 보았을 때 어떤 느낌이 들었습니까?"

　"글쎄요. 시모노세키에서 배를 타고 부산으로 건너왔는데 바다 너머로 우리나라 산맥이 보이기 시작하자 왠지 모르게 실망했어요. 민둥산뿐이라. 주위 어른들과 아버지는 눈물을 흘리며 울음을 터뜨리는데 저는 맥이 빠졌어요. 어린아이라서 그랬기도 했지만 전혀 감동이 없었어요. 해방 전에 일본인들이 무계획으로 벌채해서 이렇게 된 거라고, 나중에 설명을 들었는데 그때는 왜 이런 민둥산에 살기 위해 긴 여행을 했을까 그런 생각밖에 들지 않았어요."

"오사카에는 어떤 추억이 있나요?"

"추억이라고 할 만한 고급스러운 추억은 없어요. 아무튼 싸움만 했으니까요. 일본인 아이한테 질 수 없다는 생각뿐이었죠. 보통은 우리 쪽이 일본인보다 키도 더 크고 몸집도 커요. 하지만 숫자로 따지면 압도적으로 적죠. 경찰이 오면 끌려가는 쪽은 우리니까요. 그래서 어렸을 때부터 절대 지면 안 된다고 생각했습니다. 사실 싸움에서는 절대 지지 않았어요."

나는 이 지원자 얘기가 재미있다고 생각했다. 나를 대하는 그의 말은 충분히 여유로웠다. 눈앞에 있는 이 사람은 지금, KCIA 구성원이라는 직업을 가지려고 한다. 오사카 지리와 일본인 생활 습관에 익숙한 그는 어쩌면 우수한 첩보원이 되어 오사카 쓰루하시 인도교 위에서 조총련 측과 화려한 액션을 펼치게 될지도 모른다. 그가 만약 소학생 때 귀국하지 않고 그대로 재일 한국인으로서 오사카에 거주했다면 어떤 삶을 살았을까. 고깃집과 파친코로 성공해 외동딸을 유명 사립 여학교에 보내서 서양 미술사를 공부시키는 모습을 떠올려보았다. 아니, 일본이다. 조총련과 관계를 맺게 될 가능성도 없지 않다. 몇 년 전

일이지만 조총련의 꼬임에 넘어가 서울에서 박정희 대통령 암살을 꾀한 사람은 재일 한국인 청년이었다. 잘못해서 대통령 부인을 총으로 쏴 죽이고 말았지만 말이다.

어쨌든 나 말고도 또 한 명의 일본인 면접관이 있다는 사실을 알게 된 건 스무 명에 가까운 면접을 끝내고 잠시 휴식을 취할 겸 화장실에 가려고 할 때였다. 담당관은 즉시 녹음기 스위치를 끄고 내게 바짝 다가왔다. 나한테서 한시도 눈을 떼지 말라는 명령을 받았는지 화장실까지 동행하며 일거수일투족을 감시했다. 화장실에서 돌아가는 길에 다른 방에서 일본어로 면접을 진행하는 목소리가 들려왔다. 지원자가 너무 많아서 면접관이 두 명일까? 아니면 만일을 대비해서 지원자는 두 명의 면접관에게 각각 평가받는 시스템일까? 알 수 없었다.

면접실로 돌아와 보니 이미 다음 지원자가 앉아서 나를 기다렸다. 어디선가 본 적이 있는데 싶어 얼굴을 쳐다보니 보쿠짱이었다. 보쿠짱과는 바로 며칠 전에도 보신탕을 먹으러 대학 근처 번화가 뒷골목에 갔었다. 이런 곳에서 만날 줄이야. 내가 놀라자 그도 내가 면접관임을 알고 놀란 모양이었다.

"어라, 선생님 아니신가요?"

나는 눈짓으로 그에게 태연한 척하라는 신호를 보냈다. 옆에서 담당관이 지원자와 면접관의 일거수일투족을 감시했다. 우리 두 사람이 같은 대학의 교사와 학생 사이란 게 밝혀진다면 불리하게 작용할 수도 있다. 나는 시치미를 떼며 기본적인 질문만 던졌다.

"한국에서 가장 좋아하는 음식은 무엇인가요?"

"네, 개고기입니다." 보쿠짱은 히쭉 웃었다.

"김치가 아닌가요?"

"김치는 겨울을 나기 위해 어쩔 수 없이 먹는 것이지, 맛있다, 맛없다를 따지는 음식이 아닙니다. 정말 맛있는 음식은 냄비에 소주를 끓인 뒤 파를 듬뿍 넣고 개고기를 넣어 익혀 먹는 전골입니다."

거의 웃음이 터질 뻔했지만 진지한 척하며 말을 이어갔다.

"어떤 개가 맛있나요?"

"네, 황구가 맛있다고 하는데 틀린 말이에요. 어떤 개든 껍질을 벗기면 고기가 붉습니다. 특별한 황구가 있는 게 아닙니다. 제대로 사육한, 잘 먹여 키운 개가 맛있는 것이지 고급 아파트에서 기르는 개를 잡아다 냄비에 넣는다고 해서 맛있지 않습니다."

이번에는 보쿠짱이 웃음이 터지려는 걸 참았다. 서른네 명의 면접이 끝났을 때 저 멀리 어디선가 차임벨이 울리는 소리가 들렸다. 나는 완전히 지쳐서 중간부터는 똑같은 질문을 앵무새처럼 반복했다.

후반부 지원자, 그것도 고령자 중에는 흥미로운 경력을 가진 사람이 더러 눈에 띄었다. 한 지원자는 국민학교 시절 가슴 아픈 기억을 털어놓았다. 한국어로 말한 일이 발각되면 벌칙으로 나무패를 받았고 그다음에 똑같은 일을 저지르는 학생이 나타날 때까지 쭉 갖고 있어야 했단다. 또 다른 지원자는 젊은 시절 조선 독립운동에 참여해 만주 벌판에서 싸웠다고 했다. 누구나 담담한 어조였다. 그들은 동년배 일본인과 다르게 '쇼와昭和, 1926년~1989년'라는 단어를 결코 입에 올리지 않았다.

일이 다 끝났음을 확인한 담당자는 봉투를 건네며 수령했다는 서명을 요구했다. 예상했던 것보다 더 많은 금액이었다. 그는 이번 면접 건은 다른 사람에게 말하지 말라고 했다. 이미 해질 녘이었다. 어둑어둑한 어둠 속에서 장미 정원의 하얀 꽃들이 희미하게 보였다. 임무가 끝나고 긴장이 풀렸는지 담당자는 나를 아파트까지 데려다주는 차 안에서 태도를 바꿔 수다를 떨었다. 그는 빠른 말투로 일본어를 구사하며 말이 막히면 바로 한국어를 섞어 문장을 완성했다.

"저도 지금은 이렇게 샐러리맨이 되었지만 이래 봬도 원래는 사진작가였어요. 학창 시절부터 산 사진을 즐겨 찍었죠. 일본어를 시작한 이유도 일본 알프스에 오르는 것이 목표였기 때문이에요."

담당자의 이야기를 듣고 있자니 KCIA는 음모가 소용돌이치는 정보기관도 그 무엇도 아닌, 그저 연봉이 좋은 화이트칼라 직장처럼 느껴졌다. 그의 말에서 김대중을 납치해 살해를 시도하거나 학생들에게 가혹한 고문을 가해 공산주의자로 만들어내는 공포의 조직이라는 인상은 조금도 없었다. 그는 아파트 앞에서 나를 내려주고는 자신도 차 밖으로 나와 내가 집에 들어갈 때까지 동행했다.

"모처럼 이렇게 알게 됐으니 사실은 서울의 재미있는 곳도 안내해드리고 싶은 마음입니다만." 그는 마지막에 이렇게 말했다. "하지만 우리가 다시 만날 일은 아마도 없겠죠."

긴 하루였다. 마음속으로는 여전히 공포와 놀라움을 감출 수 없었다. 대체 오늘 경험은 무엇이었단 말인가. 나는 곰곰이 생각해보았다. 우선 멋지게 가꾼 푸른 잔디밭과 하얀 장미 정원을 보았다. 나를 철저히 조사한 조직이 있었고 다양한 경력을 가지고 지원한 사람들이 있었다. 이 조직은 내가 읽은 책에서는 어둠에 싸인 공포의 기관이었고 잔인함에 있어서는 세계에 유례가 없는 것처럼 보였다. 하지만 나를 바래다준 조직 구성원은 자신을 태연하게 회사원이고 이곳은 배운 일본어를 활용할 수 있는 직장이라고 말했다.

다행히도 소문으로 들었던 신문은 피했다. 그런 생각에 골몰했던 건 기우였다. 하지만 KCIA로 불리는 이 조직이 모든 면에서 공포의 원천이라는 점에는 변함이 없었다. 예를 들어 그들은 이미 내가 어느 대학을 나왔는지 알았다. 물론 출입국관리사무소에 문의하면 그건 가능하다. 그럼 아버지 이름은 어떨까? 그들은 시골에서 한가로이 직장 생활을 하는 아버지를 어떻게 알아낸 걸까?

그들이 나를 면접관으로 지명한 이유도 생각해보았다. 만약 내가 현 정권에 비판적인 발언을 공개적으로 하거나 활동가 학생들과 적극적으로 교류하는 인물이었다면 조직은 비밀 누설이 두려워 기용하지 않았을 터다. 내가 발탁된 것은 일본어 네이티브 스피커인 데다 이 나라에 가족이나 연고가 전혀 없고 1년 후면 귀국하는 뒤탈 없을 일본인이었기 때문일 뿐이다. 그들은 그런 사실을 미리 알아본 후 나를 불시에 낚아챈 것이다. 집에 돌아와 샤워를 하고 하숙집 식구들과 식사하는데 전화가 걸려 왔다. 보쿠짱이었다.

"선생님, 오늘은 실례했습니다."

"실례고 뭐고, 놀랐잖아."

"저도 깜짝 놀랐어요. 선생님이 이문동 스태프라니."

"스태프라고 하지 마. 오늘 오후에 수업을 중단시키더니 갑자기 차에 태워 가서 면접시험을 진행하라잖아. 그보다 너는 왜 거기 취직할 생각을 했어?"

나는 옆방에서 밥을 먹는 하숙집 식구들이 눈치채지 못하도록 '이문동'이라는 단어를 숨긴 채 물었다.

"연봉이 좋으니까요. 일본어를 배워 여행사나 무역회사에 취직하는 것보다 훨씬 낫다고 생각해요. 게다가 출장으로 당당히 도쿄에 갈 수 있잖아요. 쉬는 날에는 가부키도 볼 수 있지 않겠어요?"

내가 전화를 받는 동안 가족들은 식사를 마치고 응접실에서 텔레비전을 봤다.

아름다운 아내와 딸과 함께 남부럽지 않은 삶을 사는 대기업 임원이 있다. 하지만 그는 북한 스파이로 오랫동안 첩보 활동을 해왔다. KCIA가 그 사실을 감지하고 비밀리에 자신의 일거수일투족을 조사한다는 사실을 모른다. 그는 사회적지위가 높은 인물이고 가족을 진심으로 사랑하며 현재 삶에 만족한다. 동시에 언젠가는 가족을 배신해야 하는 상황이 올 것이기에 남몰래 죄책감을 느낀다. 어느 날 북측 첩보 부원으로부터 통지가 날아온다. 어느 중요 시설을 폭파하라는 명령이 내려왔다. 만약 거절하면 가족의 목숨이 위험에 처할 것이다. 며칠을 망설이다가 시한폭탄을 설치하러 간다. 하지만 마지막 순간에 파출소로 향하고 경찰관에게 폭탄을 보여주며 자수한다. 사실 파출소에는 사랑하는 딸이 그가 자수하기를 기다리고, 그 옆에는 잘생긴 KCIA 요원이 있다. 딸이 "아빠, 잘했어"라고 말하며 그를 안아준다.

중간부터 본 나도 줄거리를 아는 드라마였다. KCIA 수사관을 주인공으로 한 이 드라마는 매주 높은 시청률을 기록했다. 한국의 일반 대중은 이런 텔레비전 멜로드라마를 통해 중앙정보부에 대한 이미지를 만들어냈다. 그 안에는 독재 정권의 앞잡이가 되어 김대중 사건을 일으킨 냉혹하고 무도한 조직이라는 일본 언론이 선전하는 이미지는 조금도 없었다.

일본으로 돌아갔을 때 나는 오늘 경험한 사건을 사람들에게 어떻게 설명할 수 있을까? 그런 생각이 들었다. 적지 않은 사람들이 내가 KCIA한테 돈을 받았다는 사실만을 퍼뜨려 군사정권에 가담한 일본인이라고 비난의 목소리를 높일 텐데. 그 사람들을 향해 면접시험을 통해 만난 사람들의 저마다 다른 삶을 이야기한다면 과연 이해해줄까? 나는 보쿠짱을 떠올렸다. 아마 그만이 아니었을 것이다. 대학에서 일본어를 배우고 그것을 살릴 만한 직장을 찾을 때 이 조직은 당연히 유력한 후보 중 하나로 떠오르지 않을까. 내 학생이 이곳에 취직 시험을 봤다고 해서 일본인 어느 누가 그것을 규탄할 수 있겠는가.

KCIA를 둘러싼 나의 생각은 더 이상 나아갈 수 없었다. 사실 이 예상치 못한 면접시험 후 두 달도 채 안 돼 이 조직의 존립 기반을 뒤흔드는 사건이 일어나지만 짐작조차 못 했다. 과연 어느 누가 짐작할 수 있었을까.

8장 큰 문어 내한

큰 문어와 작은 문어, 사이좋은 콤비로부터 연달아 항공우편이 온 것은 무더위가 한창 극성을 부린 8월 중순 '광복'을 축하하는 기념일 즈음이었다. 외국에서 온 편지가 항상 그렇듯 한 번 개봉한 후 끈끈하게 풀로 다시 붙인 흔적이 보였다. 이미 그 무렵 나는 모든 국제 우편물이 검열 대상이 되는 이 나라의 방식에 익숙해져 있었다.

큰 문어는 잡지사에서 일하며 바쁜 나날을 보낸다고 적었다. 직장에서 보는 해외 패션 잡지 외에는 프랑스어를 접할 기회가 없어 조금 아쉽지만 이번에 도쿄 여성만을 위한 세련된 부티크와 레스토랑, 영화관을 소개하는 잡지 창간 기획이 진행

175

중이라고 한다. 어쩌면 그 잡지 편집에 관여하게 될지도 모르겠다고 편지에 적혀 있었다. 이어진 작은 문어가 보낸 편지에는 드디어 리옹의 제과 전문학교 입학이 정식으로 결정되어 일단 9월에 파리로 간다고 쓰여 있었다. 가는 길에 비행기 스톱오버로 서울에 들러볼 생각이라며 마지막에 빨간 하트를 첨부했다.

그렇구나, 드디어 오는구나. 나는 생각했다. 두 여자는 애초에 나의 한국행이 결정되는 순간을 목격한 증인이었다. 술기운에 다 같이 서울에 가자는 이야기가 나왔을 때 가장 흥분했던 문어 자매였다. 졸업논문 완성을 자축하는 술자리가 있은 지 벌써 반년 이상 시간이 지났고 나는 전혀 예상하지 못한 생활을 하는 중이었다. 그녀들의 편지는 마치 남겨두고 온 과거 시간으로부터 전송된 것 같았다.

9월 중순, 토요일 오후에 아파트에서 책을 읽는데 전화가 걸려 왔다. 수화기 너머로 활기찬 큰 문어의 목소리가 들려왔다. 방금 호텔에 도착해 방으로 짐을 옮긴 참이라고 했다. 나는 버스를 타고 퇴계로로 간 다음 미도파백화점 모퉁이를 돌아 조선호텔로 향했다. 큰 문어는 로비에 있었다. 카스케트^{casquette, 프랑스}_{어로 앞에 챙이 달린 모자를 일컫는다}를 쓰고 빨간 미니스커트를 입었다. 하지만 혼자였다.

"어라? 혼자야?" 작은 문어를 만날 수 있으리라 기대했던 나는 인사도 생략한 채 물었다.

"미안해. 작은 문어가 같이 안 와서."

"무슨 일이야? 리옹으로 가는 길에 들른다고 했는데."

"그럴 생각으로 둘이 같이 오기로 했는데 갑자기 안 간다고 하더라고."

"몸이 어디 안 좋아?"

"저기, 세노 군. 화내지 말고 들어."

"응."

"역시 한국이 무섭다고 마지막에 티켓을 변경하고 그대로 리옹으로 가버렸어. 서울까지는 나랑 같은 비행기였는데도."

"뭐야, 실망이네. 전혀 무섭지 않은데."

"저기 말이야, 나 혼자여도 괜찮지? 모레까지 있을 계획이거든. 여기저기 데리고 다녀줬으면 해."

나는 예기치 못한 실망감에 휩싸였다. 역시 작은 문어에게는 무리였던 것일까. 여자 혼자서 프랑스 지방 도시에서 공부는 해도 한국은 가난하고 불결해서 일본인에게는 위험한 나라라는 편견에서는 자유로울 수 없었나 보다. 하지만 큰 문어 앞에서 불쾌한 표정을 지을 순 없는 노릇이다. 그녀는 닭꼬치 가게에서의 약속을 지키려고 혼자서라도 서울에 있는 나를 만나러 왔다.

"이 호텔에는 여성 관광객이 전혀 없어. 오는 비행기 안에서도 한국인 여자는 아이를 데리고 탄 젊은 엄마 한 명뿐, 나머지는 거의 다 중년 남성 그룹이었어. 저기, 와라비모찌^{고사리 전분으로 만든 반투명한 색의 떡} 먹을래?"

큰 문어는 풀색 종이에 싸인 일본 과자와 공항에서 사 왔다는 신간 서적을 건넸다. 지금 한창 화제가 되는 소설로 비행기를 타는 두 시간 남짓한 시간 동안 모두 읽었다고 한다. 나는 일본 과자와 책을 받으며 고맙다는 인사를 하고 가방에 넣었다. 점심은 어떻게 했냐고 물었더니 기내식을 먹었다며 당장 시내로 나가고 싶어 했다. 호텔을 나와 큰길을 건너면 바로 명동 번화가다. 우리는 바로 번화가 속으로 들어갔다.

지하도 입구에는 모래주머니를 쌓아 올렸고, 카키색 군복을 입은 군인들이 서 있었다. 인도에 늘어선 노점에서는 시계부터 카세트테이프, 철 지난 미국 잡지까지 온갖 물건을 길바닥에 늘어놓고 팔았다. 번데기를 삶아 파는 포장마차, "할렐루야 아멘"을 연발하며 신앙 전단을 나눠주는 중년 남성이 보였다.

"굉장하다, 간판이 모두 한글이야."

"한자로 적힌 간판도 가끔 있어. 중국집 같은 곳."

"한자는 안 써?"

"한때는 완전히 쓰는 걸 그만두려고 했대. 하지만 안 되겠다 싶어서 다시 학교에서 간단한 한자를 가르치자는 얘기가 나오는데 아무래도 잘 안 되는 모양이더라고."

"불편하지 않아?"

"어쩔 수 없지. 우리는 외국인이니까 불평해도 소용없어. 중국은 오랫동안 이 나라를 침략하거나 속국으로 삼았어. 그런 나라의 글자를 쓸 수 있겠냐, 그런 생각인가 봐. 〈징기스칸〉이라는 노래, 알아? 그 노래도 방송 금지곡이야. 왜냐하면 옛날에 한국을 침략한 몽골을 찬양하는 노래니까.”

“아, 한자가 있네!”

큰 문어가 가리킨 곳은 중화민국대사관이었다. 옛 청나라 대사관으로 청나라 멸망 후에도 국민당 정부가 그대로 사용하며 담 중앙에 설치된 동그란 문을 통해 드나들었다. 마치 『홍루몽』에 나오는 저택처럼 어딜 가든 시끌벅적한 명동 맨 끝자락에 자리했다. 내가 남몰래 좋아하는 장소다. 한국전쟁 당시 중국군의 대규모 입성으로 어려움을 겪은 한국은 베이징 공산당 정권을 인정하지 않고 타이완 장제스 정권을 ‘자유중국’이라고 부르며 국교를 맺었다. 일본과 달리 아무도 판다에 관심을 갖지 않는다.

대사관 앞 골목에는 중화서국이라는 서점이 있다. 이와는 별개로 프라자호텔 뒤편에는 명색뿐인 작은 규모의 차이나타운이 있기는 하다. 서점 잡지 가판대에는 타이완 잡지와 함께 일본 잡지 『류코추신流行通信』과 『논노』가 나란히 팔렸다. 여성 잡지 편집에 종사하는 큰 문어가 재빠르게 이를 발견했다. 한국은 겉으로는 ‘일식’ 추방을 외치면서도 여성 패션에 있어서는 일본을 압도적인 정보원으로 삼았다. 비록 일본어를 읽지 못해도 일본 패션 잡지를 옆구리에 끼고 걷는 것이 젊은 여성들의 멋이었다. 『류코추신』은 있는데 왜 『앙앙』은 없을까? 큰 문어가 말했다. 나는 언젠가는 반드시 누군가가 일본과 손잡고 한국판

『앙앙』을 창간할 게 틀림없다고 답했다.

　남대문시장에서 큰 문어는 역시 놀란 듯했다. 그녀는 모든 것에 놀란 표정을 지었다. 쌓아 올린 무와 채소에, 큰 대야 안의 콩과 고춧가루에, 수십 두의 돼지머리에, 아무튼 모든 것에 믿기 힘들다는 표정을 지었다.

　식당 앞에 놓인 커다란 냄비 안에는 다양한 내장이 끓었다. 여주인이 아직 김이 모락모락 피어오르는 검은 순대를 신들린 솜씨로 꺼내 도마 위에 올려놓고 무서운 속도로 썰어낸다. 시장 길은 좁고 움푹 파인 곳이 많아 곳곳에 물웅덩이가 있다. 그 사이로 짐을 잔뜩 실은 수레와 오토바이가 지나다닌다. 자기 키보다 높은 짐을 짊어지고 허리를 굽히고 걷는 사람. 수레 위에 서서 위풍당당하게 "명품"을 외치는 사람. 베르사체. 샤넬. 구찌. 우리는 저녁 무렵 손님으로 붐비는 시장 안에서 길을 잃고 몇 번이고 같은 곳을 빙빙 돌다 겨우 큰길로 나왔다.

　나는 큰 문어를 평범한 식당으로 데려갔다. 세세하게 주문할 필요도 없다. "갈비!" 한마디면 테이블 위에 금세 작은 접시 여러 개가 놓이고 배추김치를 비롯한 다양한 김치가 나온다. 생선구이가 나오고, 찌개가 나오고, 마지막으로 새빨간 숯불이 나오면 고기를 구워 먹는다. 반년 전에 내가 놀랐던 것처럼 큰 문어도 같은 놀라움을 표했다.

　"우리 엄마가 이 도시에서 태어났어."

　"이 도시라니?"

"그래, 경성."

"어머니는 잘 계셔?"

"잘 지내셔. 여학교 2학년 때 내지로 철수했다는데 아직까지 소학교 동창회를 하고 다 같이 온천에도 가고 그러나 봐. 사쿠라가오카桜が丘라고 알아?"

"미안해. 지금은 지명이 다 바뀌어서 모르겠어. 찾아보는 일이 불가능할 것 같진 않은데. 대체로 일본인은 도시 남쪽에 한국인은 북쪽에 살았다고 하더라고."

"사쿠라가오카는 아주 아름다운 곳이었는데 조금만 걸어가면 더러운 쓰레기 강이 나왔고 강 건너편은 위험하니 절대 가지 말라고 했대."

쓰레기 강이란 혹시 청계천을 말하는 것일까. 지금은 매립되어 그 위를 고가도로가 지나간다. 고가 아래에는 작은 가게와 노점이 즐비하고 생활용품이라면 무엇이든 싸게 파는 시장이 끝없이 이어진다. 장물을 전문적으로 사고파는 시장도 있다. 그렇다면 큰 문어가 말하는 사쿠라가오카는 동대문보다 더 먼 동쪽일지도 모르겠다. 어쨌든 식민지가 해방되면서 일본인은 모두 추방되었다. '귀환'이라든가 그런 듣기 좋은 말을 쓰는 것이 보통이지만 실상은 모든 자산을 현지에 남겨둔 채 강제 추방됐다. 일본인 거리도 일본인 골목도 그 어디에도 흔적이 남아있지 않다. 일본 가옥이라는 이유로 부숴버렸거나 한국전쟁 때 폭격으로 불타버렸으니까.

나는 조금은 큰 문어를 이해할 것 같았다. 그녀는 어머니가 소녀 시절을 보냈던 마을이 보고 싶었던 것이다.

　우리는 눈앞에 놓인 접시 위 음식을 조금씩 맛보고 갈비를 구워 먹으며 맥주를 마셨다. 식사 도중에 맨발의 아이가 테이블 위에 껌을 올려놓고 가슴에 매달린 팻말을 보여주었다. 늘 있는 일이다. 내가 "됐어요"라고 거절하자 아이는 바로 옆 테이블로 자리를 옮겼다. 그러자 또 다른 아이가 왔다.

　테이블 중앙에 쿵 하고 놓인 찌개만 끝까지 손을 대지 않은 채였다. 한국인이라면 숟가락으로 냄비 국물을 떠서 입으로 가져갈 텐데 일본에는 그런 습관이 없다. 국물은 반드시 자기 그릇에 덜어서 먹어야 한다고 어렸을 때부터 훈육받았기 때문이다. 우리가 냄비에 손도 대지 않는 모습에 신경이 쓰였는지 점원이 다시 데워 가져왔다. 큰 문어의 얼굴을 보니 곤혹스러운 얼굴이었다. 식사가 끝나고 과일이 나와도 찌개는 그대로였다. 나는 결심하곤 점원을 불러 두 사람분 앞 접시를 가져다달라고 말했다. 큰 문어는 안도하는 표정을 지었고 우리는 드디어 찌개를 나누어 먹었다.

　다음 날은 박물관과 궁궐을 둘러보기로 했다. 사실 이것은 나에게도 좋은 기회였다. 서울에 온 지 6개월이 다 되어가는데도 시내에 나와 영화를 보거나 학생들과 술을 마실 뿐이었던 나는 소위 말하는 관광에는 게을렀다. 내 마음을 사로잡은 것은 어디까지나 서울의 현재이지, 조선시대의 아름다운 옛 모습이 아니었다.

서울은 과거에 한양이라 불리며 500년 동안 조선 왕조의 수도였다. 그렇다고 교토나 나라처럼 성곽도시 안에 저명한 고찰이 즐비한 것은 아니다. 왕 대부분이 유교를 숭상하고 불교를 멸시해 승려를 천민 계급으로 격하시켰다. 그래서 사찰에 볼거리가 거의 없다. 대신 경복궁을 비롯한 창덕궁, 덕수궁 등 역대 왕과 왕족이 거주하던 궁궐은 충분하다. 하루 만에 다 돌아볼 수는 없지만 두 군데 정도는 둘러볼 수 있다.

나는 아침에 큰 문어와 호텔에서 만나 바로 경복궁으로 데려갔다. 왕조를 연 이성계가 세운 왕궁이다. 문을 통과하면 넓은 포석이 깔린 광장이 나온다. 광장을 가로지르면 정전이 있고 그 뒤에 차례로 건물이 나타난다. 모든 건물은 목조로 지어져 위풍당당한 분위기를 풍긴다. 기와지붕은 파란색과 탁한 녹색을 기조로 했고 벽에는 빨강, 노랑, 검정 등 다양한 색채가 어지러이 뒤섞였다. 기둥은 일률적으로 주황색이다. 색채는 분명하게 왕조가 신봉해 온 세계관에 맞게 세밀하고 질서정연했다. 방금 페인트를 칠한 것처럼 선명했고 오랜 세월로 인한 퇴색은 조금도 느껴지지 않았다. 나라나 교토의 고찰에서는 일부러 당시 색채를 그대로 남겨 세월의 장엄함을 연출하지만 한국에서는 반대로 왕조 시대의 화려함을 그대로 복원해 건축물이 현역임을 과시하는 방식을 택한다. 예스러운 멋이 있는 기둥과 지붕에서 위엄을 인정하는 일본인 입장에서 본다면 아무래도 싸구려처럼 보이지만 어쩔 도리가 없다. 그러나 이 감상은 어디까지나 일본인의 감각에 근거한 것에 지나지 않는다. 반대로 한국인이 나라나 교토를 방문한다면 사찰이나 신사는 수리·복원 비용이 부족해 폐허처럼 방치된다는 인상을 받을지도 모른다.

정전 앞에는 일제강점기 때 총독부로 쓰였던 건물이 남아 지금은 국립중앙박물관으로 사용한다. 입장하자마자 보이는 방에는 신라시대 금관과 주술적인 신수神獸 부조가 새겨진 범종이 전시되어 있다. 관람객은 거의 없었다. 어두운 전시실에서 전시실로 돌아다니다 보니 예외적으로 사람들이 모인 방이 하나 보였다. 중앙에 삼국시대 미륵보살 반가사유상이 안치되어 있었다.

이 반가사유상은 내가 도판을 통해 익히 아는 교토 사찰 고류지의 반가사유상과 매우 흡사했다. 얼굴에는 평온한 미소를 머금고 허리에서 발끝까지 우아한 곡선이 흐른다. 두 불상이 동일한 유파에 속한다는 것을 의미했다. 고류지의 반가사유상이 문화 선진국이던 백제나 신라에서 직접 가져온 것이거나 혹은 그곳에서 건너온 불상을 만드는 장인 손을 거친 것임이 분명하다. 하지만 세부 부분에서 분위기가 미묘하게 차이 났다. 지금 보는 서울의 반가사유상은 표정과 자세에서 딱딱함이 느껴졌다. 그럼에도 불구하고 나와 큰 문어는 그 아름다움에 숨이 멎을 듯 감탄했다.

신기한 발견을 했다. 반가사유상 아래 수십 장의 화폐가 놓여 있었다. 사람들이 이 불상 앞까지 오면 슬며시 불전을 놓기도 하고 두 손 모아 절을 하기도 한다. 나는 다른 불상도 둘러보았다. 몇몇 불상 앞에도 반가사유상만큼은 아니었지만 동전이 놓여 있었다.

"왠지 닮은 것 같으면서도 다르네." 큰 문어가 말했다.

"일본 같으면 박물관에 불전을 놓다니 있을 수 없는 일이잖아. 놓더라도 바로 경비원이 와서 치워버리지 않을까?"

"분명 훌륭한 부처님을 볼 수 있다는 이야기를 듣고 시골에서 일부러 여기까지 사람들이 올라오는 거야. 그 사람들에게 반가사유상은 단순히 불상이 아니라 진짜 미륵님인 거지."

일본인은 고류지의 반가사유상을 순수하게 미적 대상으로 바라보았다. 하지만 적지 않은 한국인이 중앙박물관의 반가사유상을 신앙, 아니 오히려 공동체에 귀속시켜 믿음의 대상으로 바라봤다. 그들은 불전을 통해 뭔가 영험한 체험을 기대하며 박물관을 찾는다.

우리는 점심을 간단히 먹고 두 번째 궁궐인 창덕궁으로 향했다. 광화문에서 안국동으로 향하는 길은 일본대사관 홍보실이 모퉁이에 자리해 내게는 친숙한 구역이었다. 조금만 더 걸어가면 창덕궁 돈화문이 나오고 그곳을 통해 궁궐로 들어간다. 막상 도착해보니 궁궐 옆은 동물원이었다. 휴일이라서 그런지 아이들과 함께 온 사람들로 북적거렸다. 관광객을 상대로 즉석에서 기념사진을 찍어주는 사진사나 그림엽서를 파는 사람이 매표소 앞에 모여 있었다.

서울까지 와서 굳이 코끼리나 원숭이를 볼 필요는 없겠지. 그렇게 생각하며 망설이는데 몇 명의 일본인 관광객이 안으로 들어가는 모습이 보였다. 궁궐 깊숙한 곳에 비밀의 정원이 있는데 입장객을 제한하지만 견학이 가능하다고 했다. 그동안 일반인은 발을 들여놓지 못했던 비원이 올해 4월부터 입장이 허용되었다는 이야기를 어디선가 들었다. 그렇구나, 여기가 그곳이었구나. 견학은 안내원 동행 투어만 가능한데 운 좋게도 10분 후에 일본어 안내원 투어가 시작된다고 한다. 우리는 즉시 입장권을 구입하고 안내원을 기다렸다. 곧 열 명의 관광객이 모였고 중년 여성이 인솔을 맡아 투어가 시작되었다.

처음에는 궁전 몇 채가 있었다. 시대는 경복궁보다 후대지만 어느 건물이든 옆에 '임진왜란, 정유재란'으로 소실된 것을 복원했다고 적은 작은 안내판이 있었다. 도요토미 히데요시의 조선 침략을 말하는 것이다.

"여기 사람들은 일본을 정말 싫어하는구나."

"하지만 사실이니까 그렇게 쓰여 있어도 어쩔 수 없지."

"그래도 이상해. 징기스칸도 북한군도 얼마든지 건물을 불태우고 부숴버렸을 텐데 왜 그건 모른 척하고 일본만 헐뜯는 거지?"

"훌륭한 궁궐을 재건했으니 괜찮잖아?"

"그렇지 않아. 나, 작년에 일 때문에 베이징에 갔었는데 여기 있는 것 모두 자금성 같은 중국 궁궐 복제 아냐? 그것도 미니어처로. 도대체 어디가 한국의 오리지널이란 말이야? 조선은 계속 명나라나 청나라의 속국이었잖아?"

비원은 끝없이 이어지는 정원이었다. 몇 개 궁궐을 지나고 문을 통과해 산길을 조금만 오르면 금세 푸르른 숲속으로 들어간다. 소나무와 단풍나무가 평온하게 늘어서고 네모난 연못에는 수련이 나른한 듯 잎을 펼친다. '불로문不老門'이라 새겨진 간소한 돌문을 지나면 검소한 일반 민가를 본뜬 가옥이 있고 조금 더 걸어가니 작은 연못과 정자가 나왔다.

연못에는 한반도 모양을 본뜬 인공 섬이 있었다. 안내원이 수행하며 누각 하나하나가 문서 수장고라든지 과거시험의 최종 면접 장소라는 설명을 곁들인다. 하지만 안내서를 기계적으로 외워 어설프게 재현하는 설명이라 알아듣기 힘들었다. 나와 큰 문어는 중간부터는 설명에 귀 기울이지 않고 마음대로 정자 돌계단을 오르거나 연못 주위를 돌아다녔다.

"이 정원 한쪽에서는 지금까지도 나시모토노미야 마사코 씨가 이방자 여사로 살고 있습니다. 이방자 씨가 손수 만든 칠보 도자기는 입구에 있는 매점에서 팝니다." 안내원이 그렇게 소개 말을 하자 조금 떨어진 곳에서 이씨 왕조의 마지막 황태자에게 시집온 비운의 황녀에 대해 이야기하는 소리가 들려왔다.

이방자는 원래 황태자 히로히토와 결혼한다는 소문이 돌았던 여성이었다. 한일병합 후 융화 정책의 상징으로서 본인도 모르는 사이에 이씨 왕조의 이은 왕자와 약혼이 발표되었고 순식간에 결혼에 이르게 된다. 그들은 도쿄 아카사카의 이만 평 부지에서 살았다. 이은은 고종의 일곱 번째 왕자다. 아버지의 아내였던 민비는 일본인 장교에게 참살당했고 이은은 어린 시절부터 이토 히로부미의 손에 이끌려 일본으로 '유학'을 떠나 일본 군인의 교육을 받았다. 한국이 독립을 이루었을 때 왕정복고를 두려워한 이승만 정권은 이들의 귀국을 허락하지 않았다. 부부는 무국적자가 되어 패전 후 도쿄에서 궁핍한 생활을 할 수밖에 없었다. 박정희는 그들에게 호의를 베풀었다. 병상에 누워 있는 이은 전하의 병문안을 위해 도쿄를 찾았고 두 사람이 귀국할 수 있도록 한국 국적을 준비했다. 1963년, 그들은 드디어 귀국하게 되었다. 이은이 세상을 떠나고 아들 이구는 영락해 도쿄의 작은 아파트에서 숨을 거두면서 조선 왕조의 정통 혈통은 끊어졌다.

나는 한국과 일본의 역사에 휘둘린 여성이 여든에 가까운 고령에도 불구하고 이 비밀의 정원 어딘가에 산다는 사실에 묘한 감동을 받았다. 안내원에 따르면 그녀는 현재 지적장애 아동을 위한 특수학교 설립을 비롯해 장애인 교육을 위해 힘쓰며 '복지의 어머니'로서 한국 국민에게 깊은 존경과 사랑을 받고 있다고 한다.

한 시간 남짓 걸어서 정원 깊숙한 곳에 자리한 샘에 도착했다. 돌판 사이에서 물이 퐁퐁 솟아 나왔다. 관광객들은 이곳을 반환점으로 삼아 궁궐 입구까지 자유롭게 산책하며 되돌아 나갔다. 열 명 남짓한 일본인은 긴장이 풀렸는지 아는 사이가 아닌데도 조금씩 말을 주고받았다. 나와 큰 문어를 보고 신혼부부냐며 좋을 때라고 말을 거는 중년 남성이 있었다. 니혼대학 출신의 건축기사인 그는 서울에는 2주 간격으로 관광 비자로 입국해 일을 마치면 도쿄로 돌아가는 생활을 오랫동안 하는 중이었다.

식민지 시대에 고가네초黃金町(황금정), 일제강점기 을지로의 지명에 살았다는 할머니와 그녀의 딸이 있었다. 할머니의 남편은 경성제대에서 교편을 잡았다고 한다. 큰 문어가 사쿠라가오카를 아느냐고 묻자 할머니는 동대문에서 더 떨어진, 동대문운동장보다 더 먼 곳이던 일본인 전용 고급 주택가였다고 대답했다. 두 사람은 한동안 일제시대의 경성 이야기를 나누었다. 어떻게 하다 그런 이야기가 나왔는지 도무지 알 수가 없는데 가이드가 갑자기 우리를 보고 자기 조카가 서울대에 다닌다고 말했다.

비원에 얼마나 오래 머물렀을까. 궁궐 출구에 도착했을 때는 해가 많이 기울었고 대기 중에 냉기가 은은하게 올라오는 기척이 느껴졌다. 이제 궁궐 주변은 충분히 둘러보았다. 지금부터는 자유롭게 거리를 돌아다니다 어딘가에서 식사를 하자며 나와 큰 문어는 목적지도 없이 거리를 걸었다. 걷다가 기념품점을 발견하면 들어가자고 큰 문어가 말했다.

창덕궁 매표소 앞에 세 명의 일본인 관광객이 있었다. 옆을 지나가려는데 누릿한 오사카 사투리가 들려왔다. 아무래도 간사이 쪽에서 온 관광객인 것 같다. 그들은 모두 중년 남성이었고 큰 목소리로 무언가 자랑을 늘어놓았다. 주변에 일본어를 알아듣는 사람이 있을 리 없다고 안심하는 분위기였다. 그 방약무인 태도가 불쾌하기 짝이 없었다.

한 사람이 큰 문어를 가리키며 "한국 여자는 말이야"라고 말했다. "미니스커트 입고 이런 옷차림을 하면 일본인과 구분이 안 될 것 같아요. 무섭다. 무서워"라며 '어젯밤의 성과'를 자랑하기 시작했다. '꿩침'이니 '침몰' 같은 전쟁 용어를 사용하면서 세 사람은 웃어댔다. 듣고 있기에 참을 수 없는 말이었다. 갑자기 화가 치밀어 올랐다. 큰 문어에게 먼저 가라고 부탁한 뒤 세 남자에게 말을 걸었다.

"선생님들, 기생 관광은 재밌습니까?"

예기치 못한 일이었는데 내 입에서 나온 것은 일본어가 아닌 한국어였다. 남자들은 잠시 멍한 표정을 짓더니 이내 겁에 질린 표정을 지었다.

"야, 뭔가 말하는데?"

"안내원 불러와."

"이 녀석들 화나면 무서우니까."

이 장난은 기대 이상의 효과를 발휘했다. 내가 다시 한번 같은 말을 반복하자 그들은 아무 말도 못 하고 매표소 쪽으로 물러났다. 그런데 '이 녀석들'이란 도대체 무슨 뜻일까? 나는 정신을 차렸다. 왜 한국어를 사용한 것일까? 선생님들, 기생 관광은 재미있습니까? 순간적으로 튀어나온 말이었다.

나는 그저 그들을 가볍게 놀리고 싶었다. 하지만 그것만으로는 납득할 수 없는 자신이 있음을 깨달았다. 마음 깊숙한 곳에서 단순히 동행한 여성을 우습게 봤다는 것과는 차원이 다른 불쾌감이 일었다. 나는 한국이 모욕당한 데에 순간적으로 강한 분노를 느꼈다. 이 세 사람과 똑같이 일본어라는 언어 속에서 태어나고 자란 나 자신이 부끄러웠다. 앞서 걸어가던 큰 문어가 돌아왔다.

"도대체 무슨 일이야?"

"아무것도 아니야. 멍청한 일본인이 있었을 뿐이야."

"저 사람들 뭐야? 나를 한국 사람으로 착각한 거 아냐? 분명 기생으로 착각한 거지? 정말 무례하네."

큰 문어 역시 화가 났다. 분노의 원인은 나와는 전혀 다른 것이었다.

농담 반 진담 반으로 말을 걸어 세 명의 일본인을 불편하게 만든 일은 통쾌했다. 그들은 한국인이 화를 내면 무섭다는 잠재적인 불안을 안고 있었다. 나는 이런 공포가 역사적으로 형성된 것임을 이미 알았다. 3·1 독립운동부터 일본 패전의 날에 곧바로 태극기가 게양되기까지 한국인들은 지배자이자 수탈자인 일본인 앞에서 겉으로는 순종하는 척하면서도 늘 해방과 독립의 기회를 모색해왔다. 일본인은 그런 그들의 정열에 공포를 느꼈다. 생명줄과도 같은 가이드가 입장권을 사러 가느라 자리를 비운 사이 자신들이 알아듣지 못하는 언어로 말을 거는 일은 세 명의 일본인 관광객에게는 위협 그 자체였다. 그들은 내가 화가 났음을 바로 알아차렸다. 그런 주제에 주위에서 알아듣지 못하는 언어로 성적 허세를 늘어놓는 일에는 완전히 무심했다.

내가 대학에서 가르치는 여학생들이 이 자리에 있었다면 얼마나 상처받았을지 생각해보았다. 그녀들은 세 남자의 일본어를 거의 완벽하게 알아듣는다. 자신들이 대학에서 배운 일본어가 매춘 관광객에 의해 이렇게 쓰인다는 사실을 안다면 학생들은 깊은 굴욕감에 휩싸이리라.

그렇게 생각하는 한편 나는 큰 문어에게도 납득할 수 없는 뭔가를 느꼈다. 그녀는 자신이 한국인 '기생'으로 오해받은 일에 분노했다. '기생'이라는 단어가 내게는 손가락에 박힌 가시처럼 느껴졌다. 그도 그럴 것이 많은 일본인이 한국 관광을 오는 목적이 값싼 매춘인 이상, 창덕궁 같은 관광지에서 일본인 남성이 여자를 데리고 거닌다면 그런 오해가 생겨도 전혀 이상할 것이 없었다. 큰 문어는 호텔에서 아침을 먹을 때부터 일본 남성들의 호기심 어린 시선에 노출되었을 테다. 일본인 여성 혼자 한국에 여행을 오다니, 있을 수 없는 일로 여기기 때문이다. 이 모든 것을 종합해보아도 나한테는 납득할 수 없는 부분이 남았다. 하지만 이 괴로운 감정을 설명해봤자 큰 문어에게 이해받지 못하리란 사실을 잘 알았다.

"이제 한국 음식은 됐어. 저녁은 이탈리아 요리 어때?"

"미안하지만 모르겠어. 온 지 반년이 지났지만 스파게티를 한 번도 본 적 없어. 일단 홍차를 아는 사람조차 없으니까."

"어떻게 참고 살았어? 나 같으면 도망갔을 것 같아."

"어제는 한국 음식이 맛있다고 했잖아?"

"하지만 매일 김치를 먹는 생활은 상상도 못 하겠어. 한국 음식은 다 오렌지색이잖아? 모두 다 같은 맛이잖아!"

이래선 위험하다는 생각이 들었다. 하루 종일 걷고 또 걸어서 그런지 나도 큰 문어도 지쳤다. 창덕궁 앞에서 마주쳤던 일본인 삼인방 일이 아직도 마음에 거슬린다. 큰 문어가 점점 언짢아한다는 걸 느꼈다. 어쩔 수 없다. 한국 음식을 먹고 싶지 않다면 차라리 조선호텔로 돌아가서 뷔페를 먹자고 제안하며 큰 문어를 데리고 돌아갔다. 호텔에서라면 서양식 식사를 할 수 있을 테니. 생각했던 대로 뷔페가 있었다. 우리는 식사를 한 후에 호텔 바에 들렀다. 큰 문어는 조금씩 기분이 회복돼 위스키를 한 잔 더 달라고 했다.

"세노 군, 이런 나라 뭐가 재미있어?"

"재미있다, 재미없다라……."

"한국 사람들은 예술 같은 걸 알까? 박물관 불상 앞에 아무렇지 않게 새전을 바치는 사람들이잖아. 밥을 먹고 있으면 걸인 아이들이 모여들고 여자애들 스타일은 믿기 힘들 정도로 촌스럽고 패션도 너무 뒤떨어져. 나, 오늘 아침 호텔 식당에 가서 깜짝 놀랐어. 아빠 또래의 일본 아저씨들이 하나같이 한국인 여자애를, 그것도 자기 딸 정도 나이의 여자애를 데리고 아침 식사를 하러 오는 거야. 다들 전부 그랬어. 정말 기가 막히더라. 저 아저씨들은 자기 딸에게 한국에서의 일을 어떻게 얘기할 생각이지?"

"일본으로 돌아가면 분명 나쁜 사람은 아닐 거야."

"저기, 정말 이런 곳에 언제까지 있을 생각이야? 무라노 군과 세키 군은 파리에서 즐겁게 지내. 무라노 군은 얼마 전 렘브란트를 보러 암스테르담에 갔었다며 그림엽서를 보내왔고 세키 군은 콜레주^{프랑스 중등 교육 기관의 전기 과정}의 롤랑 바르트 강의가 훌륭했다고 썼더라. 히가시 군 역시 바르샤바의 배급 제도에 엄살을 떠는 것 같았지만 그래도 페미니즘 시인인 여자친구와 즐겁게 지내는 것 같았어. 우리 세미나에서 세노 군은 프랑스어도 기호학 공부도 가장 잘했잖아. 그런데 왜 이렇게 아무것도 없는 곳에서 김치만 먹고 있는 거야?"

"딱히 아무것도 없는 것은 아니야."

"아무것도 없잖아. 군인과 기생 말고 뭐가 더 있어?"

큰 문어는 그 어느 때보다 술에 취해 있었다. 위스키 한 잔을 비우면서 자기 방에서 좀 더 마시자고 했다. 울 것 같은 그녀의 표정이 희미한 불빛으로도 보였다.

"안 돼. 귀찮은 일이 될 테니까."

"나랑 방에서 술 마시면 귀찮은 일이 생긴다는 거야?"

"그런 게 아니야. 벌써 늦었어."

나는 야간 통행금지령을 설명했다. 자정이 지났는데 밖에 있으면 경찰에 연행된다는 규칙 때문에 전에도 한 번 잡혔다고 이야기했다. 이미 불쾌해진 큰 문어는 내 이야기를 듣고 있지 않았다. 호텔 앞에는 택시가 여러 대 줄지어 기다렸다. 평소처럼 합승하는 택시가 아니라 미터기로 정산하는 차량이다. 호텔에서 타면 엄청나게 비싼 요금이 나오지만 지금은 그런 걸 따질 때가 아니다. 택시는 순식간에 시내를 빠져나와 한강을 건너 내가 사는 아파트 앞에 도착했다. 하숙집 아주머니가 아직 깨어 있었다. 어제 드린 일본 과자가 맛있었다고 내게 감사를 표했다.

잠자리에 들기 전, 큰 문어가 건네준 책을 집어 들었다. 평판이 좋은 신인 작가라고 한다. 표지에는 창고가 즐비한 항구 제방 위에 한 남자가 있고 머리 위에는 미확인 비행물체가 떠 있다. 자세히 보니 비행접시가 아니라 원형 띠가 있는 토성처럼 보이기도 한다.

도쿄에서 생물학을 공부하는 대학생이 여름방학을 맞아 고향인 바닷가 마을로 돌아온다. 그는 동갑내기 소설가 지망생인 남자와 친해진다. 두 사람은 새벽녘에 술에 취해 피아트를 몰다가 공원 돌기둥에 부딪히고 만다. 하지만 그들은 사고에 조금도 동요하지 않고 근처 자판기에서 맥주 캔 여섯 개를 사서 빈 캔을 차례로 바다에 던지며 장난을 친다. 대학생은 단골이 된 술집 화장실에서 만취해 쓰러진 여자를 발견하고는 그녀를 아파트에 데려다주고 다음 날 아침에 집으로 돌아온다. 그는 레코드 가게에서 그 여자와 우연히 재회한 후 밥을 먹고 섹스를 한다. 낙태를 한 지 얼마 되지 않았다고 고백하는 그녀는 아버지가 병으로 쓰러진 이후 머리 위에서 계속 나쁜 바람이 분다고 말한다. 주인공 청년은 도쿄로 돌아왔다가 겨울방학이 되자 다시 고향을 찾는다. 하지만 그녀는 이미 레코드 가게를 그만두었고 행방은 흔적조차 알 수 없다.

나 역시 큰 문어와 마찬가지로 소설을 단숨에 다 읽었다. 경쾌한 문체와 아포리즘적인 재치가 담긴, 지금까지 내가 알던 문학적 소설과는 전혀 다른 모드로 쓴 소설이었다. 무엇보다 대학생이라고는 믿기지 않을 정도로 인생을 달관한 데다 예상치 못한 상황 앞에서 유머를 잃지 않고 항상 침착한 태도를 취하는 주인공이 특징적이었다. 아니, 일본어 읽을거리에 굶주려 대학에서 가르치는 교재를 제외하면 오랜만에 읽는 일본어라서 신선함을 느꼈을 뿐일지도 모르겠다.

어쨌든 이 중편소설은 재미있었다. 동시에 앞으로 영원히 한국인은 이해할 수 없는 소설이 아닐까 판단했다. 한국인은 다자이 오사무를 좋아하고 그에게 깊이 공감하지만 이 신인 작가 소설에 마음을 빼앗기는 일은 절대 없을 것이다.

소설 배경은 9년 전인 1970년으로 설정되어 있다. 주인공은 핸드밀을 갖고 있고 차가운 화이트 와인이나 버번위스키를 파는 바에 가거나 한밤중에 밖으로 나가 캔 맥주를 마신다. 전라가 되어 술에 취해 쓰러진 여자 곁에서 그녀를 보살피는 한편 옛 화족 별장을 개조한 호텔 수영장 데크체어에 앉아 미국인 소녀를 멍하니 바라보는 친구 옆에서 시원한 콜라를 마신다. 그는 가상의 미국인 소설가 인생과 작품에 경도돼 야구와 아메리칸 팝, 할리우드 영화만 생각한다.

나는 이렇게 세세히 표상되는 미국에 짜증이 났다. 그러고 보니 그는 과거 대학 시절 데모와 파업에 가담했다가 기동대원에게 맞아 앞니가 부러진 경험이 있다. 그렇다고 해서 분노나 패배감을 이야기하는 건 아니다. 그건 막 알게 된 여자와 식사를 하며 이야기를 나누는 정도로, 과거에 있던 무난한 사건으로 가볍게 처리된다. 앞니가 부러지는 경험을 한 사람이 어떻게 달관할 수 있을까?

1970년이라는 설정은 중요하지 않다. 지금은 1979년이다. 9년이 지난 지금, 서울 대학생 중 캔 맥주를 마셔본 적 있는 사람이 몇 명이나 될까? 다방 커피는 인스턴트 외에는 없고 유통되는 음반은 대부분 판권을 무시한 해적판이며 음반 재킷은 원본을 그대로 선명하지 않은 푸른색 잉크로 인쇄한 것이다. 재즈는 미군 기지 내부를 제외하고는 존재하지 않고 학생들은 아메리칸 팝에 멋대로 한국어 가사를 붙여 어두운 술집에서 금속 젓가락으로 막걸리 잔을 두드리며 자기 나라 노래인 줄 알고 부른다. 미국인 소녀가 수영하는 모습을 멍하니 바라보며 콜라를 마신다? 도대체 한국인 청년 누가, 한국 어느 곳에서 그런 광경을 볼 수 있단 말인가. 미군 장교 집에 고용되어 잔디를 깎거나 큰 개를 돌보는 하우스보이 정도면 가능할까.

만약 이 소설 주인공이 한국인이었다면 맥주를 마시는 곳은 남대문시장 지하, 환기가 잘 안 되는 어시장 한구석으로 야간 통행금지에 신경을 쓰며 초조하게 시간을 확인해야 한다. 또래 친구와 이야기하는 주제는 눈앞에 다가온 3년 동안의 군 복무이다. 무슨 일이든 그에게 달관 따위는 허용되지 않는다. 가족, 민족, 국가로부터 자유로울 수 없고 자신이 처한 어려운 상황을 재치 넘치고 간결한 문체로 표현할 리 만무하다. 기동대에 앞니가 부러진 경험은 잊기 힘든 분노로 마음속에 응어리진다. 여자를 앞에 두고 결코 무의미한 과거로 쉽게 요약할 경험이 아니다.

내 학생 중 그 누구도 이 소설을 이해하지 못하리라고 확신했다. 한편으로는 책을 다 읽고 나서 묘한 초조함을 느꼈다. 내가 없는 동안 만약 일본이라는 사회가 이 작품처럼 냉소로 가득 찬 세상으로 변모해버렸다면 귀국한 나는, 나를 반겨줄 곳을 어디에서도 발견하지 못한 채 끝나고 만다. 모든 사건이 마치 차창 밖에 보이는 풍경처럼 뒤쪽으로 멀어지고 무의미한 과거로 처리된다면 그저 달관하는 시선만이 지배하는 세상으로 나는 어떻게 돌아가면 좋을까? 나도 모르게 서울에 있는 나만 뒤에 남겨지는 것은 아닐까?

밤이 되어 잠자리에 들면서도 내면에서 욱신대는 초조함을 진정시킬 방법을 찾지 못했다. 큰 문어가 했던 말이 떠올랐다. "왜 세노 군만 남들과 달리 이렇게 더럽고, 이렇게 가난하고, 군인들이 가득한 곳에 있어야만 하는 거야? 세키 군도 무라노 군도 파리에서 더욱 즐거운 하루하루를 보낸다고."

나는 왜 반론하지 않았을까? 서울이라는 도시를 변호하며 한국에는 현대미술도 영화도 나름대로 있지만 단지 그것이 외국에 알려지지 않았을 뿐이라고, 어째서 큰 문어에게 말하지 않았을까. 세 명의 일본인 남성을 한국말로 빈정거리며 놀렸을 때 순간이었지만 나는 분명히 한국인 편에 서 있었다. 그렇다면 왜 호텔 바에서 큰 문어의 말에 한국이 모욕당한다고 느꼈을 때 분개하며 반론하지 않았을까? 후회하기보다 초조함이 먼저 앞섰다. 만약 파리나 뉴욕에 갔더라면 지금과는 전혀 다른 매일을 보냈을 텐데. 렘브란트에 롤랑 바르트. 그것은 내가 지금 서울에서, 즉 한국인 사회 내부에서 살아간다는 사실이 갖는 의미를 부정하는 것이 아닐까. 나의 학생을, 내가 여기서 알게 된 사람들을 모욕하는 것이 아닐까.

한 달쯤 지나 큰 문어가 보낸 그림엽서가 도착했다. 무사히 도쿄로 돌아간 듯하다. 가수 야마구치 모모에가 배우 미우라 도모카즈와의 교제를 발표하는 바람에 일본에선 난리가 났다고 적혀 있었다. 작은 문어한테는 아무런 소식이 없었다.

9장 아저씨의 환갑

"그때는 재미있었어요. 학교를 졸업하고 백화점에서 일했는데 그 백화점이 예전 목조 건물과는 전혀 달랐어요. 철근콘크리트 건물에 엘리베이터로 옥상까지 올라갈 수 있었죠. 미나카이백화점^{1937년 문을 연 부산 최초의 백화점}은 부산에서 제일 좋은 백화점이었어요. 시영전차를 타고 부청 앞에서 내리면 바로 옆이었는데 낮에는 책상 앞에 앉아 일을 하다가 저녁이면 사장님을 모시고 이곳저곳 요정이나 기생이 많은 환락가에 가기도 했어요. 그런 날이 며칠씩 이어지곤 했죠."

아저씨는 가끔 일제시대의 즐거웠던 날들을 이야기했다.

"세노 군은 아직 젊어서 기생 놀이 같은 건 모를 거야. 입사한 지 이틀째였을까, 사흘째였나. 갑자기 사장실로 불려 갔는데 나한테 오늘 밤에는 농업 실습을 갈 거라고 했어요. 학교를 졸업하고 꿈에 그리던 백화점 근무를 시작했는데 농부 흉내라니 무슨 말인지 몰랐죠. 과장님에게 물어봐도 '글쎄'라며 웃을 뿐이었어요. 백화점 폐점 시간이 되어서 사장님 가방을 들고 따라 나갔죠. 그렇게 간 곳이 유흥가였어요. 곧바로 연회가 시작되고 예쁜 기생들이 한꺼번에 나왔어요. 예쁘네. 멍하니 쳐다보고 있으니 샤미센 연주가 시작되고 사장님과 동석자들에게 술을 따랐지요."

"아저씨도 술잔을 받으셨나요?"

"어림없는 소리. 신입사원이었으니까 구석에 앉아서 사장님이 무슨 심부름을 시킬지 가만히 기다렸어요. 그러는 사이에 다들 술에 취했고요. 노래와 춤이 어느 정도 끝나면 사장님께서 '자, 이제 모내기를 시작해볼까'라고 말하는 거예요."

"모내기요?"

"그래요, 모내기요. 그러면 접대하는 손님들은 '오~모내기인가' 하며 싱글벙글하고 기생들은 다 같이 박수를 쳤어요. 나란히 놓였던 상이 바로 치워지고 예쁜 기생들 대여섯 명이 잽싸게 뒤돌아 줄을 선 후 이미 익숙하다는 듯 바닥을 향해 머리를 숙이는 거예요. 사장님이 한마디, '모내기 준비!'라고 호령하면 모두가 엉덩이를 내밀고 기모노 자락을 걷어 올리는 거죠. 그럼 새하얀 엉덩이가 죽 늘어서는 거예요. 그때부터가 내 차례에요.

내민 엉덩이에 불붙인 향을 하나하나 꽂아가는 거예요. 이걸 모내기라고 불렀어요. 너무 놀랐지만 사장님 명령이었으니까. 시키는 대로 한 사람 한 사람씩 엉덩이에 꽂아 넣었어요."

"그럼 도대체 어떻게 되는 거예요?"

"그게 말이지, 사장님도 동석자들도 죽 늘어선 엉덩이를 바라보면서 기분 좋게 술을 마시는 거예요. 그러는 사이 향이 점점 타들어가면 기생한테는 큰일인 거죠. 슬슬 무서워지고 뜨겁다고 소리를 지르는 사람이 나오기 시작해요. 향을 빼버리면 항복하는 거죠. 그중에는 뜨거움을 열심히 참는 기생도 있어요. 마지막 한 명이 남았을 때 사장님이 '거기까지!'라고 선언하고 축하금을 주죠. 그 기생은 최선을 다한 덕분에 그날 밤 사장님의 전속이 되고 나중에 또 여러모로 좋은 일이 있는 거죠."

"어이가 없네요. 그때는 이미 전쟁 중이었잖아요."

"전쟁 중이었다고 해도 언제부터 전쟁이었는지는 아무도 몰랐을 거야. 부산에는 매일같이 내지에서 많은 군인들이 배를 타고 들어왔고 조선을 거쳐 중국이나 만주로 향하는 군용 열차가 발착하는 역도 있었으니까. 미국과의 전쟁이 시작되면서 점점 물자가 부족해져 백화점도 어려워졌지만 그전까지는 늘 기생놀이에 동행하는 일만 했어요."

하숙집 주인 이름은 신상민이었다. 나는 서울에 도착한 그날부터 고층 아파트에 사는 신 씨의 집에 하숙생으로 머물렀다.

군 복무 중인 셋째 아들의 비어 있는 공부방을 빌렸다. 신상민 씨는 자신을 '아저씨'라고 불러도 좋다면서 마치 친척 조카가 일본에서 놀러 온 것 같다고 했다. '아저씨'는 일본어 '오지상小父さん'을 뜻하는 친근한 말이었다. 그는 키가 크고 머리숱이 적었는데 등산과 반주로 즐기는 인삼주를 좋아했다. 태어날 때부터 인생을 달관한 것 같았고 온후하고 담백한 인품이 어딘지 모르게 오즈 야스지로의 영화 속 인물을 연상케 했다.

아저씨는 1919년 부산에서 태어났다. 하지만 그는 서기를 사용하지 않고 '다이쇼 8년'이라고 했다. 스물여섯 살까지 조선이 일본 통치하에 있었기에 그렇게 말하는 것이 습관이 됐다고 한다. 그는 내 앞에서 완벽한 일본어를 구사했는데 그것은 그가 일본어'를' 배운 것이 아니라 일본어'로' 배운 것을 의미했다.

1931년 부산 제2공립상업학교에 입학. 상업학교는 중등교육을 받고자 하는 부산 서민들이 가장 선망하는 학교였다. 당시 이 도시는 일본 통치하에서 한반도의 관문이자 항만 상업도시로 급속한 발전을 보여준다. 부산상업학교만으로는 도저히 모든 지원자를 수용할 수 없었다. 그렇게 판단한 부산부는 1920년 제2상업학교를 설치했지만 그마저도 정원의 여섯 배가 넘는 지원자가 몰릴 정도였다. 아저씨와 반 친구들은 어려운 관문을 뚫고 입학했다는 자부심으로 학창 시절을 보냈다. 부산 제2상업학교는 야구 실력도 매우 뛰어났다. 대구상업학교처럼 고시엔_{매년 8월에 열리는 전국고등학교야구선수권대회}에서 활약하지는 못했지만 내지에서도 나름대로 알려진 존재였다.

아저씨는 1937년 수학여행으로 처음으로 내지에 갔다. 다카라즈카^{여성들로만 구성된 극단} 가극을 본 후 교토에서 가부키를 관람했다. 세상에 이토록 아름다운 것이 있을까. 열여덟 살 청년은 소박하게 감동했다. 졸업 후 지인의 추천을 받아 막 창업한 미나카이백화점에 근무하게 된 건 앞서 서술한 그대로다. 1941년 12월 9일, 스물두 살에 결혼한 아저씨는 신혼여행으로 다시 현해탄을 건넜다. 마침 진주만 공격이 있은 직후였다. 사람들은 여기저기서 흥분했다. 신혼부부는 도쿄에 도착하자마자 먼저 니쥬바시에서 천황이 사는 황거를 향해 참배한 후 닛코의 도쇼구 신사로 향했다. "우리는 우리가 일본인이라고 당연하게 생각했어요." 아저씨는 당시를 회상하며 말했다.

아저씨에게는 하이쿠라는 취미가 있었다. 다카하마 교시가 주재하는 『호토토기스』를 열심히 구독하고 직접 지은 하이쿠를 '쇼잔樵山'이라는 호로 투고했다. 게재될 때가 있으면 게재되지 않을 때도 있었다. 투고란에는 출신지와 하이쿠 호가 작은 글자로 적혔다. 부산에서 투고하는 것은 흔치 않은 일이라 금세 동료들 사이에서 화제가 되었다. 같은 부산 출신으로 '기오蟻王'라는 사람이 있었는데 꽤 훌륭한 하이쿠를 썼다고 했다. 일본인인지 한국인인지는 알 수 없었지만 같은 동네에 사니 한번 만나고 싶다, 서로 하이쿠 이야기를 나누고 싶다고 생각하던 중 전쟁이 심각해져서 결국 만나지 못했다고. "부산은 군항이었기에

204

폭격이 있었고 바다는 어뢰로 가득 찼어. 지금쯤 어디서 어떻게 지내고 있을지."

"어떤 하이쿠를 쓰셨나요?"

"아, 이젠 잊어버렸네. 1950년 6월에 동란이 일어났고 부산은 이미 큰일이었어. 언제 다 같이 규슈로 도망갈까 그런 이야기까지 나왔을 정도였어요. 그때 한창 혼란한 시기여서 소중히 보관하던 『호토토기스』도 『하이쿠 세시기俳句歲時記, 하이쿠 계절 용어 사전』도 전부 어디로 가버렸는지, 하이쿠는 그 이후로 안 쓰게 됐죠."

아저씨와 이야기를 나누며 알게 된 것은 쇼와 20년1945년까지는 일본 연호로 이야기하고, 조국이 광복 즉 일본의 식민지가 아니게 된 이후부터는 서력으로 이야기한다는 것이었다. 내가 이를 지적하자 그는 "지금은 쇼와로 말하면 몇 년이 되는 거지?"라고 물었다. "한국은 독립한 후 '단기檀紀'라고 하는 세계에서 한국에만 있는 기년(세기 연월)을 쓴다고 으스댔는데 언제부턴가 그만두었지."

한국전쟁이 일어난 3년간은 말 그대로 혼란의 나날이었다. 한국 전역에서 피난민들이 부산으로 몰려들었고 유엔군 병사들이 활개를 치며 다녔다. 병사들 대부분은 미국과 호주에서 온 사람들이었다. 일본군의 구원을 기대하는 사람들도 있었지만 결국 일본에서는 아무도 오지 않았다. 일 때문에 미군 기지에 갈 일이 있던 아저씨는 친한 미군 병사로부터 후쿠오카에 점심 먹으러 가지 않겠느냐고 제안을 받은 적이 있었다. 군용기를 타면 별거 아닌 것 같았다. "하지만 역시 거절했어요. 만약 상황이 바뀌어 후쿠오카에 혼자 남겨지기라도 하면 큰일이니까요."

한국전쟁이 휴전을 맞이하자 부산은 곧바로 부흥을 시작했다. 식민지 시대 백화점은 모두 사라지고 미화당백화점 한 곳만 부지런히 영업을 했는데 1955년 붉은 벽돌로 지어진 보림백화점이 문을 열자 시민들은 경쟁이라도 하듯 몰려들었다. 얼마 후 백화점 붐이 일었다. 아저씨는 그중 한 백화점에서 20년 정도 근무하다가 지점장으로 정년을 맞이했다. 정년퇴직한 아저씨는 가족을 데리고 서울로 올라와 잠실 고층 아파트 최초의 주민 중 한 명이 되었다. "여긴 비쌌어, 한 평에 100만 원이라고." 그는 농담처럼 말했다. 장남은 부산에서 가구점을 운영해 성공했다. 둘째 아들이 서울의 의대에 진학한 것이 가족들이 서울로 이주한 계기였다.

내가 하숙을 하면서 아저씨는 오랜만에 일본어로 말하게 되었다. 현역에서 은퇴한 그에게 일본어는 향수를 불러일으키는 대상이었다. 나한테 가끔씩 오는 일본 서적에 관심을 갖고 일본어로 된 책이 있으면 보여달라고 했다. 깊이 생각하지 않고 도쿄 친구가 보내준 루이 페르디낭 셀린의 『외상 죽음』과 대학에서 교재로 사용하는 하시모토 오사무의 『모모지리무스메』를 건넸다. 셀린은 한국으로 떠나기 전에 작은 문어한테 엄청난 작가라는 말을 듣고 궁금하던 차였다. 그래서 일부러 그의 최고 걸작이라는 소설을 받았다. 아저씨는 두 권을 일주일 만에 다 읽고는 나에게 감상을 말했다. 특히 셀린을 마음에 들어 했다.

"이 프랑스 사람은 정말 마음이 착하네요. 진료비도 낼 수 없는 가난한 사람을 찾아가 정성껏 돌봐주고 주인 없는 강아지를 데려다가 키우려고 하면서 세상은 슬픈 일로 가득 차 있다고 썼네요."

"아저씨, 다른 책은 어땠어요?"

"음~, 요즘 일본 사람들은 우리나라와는 많이 다른 것 같아. 모르는 단어가 계속 나와서 잘 이해가 안 됐어요. 일본 여학생은 전에 내가 알던 일본인과 다르게 외국인 같았어요."

9월에 접어들면서 아저씨는 안절부절못했다. 환갑을 맞이한 아저씨가 오랜 친구들을 초대해 잔치를 열기로 했기 때문이다. 전날 아주머니(나는 아저씨의 아내를 한국말로 그렇게 불렀다)는 아파트의 '반상회' 멤버들을 불러 잔치에 차려낼 요리에 도움을 구했다. 임시로 도우미를 고용해 방이라는 방은 전부 청소했다. 늘 아침을 먹는 부엌 식탁은 엄청난 양의 음식으로 가득 찼다.

환갑 당일, 잔치는 저녁부터 시작되었다. 대학 수업을 마치고 돌아오니 평소에는 조용해야 할 응접실에서 많은 사람이 떠드는 소리가 들렸다. 나도 아저씨의 아들인 재일이의 손에 이끌려 잔치 자리에 꼈다.

응접실은 평소와는 전혀 다른 분위기로 바뀌어 있었다. 아저씨는 웃으며 사람들에게 둘러싸여 축하 인사를 받았다. 양복에 나비넥타이를 맨 멋진 옷차림에 자세도 바르고 돋보였다. 역시 부산의 유명 백화점에서 지점장을 지낸 사람답다는 감탄이 절로 나왔다. 손님은 모두 여덟 명이었다. 전부 아저씨의 부산상업고등학교 동창이다. 그들은 각자 맥주와 위스키 잔을 들고 즐겁게 담소를 나누었다.

아저씨는 뒤늦게 들어온 나를 발견하고는 차례대로 손님들에게 소개했다. 그들 중 절반 정도는 서울에 살았고 나머지 반은 이날을 위해 부산에서 경부선을 타고 올라온 사람들이었다. 그들은 내가 일본인임을 알고는 일본어로 말을 걸었다. 한 사람은 오사카에서 조카라도 온 건가 생각했다고 했다. 또 다른 사람은 집 밖에서는 한국어를 쓰지만 집에서는 지금도 아들과 일본어로 대화를 나눈다고 했다. 야구를 좋아하는 이분은 그해 여름 고시엔에서 미노시마고등학교가 우승한 일을 알았다. 부산에서는 서울과 달리 안테나를 조금만 높게 달면 일본 방송을 볼 수 있다고 한다. 한국에서는 공식적으로 일본 음악과 영상은 금지됐다. 하지만 부산 사람들은 그런 것에 개의치 않는 것 같았다. 손님들 이야기를 들어보니 서울과는 사뭇 다른 분위기였다.

조금 떨어진 곳에서 한 사람이 열변을 토했고 다른 사람은 그 이야기에 묵묵히 귀를 기울였다. 김영삼이라는 이름이 자꾸 나왔다. 그들은 부산 사람으로서 경상남도 출신인 이 정치인이

당하는 수난에 대해 이야기하는 것일까? 이야기를 제대로 알아 듣기에는 내 어학 실력이 미숙했다.

이 사람의 이름은 '금'이라며, 아저씨가 한 인물을 소개해주었다. 작곡가인 그의 원래 성은 '김'이었는데 한국에는 김씨 성을 가진 사람이 너무 많아서 언젠가부터 '김'이 아닌 '금'이라는 성을 쓰게 되었다고 한다. 그는 내게 다케미츠의 작품을 들어본 적이 있느냐고 물었고 그의 음악은 정말 훌륭하다고 했다. 금 씨는 그의 음반을 구하기 어려워서 고생한다고 했다.

"당신은 일본에 있었으니 교난키라는 사람을 알겠지요?"

한 손님이 내게 말을 걸었다. 한자로는 '許南麒허남기'라고 쓴다고 했다. 이름은 본 적이 있었다. 서울에 오기 전 무턱대고 읽은 한국 관련 책 중에 이와나미문고의 『춘향전』이 있었는데 허남기라는 인물을 그 책 번역자로 기억했다.

"허 군은 우리 학년에서 가장 공부를 잘하는 학생이었어요. 오늘 이 자리에 친구들 중 유일하게 얼굴을 비추지 않은 사람이 바로 그 허 군이에요."

"초대했으면 좋았을 텐데요."

"무리예요. 빨갱이가 되어버렸으니까."

"빨갱이요?"

"빨갱이요. 일본에는 조총련이라는 게 있잖아요. 북한의 조직이요. 허 군은 지금 거기서 가장 높은 사람이 되었어요."

우리가 이야기하는 동안 다른 사람이 대화에 끼어들었다.

"허남기는 말이죠. 그 녀석은 처음에 연극 공부가 하고 싶다면서 도쿄로 갔어요. 광복 후에 교포들의 소학교가 생겼고 거기에서 아이들에게 한국어를 가르쳤죠. 그 후 일은 잘 모르지만 어디가 어떻게 됐는지 김일성 만세가 됐더라고요."

"아무튼 공부는 잘했어요. 그러니까 그쪽에서도 출세한 거죠."

"그 녀석도 환갑일 텐데. 축하연을 했을까 몰라."

"성대하게 했든지 아니면 그런 건 하면 안 되든지, 둘 중 하나지 않겠어?"

"어느 쪽이든 우리들은 이제 만날 수 없잖아. 만나면 우리 신변이 위험해. 스파이로 몰려서 감옥에 가게 된다고."

나중에 도쿄에서 허남기에 대해 알아보았다. 그는 생각했던 대로 『춘향전』의 번역자였다. 아니 그것뿐만 아니라 1950년대에는 하세가와 류세이나 세키네 히로시 등 시인들과 함께 『렛토』라는 시론 잡지를 창간하는 데 참여했고 『화승총의 노래』라는 시집을 간행했다. 제목에서 시집이 항일 게릴라전을 노래하는 내용일 거라고 짐작할 수 있었다. 내가 서울에 있을 때 그는 조선총련 중앙부의 부의장이었고 북한 최고인민회의의 대의원이었다. 김일성주의자로서 허남기의 '화려한' 경력은 아저씨의 환갑잔치에 모인 동창생들의 상상을 초월했다. '그 녀석은 저쪽으로 갔어. 공부를 잘했으니 저쪽에서도 출세할 수 있었겠지.' 그들은 막연하게 그렇게 생각했다.

잔치 자리에서 아무도 나에게 일제강점기 시절의 불쾌한 기억을 이야기하는 사람은 없었다. 일제강점기는 그들에게 청춘 그 자체였다. 몇몇은 30대에 겪은 한국전쟁의 아픈 기억을 이야기하고 북한의 무서움을 이야기했다. 연회에 모인 손님들은 모두 휴전 후 조국의 부흥을 위해 쉴 틈 없이 일하다 마침내 월급쟁이로 정년을 맞이했다. 각자 나름대로 힘든 삶을 살아왔으리라고 나는 생각했다. 어느 인생도 단순하지 않다. 친구들이 오랜만에 모여 재회의 기쁨을 나누고 단 한 명, 결코 얼굴을 볼 수 없는 옛 친구를 떠올리며 이야기를 나누었다.

잔치는 한껏 들뜬 분위기였고 몇 사람이 아저씨에게 축사를 했다. 나한테도 일본어로 해도 좋으니 한마디 하라는 요청이 있었다. 나는 축하 선물로 『하이쿠 세시기』 네 권을 드렸다. 문고본이지만 컬러 사진으로 가득 채운 춘하추동의 계절어를 설명한 책이다. 아저씨가 하이쿠를 즐긴다는 말을 듣고 미리 도쿄 친구에게 부탁해 받은 책이었다.

"이제 다시 하이쿠를 쓸 수 있겠구나." 아저씨는 기쁜 표정을 지었다.

하지만 내가 정말 선물하고 싶은 것은 따로 있었다. 전쟁 중의 『호토토기스』 투고란을 복사한 것이다. 1942년부터 1944년까지 쇼잔의 하이쿠는 종종 채택되었다. 나는 축사에서 그중 한 구절을 낭독했다.

"포대를 포위한 보리가 익어간다"

함께 있던 사람들 사이에서 감탄의 목소리가 터져 나왔다. '포대'라는 단어에는 전쟁 당시 풍경이 각인돼 있다. 한가득 펼쳐진 보리밭 속에 포대 하나가 덩그러니. 포대는 일본군이고 보리밭은 조선 민중이다. 이 구절을 지은 사람은 황민화 운동 한가운데 있던 스물다섯 살 조선인 청년이다.

아저씨는 믿지 못하겠다는 표정을 지었다. "너는 어디서, 어떻게 이런 것을 찾아낸 것이냐." 그 말에서 기쁨과 놀라움이 느껴졌다. 그는 잠시 동안 몇 장의 복사본을 가만히 바라보았다. 35년 전에 지은 하이쿠다. 자신도 완전히 잊고 있던 것이 눈앞에 나타나 예기치 못한 그리움에 휩싸인 모양이다.

사실을 말하자면 나는 『하이쿠 세시기』를 의뢰한 친구에게 만약 고마바 근대문학관에 갈 일이 있으면 가는 김에 『호토토기스』 과월호를 찾아봐달라고 부탁해놓았다. 매호마다 많은 양의 기고문이 실렸는데 기고자 이름 옆에 '부산'이라고 작게 적혀서 찾기가 그리 어렵지 않았다고 편지에 쓰여 있었다.

아저씨의 환갑잔치는 밤늦게까지 이어졌다. 결국 손님들은 야간 통행금지령을 떠올리며 집과 호텔로 돌아갔다. 하지만 그것으로 끝난 것이 아니었다. 다음 날 손님들은 아저씨와 함께 인근 산으로 산책을 나갔다가 저녁이 되자 신 씨네 응접실로 돌아왔다. 다시 연회가 시작되었다.

이틀에 걸친 환갑잔치가 끝나자 아파트는 다시 원래대로 조용해졌다. 그러던 중 한 통의 전화가 걸려 왔다. 길상여자사범대학교라는 작은 대학 일본어학과에서 온 전화였다. "여름 전에도 전화를 드린 적이 있기 때문에 기억하실 것 같은데 본교에서는 매년 가을 일본어 연극을 상연합니다. 올해 있을 공연에 연출을 맡아주셨으면 합니다." 수화기 너머에서 그런 이야기가 들렸다. 의뢰 전화였다.

나는 이전 전화 통화를 잊지 않았다. 일본어 연극이 궁금해서 이문동 한국외국어대학교까지 일부러 연극 발표회를 보러 갔던 기억이 떠올랐다.

길상여자사범대학교는 서울 북서쪽, 인왕산에서 조금 더 북쪽인 홍지동에 위치했다. 나는 버스를 갈아타고 가파른 언덕길을 올라가 일본어학과 학과장과 면담을 했다. 연극 연출은 전혀 경험이 없었지만 요컨대 학생들의 일본어 대사를 그럴싸하게 고쳐주는 일을 하면 되었다. 그 정도라면 근무지인 현국대학교 수업이 오전 중에 끝나는 날 오후에 가면 될 것 같았다. 나는 일본어 연극 연출 제안을 정식으로 받아들였다. 대학 측에서 제시한 몇 권의 희곡집 중에서 작품을 고르고 여학생들을 모아놓고 간단한 오디션을 치렀다.

길상여자사범대학교 학생들은 좋은 집안의 딸이라는 느낌이었고 현국대학교와는 또 다른 분위기였다. 현국대학교에서 일본어 회화와 원서 강독 수업을 하는 한편 버스를 갈아타고 시내를 가로질러 길상여자사범대학교에 다니며 일본어 연극 연습을 계속했다. 연습은 때로는 밤 8시까지 이어졌고 녹초가 되어 집으로 돌아왔다. 늦은 저녁을 먹는 나를 보고 아저씨가 그럴 때는 술 한 잔 하면 좋다며 권했다. 부엌 안쪽에는 그가 몇 년 동안 직접 담근 구기자주랑 인삼주 병이 나란히 놓여 있었다. 그는 병 하나를 소중히 들고 와서 내 앞에 작은 잔을 놓고 붉은 빛깔로 물든 술을 따라주었다.

"세노 군이 준 세시기 말이야, 어느새 계절어가 이렇게 많이 늘었을까? 내가 몰랐던 계절어가 많이 나왔어. 다시 한번 하이쿠를 짓고 싶은데 한참을 멀리했더니 좀처럼 쉽지 않네."

"오랫동안 일본어를 사용하지 않았기 때문에 당장에는 불가능할 거예요. 한국어로 해보면 어떨까요?"

"세노 군, 그건 불가능해요. 한국어 하이쿠? 생각도 못 하겠네. 일본어와 발음이 달라서 5·7·5 글자 수를 맞추는 게 불가능해요."

"최근에는 영어로 짓는 사람도 있다네요."

"아니야, 하이쿠는 일본의 것이야. 무엇보다 한국어로 지을 수 있다고 해도 누가 읽어주겠어. 투고하고 싶어도 잡지 같은 것도 없고."

이야기는 거기까지였다.

아저씨에게 일본어란 무엇이었을까.

나는 다시 한번 생각해보았다. 그를 포함해 환갑잔치에 모인 사람들은 모두 능숙한 일본어를 구사했다. 그들에게 일본어는 부산상고에서 보낸 청춘의 기억과 단단히 결부되어 있었다.

그들은 내 앞에서 식민지 시대에 경험한 불평등과 굴욕을 입에 담지 않았다. 아저씨는 기생과 함께 '모내기' 했던 경험을 이야기하고 신혼여행에서 가장 먼저 니쥬바시에 갔던 기억을 담담하게 이야기했다. 하지만 그것이 일본의 조선 통치에 대한 긍정을 의미하는 것은 아니었다. 다만 그는 스물여섯 살까지는 일본인이었다. 그동안 몸소 알게 된 여러 가지 일을 단순한 언어로 요약해 알기 쉽게 표현하지 않을 뿐이라고 생각했다.

한국인은 반일. 내가 서울에 오기 전부터 수없이 들어왔던 말이다. 타이완은 친일이지만 한국은 반일이라고 하지 않느냐고. 일본인이란 사실을 들키면 어떤 끔찍한 일을 당할지 모른다고 대학 시절 세미나 동기들은 입을 모아 말했다. 하지만 서울에 도착한 이후 자신이 반일주의자라고 말하는 사람을 만난 적도 없었고 길거리를 다니면서 위협을 느낀 적도 없었다. 사람들은 일본에서 왔다고 하면 다들 겉으로는 친절하게 대해주었다. 어느 순간 나는 깨달았다. 어떤 한국인도 내 모습을 보고 바로 일본인이라는 것을 알아챘다. 내가 외국인 특유의 억양으로 어설픈 한국어를 하기 전에 "일본에서 잘 오셨습니다"라고 능숙한 일본어로 말을 건넸다. 그들은 일본인이 모르는 각도에서 일본인을 바라봤다. 그것을 모르는 건 나뿐이었다.

6개월짜리 취업 비자 기한이 다가오고 있었다. 나는 안국동 출입국관리사무소에 연장 신청을 하러 갔다. 담당 직원은 사무적인 말투로 여기라며 서류의 한 곳을 가리켰다. 지장 날인을 요구했다. 그래, 이것이 16세 이상 재일 한국인이 일본에서 강요 당하는 일이구나, 생각했다. 손가락을 인주에 찍어 날인했는데 인주가 묻은 손가락을 닦을 것은 아무것도 없었다. 난처한 표정을 지으니 담당 직원이 근처에 있던 종이를 건네주었다.

무사히 비자 갱신을 마친 나는 출입국관리사무소 바로 근처 일본대사관 홍보실에 들렀다. 오랜만에 일본 신문을 보니 김영삼 신민당 대표의 국회의원 자격 박탈을 둘러싸고 한국에서는 사태가 분규로 이어지고 있었다. 야당 의원들은 모두 항의 차원에서 의원직을 사퇴했다고 한다. 얼마 전 아저씨의 환갑잔치 때 두 명의 손님이 뭔가 진지한 표정으로 이야기에 열중하던 것이 바로 이 일이었나 하는 생각이 들었다.

위기가 다가오고 있었다. 다가오는 것이 도대체 무엇인지, 나는 예측할 수 없다. 하지만 무언가 확실히 일어나리라 직감했다. 주위 한국인들에게 물어보기 꺼려졌다. 아마 그들도 한 개인으로서는 그것이 무엇인지 정확하게 파악할 수 없을 것 같았다. 하지만 위기는 확실히 도래한다. 언제까지고 이런 식으로는 안된다. 막연한 불안 속에서 무언가 다가오고 있었다.

10장 요절한 영화감독

하길종이 사망한 것은 2월 28일이었다. 추위가 매서운 2월 말, 갑자기 뇌출혈로 쓰러져 의식불명인 채로 있다가 며칠 후 병원에서 숨을 거뒀다. 서른여덟 살의 생애였다. 스카라극장에서는 그의 최신작 〈병태와 영자〉가 막 개봉했고 연일 만원사례가 이어졌다. 젊은이들은 이 영화를 열광적으로 지지했다. 사망 며칠 후 영화 〈미지와의 조우〉 소설판 번역서가 출간되었다. 결과적으로 그 책이 하길종의 마지막 작업이 되었다.

내가 4월에 서울에 도착했을 무렵 영화계는 이 '영화 광인'을 위한 애도가 한창이었다. 영화 잡지에 추도문이 게재됐고 바바리코트 주머니에 손을 집어넣은 채 바람을 맞으며 서 있는 감독 사진이 함께 실렸다. 〈병태와 영자〉의 상영이 막 끝났을 때였다. 여러 학생이 열정을 담아 이 영화를 이야기했다. "병태는 최고예요. 이 영화야말로 우리들 영화입니다." 나는 서울에 늦게 도착한 일을 후회했다.

하길종의 영화를 비로소 본 건 5월이 되어서였다. 〈바보들의 행진〉이라는 타이틀이었는데 베스트셀러 작가 최인호의 청춘 소설을 원작으로 1975년 즉 4년 전에 제작된 작품이었다. 결론부터 말하자면 이 영화가 좋았다. 왜냐하면 유작인 〈병태와 영자〉는 〈바보들의 행진〉의 속편으로 3년 후 주인공들 모습을 그렸기 때문이다.

나는 〈바보들의 행진〉을 대학 근처 화양극장이라는 재재개봉관에서 보았다. 전력이 약한지 극장 화면은 무서울 정도로 어두웠다. 여러 극장에서 상영된 탓에 화면에 무수히 많은 흠집이 났고, 이야기 연결이 중간에 끊어지는 부분도 몇 군데 있었다. 아마도 필름이 손상되어 잘라낸 탓일 테다. 그런 흠집을 떠나서 영화는 듣기보다 더 훌륭한 작품이었다.

영화는 징병 검사 장면으로 시작한다.

아직 소년이라고 해도 좋을 만큼 어린 얼굴의 젊은이들이 팬티만 입은 채 신묘한 표정으로 줄지어 서 있다. 그들은 구강부터 항문까지 샅샅이 검사를 받고 한 명 한 명 불려 나간다. 그리고 힘차게 경례를 하고 검사 결과를 통보받는다. 김병태는 1

급으로 합격한다. 하지만 강영철은 불합격하고 만다. 두 사람은 모두 열아홉 살. 연세대학교로 추정되는 대학의 철학과 동급생이자 절친한 사이다. 병태는 "큰일 났다!"는 표정을 짓지만 영철은 낙오감을 감추지 못하고 심각한 얼굴을 한다.

　남자들뿐인 철학과에서 관심 있는 학생들이 나서 신촌 커피숍을 빌려 근처 여학교(아마 이화여대일 터) 불문과 학생들과 미팅을 기획한다. 영철은 참가하고 싶지만 회비를 낼 돈이 없다. 그래서 병태에게 돈을 빌려 함께 간다. 당일, 두 사람은 익숙하지 않은 정장에 넥타이까지 매고 미팅 장소로 향한다. 운이 나쁘게도 '장발 사냥'을 하던 경찰에게 잡혀 어깨까지 늘어뜨린 머리가 하마터면 빡빡 깎일 위기에 처한다. 한국은 장발이 금지되기 때문이다. 그들은 최선을 다해 도망치지만 매우 늦게 미팅 장소에 도착한다.

　영철은 지독히도 자존심이 센 여대생 순자와 동석한다. 두 사람은 조금도 말이 통하지 않는다. 병태는 어떤가 하면 아무리 기다려도 상대방이 오지 않는다. 포기하고 커피숍을 나오니 밖에는 폭우가 쏟아진다. 그곳에 여주인공인 영자가 우산을 쓰고 달려온다. 그녀는 연극 연습이 바빠 프랑스 문학 수업 학점을 못 받을 것 같다며 당장 교수한테 탄원하러 간다고 한다. 두 사람은 (개통한 지 얼마 되지 않은) 지하철을 타고 교수의 집으로 향한다. 교수는 영자에게 카뮈의 『이방인』에 대한 리포트를 서둘러 제출하면 학점은 주겠다고 한다. 『이방인』이 신촌의 양장점 이름인 줄만 알던 영자는 난감해하고 병태에게 대필을 부탁한다. 병태는 카뮈라면 뭐든 다 안다고 보증하며 영자와 헤어진다. 그는 비가 내리는 와중에 곧바로 서점으로 달려가 『이방인』이라는 책이 있냐고 묻는다.

병태는 영철을 데리고 여대 축제에 연극을 보러 간다. 아무리 기다려도 영자는 등장하지 않는다. 그녀는 가짜 수염을 붙인 집사 역으로 극 마지막에 잠깐 모습을 드러낼 뿐이었다. 연극은 무사히 막을 내린다. 화려한 의상을 입은 주인공 역의 동급생들이 차례로 꽃다발을 받고 손님들에게 둘러싸인 가운데 영자는 홀로 분장실에서 가짜 수염을 떼어내며 풀이 죽어 있다. 분장실에 병태와 영철이 찾아오고 순자까지 넷이서 맥주를 마시러 간다. 영철은 순자를 만난 기쁨에 지나칠 정도로 술에 취하고 장래 꿈을 이야기한다. "나는 특허를 받아서 큰 부자가 되고 싶어. 만 원짜리 지폐를 태워 담배에 불을 붙여보고 싶다. 장미 정원 딸린 빨간 지붕 집에 살면서 동해안으로 고래 사냥 하러 가고 싶어."

병태는 축구를 정말 좋아한다. 마침 학과 대항 축구 시합에서 마지막에 멋진 슛을 할 기회가 주어진다. 그 순간 낡은 신발이 벗겨져 하늘 높이 날아가 버린다. 철학과 팀은 아쉽게 패배한다. 완전히 자기혐오에 빠진 병태를 영자가 위로한다.

'앞으로 나는 어떻게 하면 좋을까?' 사실 병태는 영자와 결혼해도 좋다는 생각에 가볍게 농담 삼아 마음을 넌지시 비추지만 영자는 단호하게 거절한다. "왜냐면 이제 너는 군대에 가잖아. 3년을 기다리면 동갑인 나는 올드미스가 될 거야. 엄마가 항상 말했어. 여자는 한창때가 지나면 팔리지 않는다고."

병태는 영자를 억지로 눕히고 키스를 하려고 한다. 하지만 이것도 어이없게 거절당하고 만다. 그렇다고 해서 영자가 화를 내는 것은 아니다. 속내를 말하자면 덜렁이긴 해도 병태 같은 순정파에 성실한 남자친구가 있다는 사실이 조금은 자랑스럽다. 그녀는 호프집에서 친구들에게 병태를 소개한다. 물론 계산을 하는 사람은 병태다. 여자들이 맥주를 대량으로 주문하는 바람에 계산할 돈이 없자 병태는 애지중지하는 시계를 계산대에 맡기고 상황을 해결하려 한다. 그런 병태를 보고 영자는 농담 반 진담 반으로 군대식 호령을 내리고 밤늦은 거리를 행진한다.

한편 영철은 자전거를 타고 순자를 기다리며 어떻게든 교제를 이어가고 싶다. 지금까지 여자라면 어머니하고밖에 이야기해본 적 없는 고지식한 영철에게 순자는 동경의 여신이다. 하지만 부유한 가정에서 자란 순자 입장에서 보면 영철은 낭만적인 꿈에 빠져 허우적대는 지루한 이상주의자에 불과하다. 영철은 아버지와의 관계에서도 고민이 많다. 그가 시위에 참여했다는 사실을 알게 된 아버지는 행실을 고치지 않으면 더 이상 하숙집에 돈을 보내지 않겠다고 으름장을 놓는다.

어느 날, 병태와 영철은 학과 친구들과 당구를 치다가 우리나라에 가장 필요한 것이 무엇이냐는 논쟁을 벌인다. 영철은 "그건 돈"이라고 단번에 말하고 병태는 "친구 사이의 신뢰 아니냐"고 반문한다. 두 사람은 시험 삼아 옆에 있던 아이에게 돈을 주며 신문을 사 오라고 한다. 아이는 아무리 기다려도 돌아오지 않는다. 한 시간이 지나고 두 시간이 지나자 친구들이 포기하고 돌아가려고 할 때, 갑자기 아이가 달려와 신문과 잔돈을 건네주었다. 그 아이는 경찰의 불심검문을 받고 한 시간 동안 붙잡혀 있던 것이다.

병태는 강의가 끝난 대강의실에 홀로 남아 그날 일을 떠올렸다. 칠판에는 교수가 쓴 글씨가 남아 있다. '플라톤의 이상 국가'. 그는 글씨를 지우려다 잠시 망설이는 모습을 보인다. 그러나 그는 영철과 달리 우울한 몽상가가 아니다. 대학에서 주최하는 막걸리 마시기 대회에 철학과 대표로 참가해 서커스 악단처럼 신나는 음악이 흐르는 가운데 우승을 차지하는 쾌거를 이룬다. 승리의 순간, 그는 술에 취해 쓰러진다(이때 왜인지 '반공 전진 침략 근성'이라는 플래카드를 내건 시위 영상이 잠시 삽입되는데 참 기묘하고 우스꽝스럽다). 영철의 전화를 받은 영자가 황급히 현장으로 달려간다. 병태는 그저 멍청한 짓을 해보고 싶었을 뿐이라고 툭 내뱉는다.

어느 날 병태가 학교에 가니 무기한 휴강이라는 게시물이 붙어 있다(화면에는 명시되지 않지만 학생들의 시위가 잦아지자 대통령이 '긴급조치'를 발령한 것을 암시한다). 신문 기자가 캠퍼스를 찾아와 학생들에게 인터뷰를 시도한다. 하지만 모두가 입을 다물고 대답하지 않는다. 그들은 애써 침묵을 지킴으로써 무언가를 전하려 한다. 병태 역시 아무 말도 하지 않는다.

영철과 순자의 관계는 조금도 진전되지 않는다. 영철은 "나도 참 바보 같은 짓을 하고 있네"라고 호소하듯 말하지만 순자는 그의 절망을 전혀 이해하지 못한다. 결국 그녀는 영철에게 절교를 선언한다. 그때 병태가 나타난다. 그는 대학에 실망한 나머지 "이제 어쩔 수 없어. 난 그냥 군대에 갈 거야"라고 말한다. 영철은 대답한다. "난 중학교도 고등학교도 입시에 실패했어. 징병 검사에서도 떨어지고 말았어. 게다가 순자한테도 버림받았어."

영철은 완전히 정신적으로 궁지에 몰렸다. 그는 "난 믿어. 인간을 믿어. 하지만 인간이 없어"라고 선언한 뒤 자전거를 타고 대학을 빠져나간다. 자전거 페달을 계속 밟아 서울 동쪽을 향해 달려 태백산맥을 넘고 마지막에는 동해안 절벽에 이르러 투신자살을 해버린다.

병태는 영자로부터 "3년을 기다릴 수 없으니 이제 그만 만나자"는 간곡한 부탁을 받고 실의 속에 입대한다. 머리를 빡빡 깎은 병태가 서울역에서 출발하는 열차에 올라타자 영자가 플랫폼으로 달려온다. 그녀가 차창 너머로 무언가 애타게 말하지만 주위 군인들이 큰 소리로 군가를 불러 그녀의 목소리는 병태의 귀에 닿지 않는다. 그는 창문을 열고 간신히 영자와 입맞춤을 한다. 하지만 옆에 있던 병사가 영자를 제지하면서 입맞춤은 순간에 그치고 기차는 점점 멀어져간다.

　나는 한국 징병제에 대해 아는 것이 많지 않았는데 〈바보들의 행진〉을 보니 이 나라에 어울리는 청춘 영화였다. 여기에는 높은 이상과 상처받은 단념이 있고 서로가 서로를 강하게 견인한다. 세상은 자유를 금지하고 인간을 인간이 아닌 존재로 바꾸려고 한다. 그 안에서 실망과 굴욕을 거듭하며 어떻게 살아가면 좋겠는가? 끝이 보이지 않는 이상을 품는 행위가 우스꽝스럽다는 걸 알면서도 어떻게 하면 계속 이야기할 수 있을까? 바보 같아도 괜찮지 않은가. 우리의 현실은 어리석음으로 가득 차 있지만 바보라도 행진 정도는 제대로 한다. 영화 제목에 강한 아이러니가 숨겨져 있다. 거기에는 어리석은 상황 속에서도 굳이 온몸으로 어리석음을 떠맡아 파멸로부터 마음을 떼어내려는 강인한 의지가 그려져 있었다.

　나는 〈족보〉 상영회 때 알게 된 안병섭 교수를 떠올렸다. 분명 그가 추천한 한국 영화감독 중 하길종 감독 이름이 있었다. 노트를 보고 이를 확인한 나는 안 교수에게 전화를 걸었다. 안 교수는 내 전화를 반가워했다. 알아채셨나요? 그 영화 주인공을 맡은 배우들은 모두 아마추어로 대학생 중에서 주인공을 뽑은 것이 히트한 이유라고 말했다. 안 교수는 하길종과의 오랜 우정을 이야기하며 조만간 유고집을 엮을 생각이라고 했다. 유고집 관련 미팅을 겸해 부인인 전채린 씨와 다음 주에 만나기로 했는데 만약 하길종에 대해 더 알고 싶다면 그때 소개해주겠다며 호의를 베풀었다.

운 좋게도 안 교수와의 전화 통화 며칠 후, 어느 학생으로부터 〈병태와 영자〉가 리바이벌 상영을 한다는 소식을 들었다. 이번에는 개봉관인 스카라극장이 아니라 파고다극장이라는 재개봉관이었다. 나는 수업이 끝나자마자 버스를 타고 파고다극장으로 달려갔다.

〈병태와 영자〉에서 주인공인 병태는 이미 군인으로서 3년 차를 맞이했다. 그는 소지품 검사에서 영자의 사진과 편지가 발각되어 "네, 제 애인입니다!"라고 당당하게 대답한 탓에 상관에게 야유를 받고 모두 앞에서 편지를 낭독해야 했다. 그래도 제대 날짜는 점점 다가온다. 가혹한 돌격 훈련도 전혀 힘들지 않다.

겨울 어느 날, 영자가 면회를 온다. 골똘히 생각하는 표정이다. 두 사람이 병영 근처를 다정하게 걷는데 상관을 태운 지프가 지나갈 때마다 병태는 바쁘게 경례를 해야 한다. 한 번은 경례를 잊어버려 혼이 난 후 영내를 달리는 벌을 받은 적이 있다. 이 부분은 마치 버스터 키튼의 무성영화를 보는 듯하다.

병태는 영자를 숙소로 안내하고 3년 전과 마찬가지로 키스를 강요한다. 물론 거절당하고 만다. "아직 마음의 준비가……"라고 말하는 영자. 병태는 밖으로 나가서 적당한 기회를 노리지만 운이 나쁘게도 우연히 지나가던 세 명의 나이 많은 호스티스에게 붙잡혀 수상한 곳으로 끌려가 온갖 수모를 당한다. 기다리다 못한 영자가 병태를 찾으러 밖으로 나왔을 때 그는 인사불성이 되도록 술에 취해 있었다. 화가 난 영자는 편지를 써놓고 서울로 돌아가버린다.

여대 졸업을 앞둔 영자는 은행 취직이 결정되었고 게다가 청년 의사와 교제 중이다. 그런 와중에 제대한 병태가 돌아온다. 그의 귀환을 환영하는 전 동급생들. 카페에서 열린 환영회에 영자도 얼굴을 내밀지만 어딘지 모르게 쌀쌀맞고 병태에게 말을 걸려고 하지 않는다. 영자는 모임 중간쯤에 자리를 박차고 나가버린다. 신경이 쓰인 병태가 따라 나가지만 청년 의사의 차(국산 자동차 퍼블리카)가 기다린다.

그날 밤, 병태는 동료들과 함께 늦은 밤까지 술을 마시고 그들과 헤어진 후 혼자서 유흥가를 배회한다. 우연히 만난 프로레슬러에게 팔씨름에 도전했다가 아쉽게 패하지만 오히려 근성이 있다는 칭찬을 듣는다. 술의 힘을 빌려 영자에게 전화를 걸지만 인형으로 가득 찬 침실에 있는 영자는 전화를 받지 않는다.

여대 졸업식 날, 청년 의사는 이제 완전히 가족이 된 듯 자리를 함께하고 영자의 부모님을 향해 친근하게 카메라를 들이댄다. 문득 그의 시야에 갈 곳 없이 어슬렁거리는 병태가 들어온다. 청년 의사는 즉시 그의 모습을 좇지만 이미 병태는 사라진 뒤다. 사실 병태는 그날 자살한 영철의 무덤에 같이 가자고 영자에게 제안한 터였다. 두 사람은 영자의 학사모를 무덤에 씌워주고 부둥켜안고 운다. 그날 이후, 병태를 찾으러 대학 도서관을 찾은 영자는 그가 한 번도 보여준 적 없는 진지한 표정으로 맹렬히 공부하는 모습을 목격한다. 영자가 주뼛주뼛 청년 의사와 약혼했다고 말하자 병태는 "절대 안 돼!"라고 외치며 단호하게 인정할 수 없다고 말한다. 그 목소리가 너무 커서 도서관에서 시종일관 지켜보던 많은 학생이 병태를 향해 일제히 박수를 보낸다.

병태는 회사 사장인 영자의 백부를 찾아가 힘이 되어달라고 부탁한다. 그다음에는 영자를 자신의 가족에게 일일이 소개하고 필사적으로 사정을 설명해 결혼 승낙을 받는다. 마지막으로 체육관에서 청년 의사를 기다렸다가 당당하게 자기소개를 한다.

이런 와중에 결혼 준비는 착착 진행되었다. 신부 의상 시착도 마쳤다. 영자는 어떤가 하면, 어떻게 해야 좋을지 모르겠는 상황으로 고민에 지쳐 자기 방에 틀어박힌다. 텔레비전부터 턴테이블까지 모든 가전제품 전원을 켜고 시끄러운 소음 속에서 선글라스를 낀다. 그러다 갑자기 모든 스위치를 꺼버린다. 한편 병태는 의기소침해 있던 중에 갑자기 벽에 걸린 돌아가신 아버지의 사진에서 호령이 떨어진다. 그는 기운을 되찾는다. 약속도 없이 청년 의사가 근무하는 병원(연세대학교 부속병원일까?)에 찾아가 대결을 제안한다. 이제부터 둘 중에 먼저 약혼식장에 도착하는 사람이 영자와 결혼하는 것으로 하지 않겠냐고. 청년 의

사는 쓴웃음을 지으며 병태의 제안을 수락하고 그렇게 서울의 맨해튼이라 불리는 고층 빌딩 숲, 여의도에 있는 호텔을 향한 경주가 시작된다. 청년 의사는 자신의 자가용을 타고 병태는 뛰어간다. 이건 어떻게 봐도 이길 가망이 없는 결투처럼 보인다.

여기부터가 흥미롭다. 화면에 독립문 부근 풍경이 살짝 비치는 것으로 보아 출발점은 서울 북서쪽이다. 목적지인 여의도까지는 구도심을 빠져나가 한강을 건너야 한다. 이 상당한 거리를 달리기로 돌파하려 하다니, 병태의 제안은 거의 무모하다. 하지만 육군에서 3년 동안 단련된 토박이의 다리는 온갖 난관을 극복하고 목적지로 향한다. 그는 고속도로 건설 현장을 지나고 시장의 혼잡함을 무턱대고 가로지르며 철거된 빌딩의 잔해조차도 아랑곳하지 않는다. 말 그대로 대도시 속 황야를 가로질러 가파른 내리막길을 달리고 쓰레기 처리장을 지나 여의도 국회의사당 앞 큰길로 뛰어 들어온다. 마침 군악대의 현란한 행진이 한창이다. 교통이 통제되고 길가는 수많은 구경꾼으로 가득 차 있다. 한꺼번에 공중으로 날아오르는 무수한 풍선들. 박수를 치는 군중들. 슬로우 모션으로 보여주는 이 스펙터클 속에서 주인공은 그저 홀로 계속해서 달린다. 이때 여성들의 대합창이 흘러나온다. 마치 병태의 고군분투를 축하하고 그의 영광을 찬양하는 듯하다.

청년 의사는 병원 지하 주차장을 빠져나와 박력 있게 퍼블리카에 타는 것까지는 좋았으나 절망적인 교통 체증에 휘말린다. 좁은 차 안에서 짜증을 내며 클러치를 밟았다 떼기를 반복하지만 웃기지도 않게 그 사이 병태가 차와 차 사이를 누비며 거침없이 앞으로 나가는 것이 아닌가. 결국 약혼식장에 병태가 먼저 도착한다. 병태는 승리했다. 그는 당황한 하객들 앞에서 당당하게 영자를 데리고 나간다. 두 사람은 손을 잡고 호텔 밖으로 뛰쳐나간다. 슬로우 모션으로 그려지는 이 장면은 분명 더스틴 호프만 주연의 영화 〈졸업〉에서 영감을 얻은 듯하다.

에필로그에서 병태는 무사히 학위를 받아 대학을 졸업하고 병원으로 향한다. 영자는 무사히 막 출산을 마쳤다. 두 사람은 어느새 쌍둥이의 부모가 되어 있었다. 여기서 버스터 키튼의 〈셜록 2세〉의 마지막이 인용된다.

3년이란 군 복무 기간, 연인은 마음이 변해 곁을 떠나버린다. 이 상실감을 어떻게 회복하면 좋을까? 이것은 많은 한국 남학생에게 매우 심각한 문제였다. 병역은 의무다. 하지만 너무나도 거대한 낭비이기도 하다. 낭비의 시간에서 벗어났을 때 자신을 기다리는 것이 더 큰 상실이라면……. 〈병태와 영자〉를 보고 난 후, 바로 교실에 있는 홍기철이 생각났다. 홍기철 역시 군 복무 중 연인을 잃었고 제대 후 그녀가 다른 사람과 결혼했다는 소식을 들었다. 그가 화제의 이 영화를 보았는지는 알 수 없다. 다른 사람한테 영화 줄거리를 듣고 주인공의 불행이 남 일 같지 않아 영화관에 가기를 포기했을 가능성도 있다. 그에게 병태의 이야기는 결코 남 일이 아니었다.

〈바보들의 행진〉은 똑똑한 인간이 바보인 척하지 않으면 살아갈 수 없는 가혹한 세상 속에서 어떻게 타협하며 살아남을지를 이야기한다. 하지만 계속 바보를 연기하기 위해서는 신경을 써야 하고 그것은 상당한 고통이다. 〈병태와 영자〉가 묻는 것은 자조에서 자살로 가는 길을 택한 영철의 비극을 극복하고 타협의 길을 선택한 병태가 그로 인해 강요된 상실을 어떻게 내면에서 회복하고 되찾을 것인가라는 새로운 질문이다. 죽음의 슬픔을 극복하고 삶을 다시 한번 긍정하기 위해서는 무엇을 어떻게 노력해야 하는가? 두 편의 영화를 보고 난 후 나를 덮친 것은 그 길을 가리키며 다시 한번 젊은이들에게 꿈을 선사하려다 요절한 하길종에 대한 무언가 견딜 수 없는 마음이었다.

하길종은 1941년 부산에서 9남매 중 다섯째 아들로 태어났다. 어린 나이에 부모를 잃고 친척 집을 전전하며 소년기를 보내다가 형에게 의지하여 상경, 서울대학교 불문과에 진학했다. 동급생 중에 신진 소설가 김승옥, 여기에 시인 김지하가 합류해 세 사람은 밤을 새워가며 문학 이야기에 열중했다. 1960년 4월, 학생들이 이승만 독재 정권을 무너뜨렸을 때 열아홉 살의 하길종은 시위 대열에 있었다. 그는 '학생 의거' 세대의 영광을 평생 갖고 산 세대다. 대학 재학 중 『태를 위한 과거분사』라는 다다이스틱한 시집을 출간하며 이상의 재림이라는 평가를 받았다.

루이 아라공으로 졸업논문을 썼다. 신문사에 입사한 후 파리 특파원으로 부임했다.

하길종은 이후 미국으로 건너가 UCLA 대학원에서 영화 미학과 영화 제작을 공부했다. 이때 그는 그와 똑같이 프랑스 문학을 공부하던 전채린이라는 여성과 결혼한다. 그녀 역시 한국에서 온 유학생이었다. 전채린은 훗날 프랑수아 모리아크, 시몬 드 보부아르, 프랑스아즈 사강 등으로 대표되는 현대문학의 번역자로 이름을 알린다. 당시 두 사람은 시대의 최첨단을 걷는 커플로 한국 여성 주간지 지면을 장식했다.

참고로 전채린의 아버지 전봉덕은 일본 통치 시대 헌병대 장교였지만 해방 후에도 친일파로 책망받지 않고 육군 참모총장 자리에 오른 인물이며 이승만 정권하에서 김구 암살 진상을 모호하게 만들었다는 풍문이 따라다닌다. 서울대에서 정부의 독재 체제에 강한 분노를 느끼던 하길종이 전씨 집안 사위가 된 것은 운명의 아이러니라고 해야 할지도 모른다.

하길종은 레니 리펜슈탈의 분석적 연구로 UCLA에서 석사 학위를 받고 실험 영화를 연출해 MGM 학생영화상을 받았다. 보통은 대학 강사로 미국에 남는 것이 예상된 경로였다. 동급생이던 프란시스 포드 코폴라도 그에게 할리우드에 남으라고 강력하게 권했다. 하지만 하길종은 1970년 귀국했다. 김지하가 각본을 쓰고 그가 감독을 맡는다는 학창 시절 약속을 지키기 위해서였다.

7년 공백 동안 대한민국은 완전히 변모했다. 이승만 정권을 무너뜨린 학생들의 영광스러운 4월의 기억은 멀어지고 군사 쿠데타로 권력을 잡은 박정희의 독재 정치가 맹위를 떨쳤다. 학생들의 반대에도 불구하고 대학에서는 군사훈련인 교련이 진행되었고 군인들이 속속 베트남으로 파병됐다. 김지하는 「오적」을 집필했다는 이유로 반공법 위반 혐의로 체포되었다. 미국에서 막 돌아온 사람의 눈에 영화계는 절망적으로 뒤처져 있었다. 여성 관객을 상대로 한 통속적이고 눈물겨운 신파 영화를 양산하며 밑 빠진 독에 물 붓기 식 자금 조달만 반복할 뿐, 아메리칸 뉴시네마의 세례를 받은 유학생이 설파하는 이상주의에 귀를 기울이는 사람은 아무도 없었다.

귀국 후 하길종은 세상을 떠나기 전까지 일곱 편의 영화를 연출했다. 첫 번째 작품 〈화분〉(1972년)은 무대가 된 저택이 청와대를 가리킨다는 소문이 나면서 철저한 검열과 삭제를 당했다. 두 번째 작품에서는 온건하게 시대극을 찍었다고 생각했지만 이 또한 엄격한 검열의 대상이 되었다. 마치 눈과 입을 막고 팔다리를 비틀어 잘라내는 것 같다고 하길종은 생각했다. 한때는 영화를 그만두기로 결심하고 감옥에 갇힌 김지하에게 우울한 편지를 보내기도 했다. 하지만 이후 생각을 달리해 1975년 〈바보들의 행진〉을 찍었다. 이 영화가 공전의 히트를 친 덕분에 하길종은 다시 영화에 대한 희망을 되찾았다.

〈바보들의 행진〉의 원작인 최인호 소설에서는 주인공이 두 사람 즉 병태와 영자 커플뿐이다. 뭘 해도 어설프고 어중간한 그들의 행동이 유머러스하게 그려지고 학생 특유의 반말로 이루어지는 대화의 묘미까지 한몫 거들며 청년 문화를 대표하는 소설이라는 호평 속에 베스트셀러가 되었다. 최인호는 이 소설에서 군사정권하에서 미친 척할 수밖에 없던 젊은이들의 체념과 자조 섞인 모습을 그렸다. 영화감독으로서 하길종은 여기에 신랄한 향신료로 세 번째 등장인물인 영철을 새롭게 창조해 넣었다. 영철은 타협을 모르는 이상주의자이며 어리석은 대중에 영합할 줄 모르는 인물이다. 그는 누구에게나 도발적이고 비꼬는 말을 퍼붓다가 마지막에는 고립되어 파멸하고 만다. 병태가 최인호의 대변자라면, 영철은 영화계에서 고군분투하는 하길종의 대변자이다.

하길종은 무서울 정도로 바쁜 나날을 보냈다. 영화감독을 하면서 서울예술전문학교에서 영화 제작을 가르쳤고 알렉스 헤일리의 『뿌리』와 켄 키지의 『뻐꾸기 둥지 위로 날아간 새』를 번역했다. 1978년부터 1979년까지 멜로 영화 〈별들의 고향〉 속편과 청춘 영화 〈병태와 영자〉를 연달아 연출하며 쌓인 피로와 술이 원인이 되어 쓰러진 후 그대로 불귀의 객이 되었다. 영화관에서 개봉한 자기 영화를 보고 만족해하며 관계자들과 함께 맥주를 마시러 나간 직후 그대로 테이블에 엎드려 의식을 잃었다. 그가 인생을 다 써버렸다기보다는 인생이 그를 다 써버린 셈이다.

하길종의 아파트는 남산의 기슭, 남창동에 있었다. 퇴계로에서 남대문시장 옆쪽 골목으로 들어가 언덕길을 올라간다. 상인들이 물건을 파는 소리와 자동차 소음이 멀어질수록 산을 뒤로하고 긴 석벽이 조금씩 모습을 드러낸다. 아파트는 언덕길 중간에 자리했다. 여름의 강한 햇빛 속을 걸어온 나는 갑자기 암흑에 휩싸였다. 잠시 후 눈이 어둠에 익숙해지자 입구에서 계단으로 이어지는 통로를 따라갔다.

나는 5층짜리 낡은 아파트 계단을 올라가 안병섭 교수가 알려준 집 앞에 섰다. 검은색 원피스를 입은 아담한 체구의 여성이 나를 맞이했다. 하길종의 부인, 전채린이었다. 그녀는 아무 말 없이 나를 안쪽 방으로 안내했다. 열린 창문 너머로 석벽이 보였다.

영어와 프랑스어 중 어느 쪽으로 말하는 편이 좋겠냐고 부인이 물었다. 둘 다 서툴기 때문에 어느 쪽이든 상관없다고 대답했다. 테이블과 소파 뒤에는 책장, 옆 벽면에는 빛바랜 영화 포스터가 붙어 있다. 크게 확대한 사진 몇 장이 끼워진 액자. 아마도 한 장은 장례식용으로 쓰인 사진이리라. 사진 속에서 하길종은 옅은 미소를 띠고 있었다.

부인은 에르마노 올미 이야기를 꺼냈다. "파리 영화관에서 이 이탈리아 영화감독의 신작 〈나막신 나무〉를 보고 집으로 돌아왔는데 서울에서 전화가 왔어요. 나는 그렇게 그의 죽음을 알게 됐어요. 모든 게 너무나 급작스러웠고 그가 쓰러져 입원했다는 것조차 몰랐어요."

전채린 부인은 옆방 서재에서 스크랩북 세 권을 가져왔다. 첫 번째 책에는 두 사람이 귀국한 직후부터 〈화분〉을 개봉할 때까지의 잡지나 신문 기사가 스크랩되어 있다. 여성 주간지 인터뷰 기사에 '이상적인 커플'이라는 제목이 눈에 띄었다. "모두 거짓말이에요, 그땐 해외로 부부가 함께 나가는 한국인이 드물었기 때문에 과장되게 호들갑을 떨었을 뿐"이라고 부인은 쑥스러워했다. 그다음 페이지에는 〈화분〉의 신문 광고가 이어졌다. 남자의 다리 사이로 벌거벗은 여자가 정면을 응시한다. 남자의 상반신은 보이지 않는다. 남편한테는 어쩌면 다리에 대한 집착이 있었는지도 모르겠다고 부인은 웃으며 말했다. 우리는 조금씩 마음을 터놓기 시작했다.

〈화분〉은 꽤 힘들었다고 그녀는 말했다. 각본 단계에서 몇 번이나 불허 판정을 받았고 그나마 겨우 촬영에 들어갔다. 남편은 어디에선가 영화 출연이 처음이라는 열아홉 살짜리 소녀를 찾아냈다. 이 소녀는 천부적인 재능을 갖고 있었는지 원석처럼 빛나는 연기를 보여주었다. 하지만 자금이 중간에 바닥나면서 촬영은 중단되었다. 1년 정도 후에 촬영이 재개됐는데 주연 여배우가 미국인과 결혼해서 영화 촬영을 할 상황이 아니었다. 다른 여배우를 찾아 촬영을 다시 시작했지만 하길종은 도저히 만족하지 못하고 이전에 촬영한 작업용 필름을 몇 번이고 돌려보며 아쉬움의 눈물을 흘렸다고 한다.

부인은 계속해서 추억을 이야기했다. 석방된 김지하와 재회해 밤새도록 이야기를 나눴던 일. 그 자리에는 김승옥, 이호철 같은 작가들도 있었다. 귀국한 지 얼마 되지 않은 하길종은 오로지 그들 이야기를 들어주는 역할에 충실했다고 한다. 나중에 김지하가 다시 정권에 쫓기게 되었을 때 그를 숨겨줬다는 혐의로 KCIA에 연행되어 심야에 기진맥진이 되어 귀가한 일. UCLA에 있을 때 레니 리펜슈탈로 학위 논문을 썼지만 한편으로는 요나스 메카스 감독 영화에 매료된 일. 〈욕망〉을 찍은 미켈란젤로 안토니오니에게 깊은 존경심을 가졌으며 어느 작품인가 정신병원 환자들이 공도 없이 침묵으로 배구를 하는 장면을 등장시켜 그에게 경의를 표한 일. 부인이 추억을 이야기하는 동안 어느새 검은 고양이가 슬그머니 다가와 그녀의 발밑에 웅크렸다.

문교부의 검열은 가혹했다. 〈바보들의 행진〉에서 갑자기 등장하는 축구 경기 장면은 원래 병태가 시위에 참여할지 말지 망설이는 장면이었다. 그것이 통째로 삭제되는 바람에 급하게 추가 촬영한 부분이었다. 병태와 영철이 부산행 열차 안에서 일본인과 논쟁하는 장면도 있었는데 이 역시 전면 삭제되었다. 재재개봉관에서 이 작품을 본 나는 필름이 많이 훼손되어 중간에 날아간 장면이 많다는 느낌을 받았는데 사실 그건 검열의 흔적이었다.

전채린 부인은 미지의 젊은 일본인이 남편의 영화를 발견하고 공감하는 것에 호감을 표시했다. 돌아가려고 집을 나서기 전

하길종이 학창 시절에 낸 시집 『태를 위한 과거분사』를 읽고 싶다고 하자 서재에서 꺼내와 빌려주었다. 나는 막 출간된 하길종의 유고 에세이집과 장 콕토 시집 대역본을 선물로 받았다. 그녀가 번역한 책이었다.

집에 돌아온 나는 서툰 한국어 실력으로 사전의 도움을 받아 에세이집을 읽기 시작했다. '백마 타고 온 또또'라는 제목으로, 저명한 시인 고은이 서문을 썼다.

이 기묘한 제목은 1960년 이승만 정권을 무너뜨린 4·19 혁명에 참여한 학생들의 그 후 이야기에서 유래했다. 혁명 후 약 1년 동안 학생들은 정신적으로 고양된 상태였다. 자신들이 쟁취한 민주주의를 기반으로 앞으로 조국을 크게 발전시키겠다는 기개로 가득 차 있었다. 그러나 이듬해 일어난 5·16 군사 쿠데타는 그들에게 결정적인 좌절감을 안겨주었다. 하길종은 시 창작에 전념하기 위해 충청남도의 산속에 칩거했지만 친구 중에는 자살하는 이도 있었고 고향으로 돌아가 연락이 끊긴 이도 있었다. 가장 먼저 휴학계를 낸 학생이 '또또'라는 별명을 가진 동급생이었다. 자신은 앞으로 동두천 미군 기지 근처에 창관을 차리고 포주가 되어 군림할 거라고 선언한다.

당시에는 기지에서 일하는 노동자와 '위안부'의 인권 문제가 대학생들 사이에서 자주 화제에 오르곤 했다. 미국과의 '행정협정(한미상호방위조약)' 체결에 있어서 한국 정부가 보여준 비굴함에 학생들은 울분을 풀 길이 없었다. 그들은 "백마를 탄다"는 표현을 즐겨 사용했다. 백인 여성과 동침한다는 뜻이다. 백마에 올라탄 후에는 거들떠보지 않고 가버린다. 그것이 우리 '단군 후예'의 마음가짐이 아닌가. 미국으로 유학 가는 사람들 사이에서는 '백마'에게 놀림을 당하지 않기 위해 유학 전 포경수술 하는 것이 유행했다.

이런 웃으려야 웃을 수 없는 풍조 속에서 또또는 굳이 기지촌 창관의 포주가 되겠다고 말하고는 보기 좋게 실행에 옮긴다. 그는 곧 서울로 돌아와 노동운동에 뛰어들어 행정협정 개정을 위한 서명운동을 시작한다. 그러다가 얼마 후 또또의 행방이 묘연해진다.

UCLA에 유학 중이던 시절, 하길종은 또또가 미국에 있다는 소문을 들었다. 하지만 그 무렵 옛 동창생들은 유학 중인 대학에서 학위를 따기 위해 열심히 공부하느라 백마는커녕 한국말을 타는 것조차 막연한 듯했다. 또또는 처음부터 학위 취득 따위에는 관심을 보이지 않았던 것 같다. 그는 멋지게 백마를 탔고 백마를 데리고 고국으로 돌아온다.

제니라는 또또의 부인은 거대한 백화점 체인 임원의 딸이다. 또또는 그녀에게 한복을 입히고 한국식 예의범절을 가르쳐 완벽한 한국 여성으로 만든 다음 고향의 노모 앞에 데려간다. 그는 훌륭하게 숙원을 이루었다. 또또를 아는 사람들은 제니에게 호감을 가졌고 또또는 제니에게 대단하다, 잘했다고 칭찬한다. 하지만 또또도 제니도 결코 행복해지지 않았다. 제니를 바라보는 친척들의 눈빛이 과거 미군 기지에 거주하던 미국인들이 어린 또또를 바라보던 눈빛과 매우 닮았기 때문이었다. 저녀석은 백마를 타러 갔다가 백마에게 잡아먹혀서 결국 백마가 되어 돌아온 것이 아니냐. 하길종은 그렇게 생각하기에 이르렀다. 아니 또또만 그런 게 아니었다. 또또와 같은 야망을 품고 미국으로 건너간 한국 지식인들은 귀국 후 또또와 같은 길을 걸었다. 결국 한국은 과거와 같은 길을 걷고 있을 뿐이다. 이것이 에세이집의 표제인 '백마 타고 온 또또'의 내용이었다.

나는 한일사전에 의지해 달팽이처럼 느리게 이 유고집을 읽었다. 읽다 보니 하길종 인생에 있어 1960년 4·19혁명이 얼마나 큰 의미를 갖는지 절실히 느껴졌다. 대학 2학년이던 그는 그날 시위에 참가했다가 경찰의 폭력과 마주쳤고 정신을 차려보니 책가방을 잃어버린 상태였다. 가방 안에는 도시락과 아라공의 시집 그리고 고가의 불한사전이 들어 있었다. 이틀 후, 경찰의 폭력으로 다친 다리를 끌며 현장으로 돌아와 보니 수십 수백 개의 학생 가방이 한 곳에 놓였고 낯선 여학생이 혼자서 가방들을 지켰다. 그녀는 직접 시위에 참여하지는 않았지만 일련의 쟁란이 있은 후 즉시 현장으로 달려가 길거리에 방치된 수많은 가방을 수거하고 가방 주인이 올 때까지 가방을 지키고 있었다. 하길종은 즉시 가방에서 도시락을 꺼내 식어서 딱딱해진 밥알을 씹어 먹었다. "왜 찬밥을 먹어? 이상한 사람이네"라고 여학생이 말했다. "자, 먹어봐. 이게 찬가? 뜨거워, 뜨거워서 입이 탈 지

경인걸"이라고 답하며 도시락 절반을 그녀에게 건넸다.

그런 소녀의 머리 위로 4월의 하늘은 높고 푸르렀다.

벌써 십수 년이 지난 세월. 지금쯤 그 여학생은 어떻게 변하여 있을까. 아직도 그녀의 가슴속에 나의 모습, 우리들의 얼굴이, 그리고 황량한 거리의 풍경이 남아 있을까.

해마다 4월이 오면 나는 그 때의 일과 함께 문득 그 여학생의 모습을 떠올리곤 한다. 그 젊음에의 신뢰감과 영원히 아름다울 여학생의 그 초상을……

4월의 그 도시락, 『백마 타고 온 또또』 중에서

파리와 미국의 서부 해안 지역에서 7년을 보낸 후 귀국한 하길종을 기다리는 것은 군사 강권 국가의 억압적인 사회였다. 세상이 원초적인 젊음을 유지하던 시대는 어느새 끝이 났다. 깊은 초조함이 그를 술로 향하게 했음은 쉽게 상상할 수 있다. 그는 이렇게 썼다.

모두가 떠나가버렸소. 이 스산한 겨울 우리의 옛 동네에는 아무도 없소. 벌들도 나비도 풀여치도 모두 숨어버렸소. 봄도 여름도 가을도 오랫동안 잊혀진 저 길고 두터운 회색의 콘크리트벽에 언제부터인가 얼어붙은 우리들의 그림자.

어느 똥풍뎅이의 말, 『백마 타고 온 또또』 중에서

나는 젊음을 버리기로 생각했네. 그러나 나는 결국 죽을 수가 없었네. 삶에 미련이 있어서가 아니었네. 사실 미련도 희망도 버린 지 오래였고, 내가 죽으리라고 내 젊음이 죽으리라고 나는 알고 있었네. 그러나 나는 일어났네. 오직 오랜 고통으로 인해 병들고, 가난에 지쳐 누렇게 떠버린 내 어머니의 얼굴, 그 얼굴이 슬픈 눈으로 나를 끝끝내 지켜보고 있었기 때문이었네.

그 슬픈 얼굴을 두고 나는 죽을 수가 없었네. 책임, 인간의 책임 때문에 나는 살고 있네. 나는 이미 삶의 아름다움이나 꽃 같은 행복에 대해서 환상을 버린 지 오랠세.

신부가 없는 황량한 거리, 『백마 타고 온 또또』 중에서

하길종은 명동, 신촌 같은 젊은이들이 모이는 곳을 자주 찾아다녔고 학생 상대로 하는 선술집을 거점으로 삼았다. 그들의 언어를 배우고 말투를 익히는 것으로 영화 준비 작업을 시작했다. 〈바보들의 행진〉과 〈병태와 영자〉를 찍을 때도 직업 배우를 한 명도 쓰지 않고 오디션을 개최해 등장인물 전원을 실제 학생 중에서 뽑았다. 나는 그 이유가 짐작됐다. 하길종은 한때 자신이 잃어버린 '4월'의 경험에 집착했고, 영화를 통해 그것을 회복할 수 있으리라 믿었던 것이다.

그러나 신기하게도 어느 날 나는 내가 오래 잃고 있었던 그

4월이 나의 가슴속 깊숙한 곳에 원형(原型)을 간직하고 있다는 사실을 깨닫고 깜짝 놀랐다. 그것은 때늦은 눈이 내리던 입춘날 텅 빈 영화관의 시사실에서였다.

나는 그날 이른 새벽 내가 최근에 만든 어떤 영화의 기술시사를 보기 위해 스탭이 들어오지 않는 크고 텅 빈 영화관 안에 있었다. 오늘을 사는 평범한 두 젊은 남녀 '병태'와 '영자' 이야기를 연작 형식으로 만든 〈바보들의 행진〉 2부격인 이 작품을 보면서 나는 그만 울고 만 것이다.

자신이 만든 영화를 보고 만든 사람 자신이 감격해서 울었다면 이 무슨 주책 같은 소리를 하고 있느냐고 얘기할지 모르겠지만 나는 죽죽 울었다. 아직도 옛 그대로인 나의 젊음을 그곳에서 되찾고 나는 운 것이다.

(……)

나는 나의 잃었던 4월을 다시 찾을 수 있다는 생각에 가슴이 두근거린다. 젊음은 나의 그리고 당신의 마음 속에 영원히 있는 포기와 좌절을 거부하는 활력소가 아닌가.

되찾은 4월, 『백마 타고 온 또또』 중에서

전채린 부인과는 그 후로도 여러 번 만났다. 여름부터 가을까지 나는 남창동에 있는 그녀의 아파트를 종종 방문해 하길종에 대한 이야기를 나누었다. 한국 사정을 모르는 나에게 그녀는 영화의 디테일에 담긴 다양한 의미를 설명해주었다. 하길종은 아라공에 심취한 동시에 카뮈를 애독했다. 미국 서부 해안 지역에서 처음으로 마리화나를 피웠을 때 이유 없이 웃음이 멈추지 않았는데 그게 우스꽝스러웠다고 한다. 일본 중년 남성들의 '기생 관광'을 목격했을 때는 경제 대국의 돼지에게 우리의 어린 양을 바쳐 돼지한테 도대체 무엇을 얻으려는 것이냐고 분노를 표출했다.

부인은 사범대학에서 프랑스 문학을 가르치면서 장 콕토뿐만 아니라 보봐르의 『타인의 피』와 모리아크의 『테레즈 데케루』를 번역했다. "이상하죠? 이 두 사람은 무신론자와 가톨릭 신자이고 사상적으로 전혀 다른데 말이죠." 그녀는 말했다. 내가 에릭 사티를 듣지 못하는 게 아쉽다고 하자 부인은 안쪽에서 레코드를 꺼내 내게 빌려주었다. 그녀는 이후에 파리의 매력을 이야기했고 카르티에라탱의 영화관에서 오시마 나기사의 유명한 영화를 봤다고 말했다.

어느 날 부인은 자신의 가족 이야기를 꺼냈다. 전혜린이라는 그녀의 언니는 한국 문학소녀들에게 동경의 대상이었다. 그녀는 1950년대 뮌헨에서 유학, 헤르만 헤세의 『데미안』을 번역하고 얼마 지나지 않아 자살한 작가였다.

이상하지요, 그녀는 말했다. "우리 아버지는 친일파였고 해방되기 전까지 집에서도 일본어를 썼어요. 그래서 언니는 일본어를 꽤 할 줄 알았어요. 해방 후에는 이래서는 안 되겠다 싶었는지 집에서도 한국어를 쓰기 시작했어요. 그래서 나는 일본어를 못하죠." 부인은 늘 이 요절한 천재 작가 전혜린의 여동생으로 회자되었다. 나는 상상했다. 일제강점기 서울에서 헌병 대장이던 한국인 아버지는 두 딸을 어떻게 교육했을까? 1950년대부터 1960년대에 걸쳐 언니는 독일로, 동생은 미국으로 유학 갔다는 것은 재력은 물론이고 그에 상응하는 강력한 커넥션이 없으면 불가능한 일이 아닐까. 『데미안』의 번역서만을 남기고 생을 마감한 언니는 마지막에 무슨 생각을 했을까? 하지만 남편을 잃은 지 얼마 되지 않은 부인에게 그런 질문을 하는 건 무례하게 느껴졌다.

어느 날 방에 틀어박혀 사전을 찾아가며 하길종이 쓴 글을 읽는데 갑자기 부인으로부터 전화가 걸려 왔다. 도련님을 만나 주었으면 한다는 부탁이었다.

하길종의 동생 하명중은 젊은 배우 중 최고의 미남 배우로 달콤한 마스크 덕에 여주인공이 타락하는 멜로 영화에서 종종 유혹하는 남자 역할을 연기했다. 가장 강한 인상을 남긴 것은 〈족보〉에서 수원의 양반에게 창씨개명을 설득하러 가는 일본인 주인공이었다. 황민화 정책의 어리석음을 충분히 알면서도 친일파 양반들 앞에서 그것을 설득해야만 하는 입장에 놓인 식민자라는 죄책감과 무력감에 괴로워하는 화가 지망생 청년. 서울에 온 지 얼마 되지 않았을 때 영화진흥공사에서 본 이 영화로 나는 많은 생각을 했다.

하명중과 만난 건 강남에 있는 그가 운영하는 레스토랑에서였다. 흰 블레이저에 선글라스를 낀 이 인물은 자못 잘나가는 스타의 분위기를 풍겼다. 나는 그의 가정교사를 맡으면서 일주일에 한 번씩 레스토랑 근처 그의 멋진 자택을 방문했다. 버스 정류장에서 내려 고분 공원을 돌아 한적한 주택가를 조금만 걸어가면 곧 그의 집에 도착한다. 현관 앞에는 항상 〈족보〉 속 배우가 그대로의 모습으로 서 있었다.

하명중은 서툴기는 했지만 일본어를 했다. 부모를 연이어 여의고 스스로 자신의 삶을 개척해야 했던 그는 아역 배우 시절부터 영화에 출연했다. 한때는 홍콩 쇼 브라더스 소속의 단역 배우로 활동하기도 했다. 〈나와 나〉라는 영화에서 자신이 일본인인지 한국인인지 알 수 없는 재일 한국인 청년을 연기했는데 야심작이니 기회가 되면 꼭 봐달라고 했다. 의뢰가 들어온다면 멜로드라마 출연을 마다하지 않겠지만 역시 영화가 예술이라고 생각한다. 그래서 일본 대학에서 정식으로 영화 연출과 제작을 배우고 싶다고.

그가 나에게 의뢰한 것은 일본어 회화 개인 교습이었다. 유학 갔을 때 강의를 듣고 질문을 할 정도로 회화를 연습하고 싶다고 했다. 내가 〈족보〉에서 다니 청년의 연기가 인상적이었다고 하자 그는 다니의 구부정한 걸음걸이야말로 작품의 의미라고 답했다.

하명중과의 대화는 즐거웠다. 인기 넘버원 남자배우라는 자신의 처지에 만족하지 않았다. 그는 형의 유지를 이어받아 감독이 되고 싶다는 생각에 강한 자극을 받았다. 물론 어려움이 없진 않았다. 톱스타로서 하명중은 지독하게 바빴고 빽빽한 스케줄 속에서 살았다. 일주일에 한 번 그의 집에서 레슨을 한다고 하면 그 날짜와 시간을 어떻게 정하느냐가 문제였다.

아니나 다를까, 일본어 회화 레슨을 하는 동안에도 빈번하게 전화가 걸려 왔다. 어느 날 하명중은 당장 나가봐야 한다고 했다. 장훈의 영화가 드디어 완성되어 주인공이 지금 막 일본에서 도착했다고. 곧 환영파티가 열린다고 하는데 별로 가고 싶은 마음은 들지 않지만 이제부터라도 얼굴을 내밀어야 한다고 했다. 그는 나를 선뜻 초대했다. 내가 장훈이라는 인물을 모른다고 하자 하명중은 하리모토라고 했다. 거인 군단의 하리모토 이사오 야구 선수를 말하는 것으로 〈터질 듯한 이 가슴을〉이라는 그의 전기영화가 개봉을 앞두고 있었다.

가을이 깊어지고 시장 가게 앞에 배추가 쌓일 무렵, 나는 우연히 최인호 작가와 이야기를 나눌 기회를 가졌다. 남산 영화진흥공사 근처에 있는 영화사에서 그의 소설(도대체 몇 번째 작품일까)이 영화화되어 시사회가 열렸는데 상영이 끝난 후 사람들한테 둘러싸인 소설가에게 말을 걸었다.

내가 자기소개를 하고 하길종의 영화를 좋아한다고 말하자 그는 바로 이렇게 말했다.

"다자이 오사무를 아십니까? 그 녀석 말이죠, 『사양』의 동생이에요."

재치 있는 말투였다. 최인호는 짧은 시간이었지만 인상 깊은 이야기를 했다.

"하길종은 미남이었어요. 귀족이 몰락할 때 보이는 독특한 얼굴이라 처음에는 배우가 되고 싶어 했어요. 하지만 미국에 오래 있으면서 자신은 감독 쪽이 더 맞는다는 걸 깨달았다고 하더군요."

"최 선생님의 소설을 세 편이나 영화로 만들었잖아요."

"〈바보들의 행진〉 초반부에 장발 사냥 장면을 기억하시나요? 그건 실제로 하길종이 경험한 이야기예요. 촬영 중에 너무 바빠서 이발하러 갈 시간이 없었대요. 하 감독이 촬영감독과 함께 로케 현장 주변을 걷는데 그만 경찰에게 잡혀버렸죠. 물론 누군가 지인에게 전화를 했으면 쉽게 풀려났을지도 몰라요. 하지만 그는 학생들과 함께 파출소까지 연행되어 경찰을 향해 고개를 숙이고 해명을 했어요. 경찰관님, 이것 좀 보세요. 머리 한가운데가 숱이 없잖아요. 여기에 열심히 발모제를 바르는데 약이 주르르 머리카락 끝에까지 흘러내려 이렇게 머리카락이 자랐어요. 제발 좀 봐주세요. 경찰도 학생도 파출소에 있던 모든 사람이 웃었어요. 알겠어요? 하길종은 자신이 살고 있는 시대를 불쌍히 여겼어요. 자기 자신도, 친구들도, 자신을 핍박하는 사람들도, 모두가 불쌍하다는 시선으로 살았던 거죠."

최인호는 이야기를 나눠보니 정말 매력적인 인물이었다. 고등학생 시절 소설가로 두각을 나타냈고 한국인은 해외여행이 어려웠던 시절 단돈 2,000달러로 전 세계를 방랑하고 그 전말을 베스트셀러로 만들어낸 작가다. 대화하다 보니 그가 무서울 정도로 명민한 사람임을 알았다. 30대까지 장편과 단편을 합쳐 50여 편을 발표했고 두 차례에 걸쳐 소설 전집을 출간했다. 그는 언젠가 백제 왕국을 다루는 큰 작품을 쓸 생각이라며 그때는 본격적으로 일본에 가서 사료를 수집해야 한다고 말했다.

헤어질 때 최인호는 빙긋 웃는 얼굴로 말했다. "나는 당신보다 더 대단하다"고. 내가 할 말을 찾지 못하자 그는 재빨리 말을 이어갔다.

"왜냐하면 내가 당신보다 키가 작으니까."

한참 후에 나는 최인호가 키가 160센티미터 이하의 남성들로만 구성된 모임의 명예회장이라는 이야기를 들었다. 사실인지 아닌지는 알 수 없었다. 하지만 아무리 생각해봐도 있을 법한 일이라는 생각이 들었다.

훗날 박정희 대통령이 암살당하고 전국에 비상계엄령이 선포된 후의 일이다. 유리창마저 얼어붙은 겨울 어느 날 밤, 안병섭 교수로부터 전화를 받았다. 하길종의 두 번째 유고집을 발간하게 되었으니 그 책의 말미에 글을 써달라는 내용이었다.

나는 망설였다. 대학에서 졸업논문을 쓴 적은 있지만 영화 관련 글을 쓸 생각을 해본 적이 없었기 때문이다. 더군다나 얼마 전까지만 해도 전혀 몰랐던 감독에 대해 그렇게 마음 편히 글을 쓸 수 있을 리가 없었다. 안 교수는 전채린 부인의 이름을 거론하며 나의 기고는 그녀의 간절한 부탁이기도 하다고 했다.

"왜냐하면 저는 일본인이거든요. 한국에 대해서는 아무것도 모릅니다. 징병제라는 것도 몰라요. 한국의 젊은이들이 열광하는 영화에 대해 어떻게 글을 쓸 수 있겠습니까?"

"앙드레 바쟁이라는 프랑스 영화 평론가를 아나요? 저는 그의 책을 번역했지요. 그는 이렇게 썼어요. 영화를 좋아하는 사람에게는 국경이 없다. 모두가 영화라는 공화국에 살고 있을 뿐이라고."

나는 안 교수의 제안을 받아들이기로 했다. 하길종과 함께 내가 '영화 공화국'의 주민임을 실감했다. 그 공화국에는 병태도 영자도 영철도 그리고 그들의 일거수일투족에 박수를 보냈던 한국의 영화 관객 모두가 평등하게 살고 있다. 나는 그렇게 믿고 싶었고, 사실 그렇게 믿으려고 했다.

11장 계엄령 발동

　잠자리에 든 것은 늦은 밤이었다. 길상여자사범대학교의 일본어 연극 연습 때문에 매일같이 남동쪽에서 북서쪽으로 버스를 갈아타고 다녔던 나는 그날 밤도 녹초가 되어 집에 돌아왔다. 서울에서는 학생들 동향이 불온하다고 해서 적지 않은 수의 대학이 휴교에 들어갔고 연극 공연은 연기에 연기를 거듭했다. 그래도 내일은 실현될 기미가 보였다. 나는 누웠는데도 기대와 긴장감에 좀처럼 잠들지 못했다.

　드디어 의식이 흐려지고 졸리기 시작한 찰나, 아저씨가 나를 깨우러 왔다. 전화가 왔다고 했다. 이부자리에서 일어나 어두운 복도에서 수화기를 들었더니 용수였다.

용수는 재일의 절친한 친구로 함께 의과대학에 다니며 내년에 치를 국가고시를 위해 열심히 공부 중이었다. 나는 여름방학 때 이 성격 좋은 의대생과 친해져서 그의 집에 놀러 가 대접을 받은 적이 있었다. 그들이 무사히 시험에 합격한다면 우선 군의관으로 복무를 해야 한다. 재일은 며칠 전부터 용수네 아파트에 머물며 '절차탁마'한다면서 밤을 새워가며 시험공부를 했다.

처음에 전화를 건 사람은 재일이었다. 재일이 아버지인 아저씨에게 전화를 걸어 일단 이야기한 다음 옆에 있던 용수에게 수화기를 넘겨 용수가 나를 바꿔달라고 부탁한 것이다. 용수가 이런 시간에 대체 나한테 무슨 용건이 있단 말인가.

"선생님, 큰일 났어. 당신들 연극 못 하게 됐어!" 수화기 너머에서 숨을 헐떡거리는 목소리가 들려왔다. "전국에 비상계엄령이 발동됐어. 대학은 전부 무기한 휴교이고 집회는 금지됐어."

비상계엄령! 드디어 온 것인가.

용수와 재일은 방금 심야방송을 듣다가 갑자기 나온 임시 뉴스를 통해 알게 됐다고 한다. 비상계엄령은 오전 4시에 개시되었다. 계엄사령부의 긴급 발표라는데 이유는 알 수 없었다. 시계를 보니 오전 5시였다. 10월 27일이었다.

10월에 들어서면서 이 나라는 무서울 정도로 불안한 정국이 계속됐다. 10월 1일에는 '남조선민족해방전선준비위원회'라는 지하조직이 갑자기 적발되어 74명이 체포되었다. 그들이 비밀리에 회의를 거듭하던 아지트는 내가 사는 장미아파트 바로 근처였다. '남조선'이라는 단어가 한국에서 사용되는 경우는 일단 없다. 이 명칭은 명백하게 이 단체가 북한의 지시를 받는 반정부 조직임을 의미한다. 나는 신문 1면에 크게 보도된 기사를 보고 경악했지만 주변 사람들에게 물어봐도 그런 단체 이름을 들어본 적이 없다고 했다. 아마도 지어낸 이야기일 것이다. 그러나 그것을 대놓고 말하는 사람은 아무도 없었다.

10월 4일에는 국회가 김영삼 의원의 제명을 의결하고 이에 항의하는 야당 의원들이 단상을 점거하는 사건이 일어났다. 그는 올여름 노동쟁의에 관여한 혐의로 「뉴욕타임스」에 박정희 정권에 반대하는 성명을 발표한 직후인 9월에 이미 신민당 총재 자리에서 쫓겨났다.

김영삼의 선거 기반인 부산에서는 10월 16일 두 곳 대학교에서 시위가 일어났다. 시위는 순식간에 일반 시민들을 끌어들여 3,000명 규모로 불어났고 어느새 폭동이 되었다. 파출소가 습격당했고 화재가 발생했다. 비상계엄령이 발동되었지만 공수부대가 시내에 투입된 것은 그보다 먼저였다. 그들은 정식 허가도 없이 마음대로 폭력을 휘둘렀다. 18일에는 부산과 가까운 마산에서도 시위가 발생했고 이곳에도 위수령에 따라 군대가 주둔했다. 19일, 불길은 마침내 서울과 광주로 번져 서울대와 전남대에서 시위가 발발했다. 24일에는 군인색 강한 경상북도 대구 계명대학교에서도 학생들이 일어났다. 그 결과 한국 전역의 모든 대도시는 반정부 시위 폭풍에 휩싸였다.

물론 철저한 보도관제가 이루어졌기 때문에 신문은 폭도 발생을 보도할 뿐 진실한 정보는 보도되지 않았다. 모든 것은 사람에서 사람으로, 입에서 입으로 전해졌다. 나한테도 탱크가 시민을 치어 죽였다는 소문이 토막토막 전해졌지만 확인할 방법은 없었다. 다만 「동아일보」만이 교묘한 수법으로 부산과 마산에서 일어난 사건을 전하려 했다. 반골 정신으로 가득한 이 신문은 일부러 "현재 다음과 같은 소문이 돌고 있으나 절대로 믿어서는 안 된다"는 서두를 달고 군대의 잔학 행위를 열거하는 기사를 실었다. 5년 전 긴급조치 반대를 외치다가 정부로부터 일절 광고 철회라는 괴롭힘을 당했던 신문의 면모를 그야말로 보여줬다.

그리고 10월 26일 밤이 지났다.

드디어 일어났구나, 생각했다. 하지만 무슨 일이 일어났는지는 알지 못했다. 서울에서도 본격적인 반정부 폭동이 일어난 것인가? 군대가 학살을 시작한 것인가? 아니, 어쩌면 국내 혼란을 틈타 북한 군대가 38선을 넘어 쳐들어온 것일까? 어느 쪽이든 큰 사건이 일어난 것은 확실하다. 우리 연극은 이제 할 수 없게 됐다고 용수가 말했지만 이미 그런 걸 따질 상황이 아니었다. 국가의 존망이 걸린 사태가 바로 지금 벌어지고 있었다.

한국인은 이미 1961년 쿠데타와 1972년 '10월 유신' 때 비상계엄령을 경험한 바 있다. 하지만 공식적으로 군대를 보유하지 않는 나라에서 태어난 나로서는 상상하기 쉽지 않은 일이었다. 계엄령은 지난 반년 동안 경험한 야간 통행금지령과는 전혀 다르다. 법이 전면 정지되고 삼권이 군에 이관된다. 군대는 자유롭게 시민을 구속하고 연행할 수 있다. 뿐만 아니라 그들을 군법회의로 처벌할 수 있다. 나는 머리로는 이해가 갔지만 그렇다고 구체적으로 어떤 상황인지는 떠올릴 수 없었다.

6시가 되었다. 길상여자사범대학교 조교로부터 전화가 걸려 와 연극을 중단한다는 내용을 전달받았다. 아저씨가 틀어놓은 라디오에서는 계엄사령부의 아홉 개 항목 포고가 방송되었다. 모든 언론은 사령부의 검열을 받을 것. 사령부는 영장 없이 모든 시민을 체포할 수 있다는 것. 야간 통행금지 개시가 오전 0시에서 오후 10시로 변경된다는 것. 다섯 명 이상 집회가 금지된다는 것…….

아무리 최악의 사태더라도 직접 눈으로 확인하자는 것이 나의 주의다. 아무튼 근무 중인 두 곳 학교에 가보자. 비록 일본어 연극이 중단됐더라도 우선 현장으로 달려가지 않으면 안 된다. 아파트를 나와 추운 날씨 속에서 588번 버스를 기다렸다. 드디어 하늘이 밝아왔다.

현국대학교 정문 앞에는 이미 카키색 군복을 입은 군인 두 명이 MI6 소총을 들고 서 있었다. 그들은 문 안을 들여다보려는 학생들을 거칠게 쫓아냈다. 중학생으로 보이는 소년이 길가에서 방금 나눠준 호외를 탐독 중이었다. 좀 보여달라고 하자 그는 흔쾌히 건네주었다. 여당 계열인 「서울신문」이다. 거기에는 박정희 대통령의 낯익은 사진, 뺨이 홀쭉하고 음울한 표정을 한 초상, 공공장소 곳곳에 걸린 우표로도 만들어진 바로 그 초상화 사진과 함께 '박 대통령 유고로 전국에 비상계엄', '최규하 국무총리 권한대행'이라는 한자와 한글이 뒤섞인 큰 제목이 실려 있었다. 오른쪽에는 일본 도쿄고등사범학교 졸업으로 시작하는 최규하의 경력이 간결하게 적혔고 아래쪽에는 조금 작은 글씨로 '사태 편승 불용 미 북괴에 경고'라고 쓰여 있었다. 미국이 북한을 향해 사태에 편승하는 행위를 용납하지 않는다고 경고한다는 의미였다.

정문 근처에는 평소와 달리 경찰관 여러 명이 보였다. 분명 학생들 시위를 경계하기 위한 경비였다. 한글을 한 글자 한 글자 따라가며 호외를 읽는데 나이 지긋한 경찰관 한 명이 다가왔다.

"당신, 일본인인가?"

내가 일본인이라고 하자 그는 만족스러운 표정을 지었다. 신문이라기보다는 오랜만에 일본어로 말을 해봤다는 친근함이 느껴졌다. 경찰관은 말을 걸면서 재채기를 했다. 오늘은 비번인데 왜 이렇게 이른 아침부터 불려 나와야 하느냐고, 덕분에 감기에 걸렸다고 불평하며 큰길을 가리켰다. 약을 사러 저기 모퉁이 약국까지 같이 가지 않겠냐고 했다.

"박 대통령 유고란 무슨 뜻입니까?" 나는 호외의 의미를 물었다.

"대통령이 죽었어. 살해당했어."

"살해당했다?"

"그래요. 연회 도중에 싸움이 벌어져 총에 맞았어. 옆에 있
던 기생이나 호스티스는 엄청 당황했겠지. 살해당했다고 분명
히 쓰면 돼."

"살해당했다고, 누구한테?"

"난 몰라. 어차피 높은 사람들끼리 싸운 거겠지. 아니면 또
북한 놈들이 땅굴을 파고 공격하러 왔을지도 몰라. 뭐가 진짠
지 모르겠어. 하지만 그 덕에 나는 지금 이렇게 추운데도 대학
교 앞에서 보초를 서고 있어. 학생들이 소란을 피운다고 해서
이른 아침부터 말이지. 그런데 당신은 유학생인가?"

"실은 이 학교 선생이에요."

"선생님인가? 대단하네. 이렇게 젊은데 말이야. 하지만 선생
도 학생도 마찬가지야. 오늘은 안에 못 들어가요. 일본, 좋습니
다. 괜찮습니다. 하지만 규칙이니까 오늘은 아무도 안 돼요."

경찰관과 나는 큰길까지 걸어갔다. 그는 약국에 들렀고 나
는 정류장에서 왔을 때와는 다르게 59번 버스를 기다렸다. 현
국대학교가 출입 금지임을 알았다. 이번에는 길상여자사범대학
교에 가봐야 한다. 일본어 연극을 준비하는 학생들과 만나서 뒷
수습을 어떻게 할지 계획을 세워야 한다. 그건 그렇다 치고 대
통령이 암살당하다니, 도대체 무슨 일인가.

길상여자사범대학교는 인왕산을 바라보며 구시가지 경계에 위치한 성벽을 넘어 더 나아가면 그 앞 바위산 중턱에 자리한다. 현국대학교에서 일단 시내 중심을 벗어나 서북쪽 홍지동으로 향한다. 평소에는 여유롭게 앉을 수 있는 버스가 이른 시간 탓인지 심하게 붐빈다. 무리해서 버스 손잡이를 잡고 호외 읽기에 열중하는데 좌우 승객들이 슬쩍슬쩍 엿본다. 오늘은 늘 나타나던 행상의 모습은 보이지 않는다. 아무도 말을 걸지 않는다. 번화가인 종로를 직진하던 버스는 이윽고 이순신 동상 앞에서 우회전해 널찍한 세종로로 들어선다. 오른쪽으로 경비가 삼엄한 미국대사관, 정면으로 늘 그렇듯 광화문이 보인다. 문 너머가 중앙청이다.

버스가 세종로에 진입하는 순간, 그때까지 조용하던 차 안에서 일제히 웅성거리는 소리가 터져 나왔다. 황급히 창문 쪽으로 고개를 돌리자 도로에 넉 대의 탱크가 보였다. 탱크 한 대에 열 명씩 병사가 타서 사방으로 총을 겨누고 있다. 언제든 발포할 수 있는 자세다. 아마 중앙청 구내에도 여러 대의 탱크가 대기하고 있을 터다.

버스는 광화문에서 좌회전한 뒤 두 번째 길에서 우회전해 북상한다. 대통령 집무실이 있는 청와대 바로 왼쪽 옆길이다. 오래된 시장 입구가 보이고 약국, 은행, 식당, 맹학교가 줄을 잇는다. 가게 중에 조기를 내건 곳이 띄엄띄엄 눈에 들어온다. 한 집만 유일하게 청천백일기^{대만 중국국민당 당기}를 내걸고 있다. 중화요리

점이었다.

오전 9시, 버스는 드디어 길상여자사범대학교 아래에 도착했다. 여기서부터는 가파른 언덕길이었다. 언덕을 올라가니 역시나 MI6 소총을 어깨에 멘 군인 두 명이 나를 제지했다. 아마도 군 복무를 시작한 지 얼마 되지 않았나 보다. 모자 밑으로 보이는 얼굴이 앳되다. 옆에 선 검은색 양복 차림의 남자는 내게 억양이 강한 영어로 말을 걸었다.

"당신이 이곳의 일본인 선생님이시군요. 선생님에 대해서는 잘 알고 있습니다. 오늘 이곳에서 학생들의 연극 공연이 있다는 것도요. 하지만 유감스럽게도 대학 안으로 들어갈 수 없습니다. 무슨 일이 일어났는지는 뉴스를 들으셨을 테니 선생님도 알고 계시겠죠?"

남자와 이야기를 나누는 동안 일본어 연극 스태프와 배우들이 언덕길을 올라왔다. 대학 안으로 못 들어가니 어쩔 수 없이 정문 앞에 모여 의아한 표정으로 내 쪽을 바라봤다. 내가 사복형사와 이야기한다는 것을 알기 때문이리라. 형사는 그녀들에게 성큼성큼 걸어가서 정문에서 벗어나 저쪽으로 가라고 손짓했다. 계엄령하에서는 어떠한 집회도 허용되지 않는다. 학생 중 한 명이 울음을 터뜨렸다. 다른 학생들도 비통한 표정으로 자리에 선 채 움직이지 못했다. 무리도 아니다. 밤늦게까지 연습을 거듭했고 두 번이나 연기된 공연을 드디어 무대에 올린다고 생각한 그날, 공연이 취소됐으니.

어쨌든 이곳에 머물러서는 안 된다. 군인과 경찰은 그녀들이 반정부 시위를 계획하려 모였다고 오해할지도 모른다. 나는 학생들에게 언덕 아래 빵집으로 가자고 재촉했다. 내가 살 테니 케이크든 아이스크림이든 뭐든 다 주문하고 먹으라고 했다.

언덕길을 내려가려는데 나를 부르는 목소리가 들렸다. 대학 도서관장인 송 교수였다. 그 역시 자신의 직장으로 들어가려다 군인들에게 제지당했다.

"큰일이 벌어졌군요." 관장은 차분한 목소리로 말했다. 그의 말투에는 슬픔이나 분노가 아닌 포기가 느껴졌다.

"앞으로 많은 일이 벌어질 것 같네요."

"네, 많은 일이 벌어질 겁니다. 지금보다 더 나쁜 일이 일어날 수도, 일어나지 않을 수도 있어요. 하지만 만약 일본에서 같은 일이 일어났다면 어땠을까요?"

"총리가 암살당한다든지?"

"벌써 20년 전 일인데 이승만 정권이 학생들 시위로 무너져 대통령이 하와이로 망명한 적이 있어요. 저는 그 직후에 도쿄대학에 유학을 갔는데……. 아십니까? 도쿄는 서지학의 보고입니다. 우리나라에도 중국에도 없는 귀중한 책이 얼마든지 남아 있습니다. 도요문고 책에 푹 빠진 저는 한국과 일본을 비교하면서 서지학자로서 암담한 기분이 들었어요."

"그때 서울 학생들은 민주주의를 위해 투쟁했잖아요?"

"물론 그렇습니다. 하지만 겨우 학생들 시위로 뒤집어질 만큼 취약한 정부밖에 우리 민족은 만들어내지 못했나. 이 비참함이 저에게는 더 힘들었습니다. 같은 시기 도쿄에서도 연일 일본 학생들이 시위를 벌였습니다. 그들이 아무리 시위를 해도 당시 기시 노부스케 내각이 총사퇴했을 뿐 기시가 망명하거나 자민당 체제가 전복되는 건 있을 수 없는 일이었죠. 일본은 한국보다 훨씬 더 견고한 권력 조직을 쌓아 올렸기 때문입니다."

도서관장의 입에서 나온 말은 생각도 하지 못한 말이었다.

"5·16 군사혁명 직후 저는 도쿄에 유학을 갔다가 1970년에 귀국했습니다. 하지만 아시겠습니까? 69년부터 70년에 걸친 그 격렬한 학생 시위에도 불구하고 일본 정부는 미동조차 하지 않았어요. 저는 쿠데타 초기에 순간이긴 했지만 박정희라는 장군에게 기대를 걸었습니다. 아시겠어요? 당시 한국에서 신뢰할 수 있는 건 군인밖에 없었습니다. 이 인물은 이후 대통령이 되어 아무리 학생들이 반정부 시위를 해도 꿈쩍도 하지 않고 강고한 정권을 세우기 위해 노력했죠. 그런 그가 어제 어이없게 살해당하고 말았어요. 확실한 일이겠지만 대통령이 만든 유신 체제든 뭐든 짧은 시간 안에 무너질 거예요. 그다음엔 어떻게 될지 아무도 예측할 수 없어요.. 하지만 일본은 어떨까요? 설령 총리가 아니라 천황이 살해당한다고 해도 사회체제가 단숨에 와해하는 일은 없지 않을까요?"

언덕 아래 빵집에는 이미 일본어 연극팀 전원이 모여 있었다. 테이블 위에 먹다 만 케이크와 커피잔이 보였다. 평소 같았으면 시시한 잡담에 열중할 텐데 아무도 입을 열려고 하지 않았다. 한 학생이 내게 새로운 호외를 건네주었다. 「동아일보」 호외는 「서울신문」보다 늦게 발행된 만큼 좀 더 구체적인 정보가 실려 있었다. '박 대통령 서거 비상계엄령 전국 선포'라는 큰 제목과 함께 "김재규 중앙정보부장이 권총 발포 어제저녁 7시 50분경", "차 경호실장 등 5명 모두 총상 입어 사망"했다고 적혔다. 북한 게릴라가 아니었다. KCIA의 톱이 대통령과 그 측근들을 차례로 총살했다. 그것이 무엇을 의미하는 것일까? 나는 얼마 전 아무런 설명도 듣지 못한 채 끌려갔던 이문동 건물을 떠올렸다. 푸른 잔디밭에 흰 장미가 흐드러지게 핀 정원. KCIA는 대통령 직속 정보기관이다. KCIA 부장이 대통령에게 반기를 든다는 게 가능한 일일까.

"박 대통령이 영웅이라고 생각하나요?" 학생들에게 물었다.

"모르겠습니다. 역사가 판단할 것 같아요. 예를 들어 100년 후의 역사라든가."

"그럼 이 나라에서는 누가 영웅인가요? 안중근? 김구?"

"선생님은 안중근을 아시는군요. 그 사람은 우리나라의 훌륭한 영웅이에요. 하지만 안중근이 하얼빈에서 암살한······."

"이토 히로부미?"

"네, 이토 히로부미는 당연히 일본에서는 영웅이겠지요?"

"글쎄, 권력자이긴 하지만 특별히 영웅이라고는 생각 안 하는데."

"그건 이상하네요. 일본에는 일본의 영웅이 있어야 하지 않나요?"

"이토 히로부미는 젊은 시절 안중근과 닮은꼴이지 않았을까? 영국공사관에 불을 지르거나 정적을 연달아 살해하기도 했으니까. 메이지 천황의 아버지가 개국에 반대해서 암살했다는 소문마저 있어요. 뛰어난 테러리스트였죠. 안중근은 누구보다 그 사실을 알았을 거예요. 만약 안중근이 도망쳐서 광복 후에도 살았다면 그는 어쩌면 이토 히로부미처럼 아주 힘센 권력자가 되었을지도 몰라요."

"일본에서는 누가 영웅입니까? 일왕인 히로히토입니까?"

"일본에서는 일왕이 아니라 천황이라고 하죠. 하지만 히로히토는 영웅이 아니에요. 존경할 만한 인물도 아니죠. 일본에는 한국과 달리 국민 전체가 신뢰하는 영웅 따위는 더 이상 존재하지 않아요. 전쟁에 패하기 전에는 곳곳에 영웅이 살았고 신사 경내에는 군마를 탄 장교 동상이 어디든 있었는데, 전후에 그 동상을 없애버려서 군마 조각만 남았어요."

"안중근이 이토를 쏜 이유는 이토가 메이지 천황의 신의 있는 약속을 배신했기 때문이었어요. 안중근은 신실한 천주교 신자였고 노기 마레스케 대장을 존경했어요. 박 대통령은 메이지 천황을 영웅이라며 존경했죠. 메이지유신처럼 우리나라도 정신유신을 단행해야 한다면서요."

"왜냐면 그 사람은 일본 육군사관학교 우등생이었잖아요.

만약 이 나라에서 박 대통령이 영웅이라면 그것은 한국이 영웅을 필요로 했기 때문이에요. 영웅이 없으면 국민을 통합할 수 없으니까, 누군가가 영웅 역할을 맡아야 하죠."

"저는 선생님이 일왕을 존경하지 않는다는 말이 이해가 안 됩니다. 일본인으로서 이상하다고 생각합니다."

논쟁이 여기까지 이르자 지금까지 묵묵히 치즈케이크를 먹던 학생이 말했다.

"선생님, 우리나라와 일본에 공통되는 영웅이 있습니다. 역도산이 있지 않습니까!"

모두가 일제히 웃음을 터뜨렸다. 역도산? 내가 바로 알아듣지 못하자 옆에 앉은 학생이 일본어로 "리키도잔"이라고 말했다. 뭐야, 리키도잔을 말하는 건가. 나도 웃었다. 세대적으로 보면 조금 뒤처지긴 했지만 일본인이라면 누구나 리키도잔의 프로레슬링에 열광했다. 그가 특기인 '가라데 춉'으로 백인 레슬러를 매트에 쓰러뜨릴 때 보여준 흥분을 알았다. 리키도잔은 그야말로 일본의 국민 영웅이었다. 반면 길상여자사범대학교 학생들은 한국인으로서의 자부심을 잊지 않고 일본이라는 이국에서 활약한 한국 영웅으로 여겼다.

오전 11시가 되었다. 우리는 빵집을 나섰다. 일본어 연극이 중단된 이상 더는 할 일이 없었다. 학생들이 삼삼오오 버스를 타고 떠나자 나는 홀로 홍지동에 남겨졌다. 이럴 바엔 하루 동안 계엄령하에서 거리를 걸을 수 있는 만큼 걸어보자. 나는 그렇게 결심했다. 군대가 시내에 주둔한다는 것은 반어적 의미로 치안이 유지된다는 뜻이다. 평소보다 두 시간 빨라진 통행금지를 염두에 두고 '구경(관광)'에 충실해보자.

59번 버스를 타고 아침에 왔던 길을 되돌아가 세종로 세종문화회관 앞에서 내렸다. 두 시간 전에 비해 탱크 숫자가 늘었다. 도로에 모래주머니를 쌓아놓았고 총을 든 군인들이 부동자세로 서 있었다. 세종문화회관 맞은편에 미국대사관이 위치했기에 특히 경계가 삼엄했다. 나는 몇 번이고 병사들에게 검문을 당했고 여권을 보여주며 세종로를 가로질렀다. 경복궁 옆길로 접어들어 프랑스문화원 쪽으로 향했다. 프랑스 영화를 보러 몇 번이나 지나갔던 길이다. 화랑과 세련된 서양식 카페가 즐비한, 서울에서도 유난히 세련된 거리다. 이미 가게 대부분은 태극기를 조기 게양했다.

중앙청으로 들어가려는 차를 군인들이 일일이 세워 통행증을 확인했다. 보행자도 마찬가지였다. 청와대 접근은 금지되었다. 살벌한 풍경에 지친 나는 한 화랑에 들어갔다. 가면이나 길이정표 등 한국의 민속적인 주제를 피카소처럼 변형시킨 느낌이 밝은 유화가 스무 점 정도 전시되어 있었다. 손님도 없고 화랑 직원도 없었다. 텅 빈 전시장에는 모차르트의 「레퀴엠」만 흘러나왔다. "영광의 왕, 주 예수 그리스도, 죽은 모든 신자의 영혼을 지옥의 형벌과 깊은 구렁에서 구하소서." 이 곡은 대통령을 향하는 것일까. 화랑은 그저 라디오를 틀어놓은 것뿐일까? 이상한 기분이 들었다.

출입국관리사무소에서 통일일보사 빌딩 옆을 지나 율곡로를 조금 걷다 보니 운니동 모퉁이에 있는 일본대사관 홍보실이 나왔다. 1층 입구 부근에 신문 열람실이 자리해 근처를 지날 때마다 일본 신문을 들여다보는 것이 습관이었다. 나에게는 익숙한 장소였다. 열람실에 놓인 일본 신문은 무참할 정도로 검열을 받았다. 제목과 하단 광고만 남겨두고 1면 모든 기사가 잘려져 있었다. 그만큼 심각한 사태가 최근 한국에서 일어났음을 말해주었다. 아마도 부산과 마산에서 일어난 폭동 보도이리라고 추측했다.

아무 생각 없이 멍하니 있는데 일등 서기관 니시바야시 씨가 2층에서 내려왔다. 전주에 출장을 갔다가 새벽에 걸려온 갑작스러운 전화에 잠에서 깨어 아침 먹을 겨를도 없이 서울로 돌아온 참이라고 했다. 뭐가 어떻게 된 건지 전혀 짐작도 못 하던 그때 배달시킨 우동이 도착했다. 니시바야시 씨는 곧바로 우동을 먹으려 했지만 걸려 온 전화에 가로막혔다. 내일부터 예정된 일본 극단 스바루의 공연에 대한 문의였다. 전화를 끊자마자 또 다른 전화가 걸려 왔다. 그는 손에 쥔 젓가락을 내려놓고 식사를 포기해야 했다.

후쿠다 쓰네아리가 이끄는 극단 스바루가 한일 연극 교류의 일환으로 내한해 영국 번역극을 공연한다는 것은 이미 사전에 들어 알았다. 내가 근무하는 대학 외국어학과에도 일본어 학습에 도움이 된다는 이유로 많은 학생의 동원을 기대한다는 안내 공문이 왔다. 원래대로라면 나는 수십 명의 학생을 인솔해 세종문화회관에서 열리는 공연에 가야 하는 입장이었다. 하지만 10월에 접어들면서 캠퍼스가 갑자기 시끄러워지고 결국 대학 전체가 임시 휴교령을 내리자 연극 관람을 위한 동원 이야기는 흐지부지되었다. 내가 연출하는 학생 연극을 포함해 연극마다 얽매인다는 건 도저히 생각할 수 없는 상황이 도래했다.

이런 상황에서 후쿠다 쓰네아리와 극단 스바루가 도착하고 말았다. 그들은 10월 24일 서울에 들어왔고 25일에는 초대 KCIA 부장인 김종필로부터 연회에 초대받았다. 26일 밤에는 무대 연습을 마치고 단원 전원이 밤 10시가 되어서야 프라자호텔로 돌아왔다. 훗날 이때를 회상한 글에 따르면 후쿠다 쓰네아리는 지인과 새벽까지 이야기를 나누다가 선잠을 자던 중 박 대통령의 사망 소식을 들었다고 한다.

공연은 27일부터 30일까지 예정되어 있었다. 홍보실의 니시바야시 씨가 우동을 먹을 새도 없이 걸려 오는 전화에 매달린 이유는, 첫 공연을 불과 몇 시간 앞두고 대사관으로서 긴급히 대응해야 했기 때문이다. 나는 니시바야시 씨에게 목례를 하고 홍보실을 나왔다.

다 쓰러져가는 골동품 가게와 고서점이 즐비한 인사동을 지나 작은 잡화점과 수리 공장이 있는 골목을 빠져나오면 왼편으로 파고다공원 담이 보인다. 공원 앞에서 나는 세 번째 호외를 받았다. 「조선일보」 호외에는 '박정희 대통령 피격 서거'라고 큼지막하게 제목이 달렸고 그 아래에는 "김재규 중앙정보부장이 총격 차지철 경호실장 등 5명 사망"이라고 적혀 있었다. 「동아일보」와 다른 점은 "장례는 국장으로"라는 부분이었다. '유고'에서 '서거'로 그리고 '피격 서거'로 시시각각 변화하는 정세에 맞춰 호외는 미묘하게 표현을 바꾸어나갔다.

시계를 보았다. 정오를 훌쩍 넘긴 시간이었다. 호외와는 별개로 이미 신문도 인쇄가 끝난 모양인지 공원 앞 광장에서는 국민학생 정도로 보이는 소년이 "신문이요! 신문!"을 외치며 도로에서 신문을 팔았다. 거리를 걷는 사람들은 그 어느 때보다 무표정했다. 파고다공원에 가면 어김없이 마주치는 아마추어 연설가 노인들 모습은 보이지 않았다. 모두가 입을 다물고 서두르는 분위기였다. 나는 종로를 걷다가 눈에 들어온 호텔에 들어가 도쿄로 국제전화를 걸었다. 전화는 연결되지 않았다.

아파트로 돌아온 것은 오후 2시였다. 라면을 끓이는데 아저씨가 말을 걸어왔다.

"달걀 넣어. 달걀을 넣으면 더 맛있어."

"아침부터 여기저기 돌아다녔더니 피곤하네요."

"정말 큰일이 일어났지." 담담한 말투였다.

"대통령은 몇 살 정도였을까? 나보다 한두 살 위였던 것 같은데 젊은 시절부터 쭉 군인이었잖아. 그렇게 크게 출세했는데 안됐네."

일본어 연극이 중단된 일로 몇 통의 전화가 걸려 왔다. 나는 아파트 단지 내 슈퍼마켓에 가서 한국산 와인을 한 병 사 왔다. 저녁 식사 자리에서 아저씨와 함께 마셨다. 재일은 아직 용수네 집에서 돌아오지 않았다. 설령 집에 있었다 해도 한국인의 관례상 아버지와 함께 술을 마시는 일을 꺼렸을 게다.

취기가 도니 몹시 피곤했다. 그럴 만도 하다. 아침 일찍 일어나 하루 종일 서울 구석구석을 돌아다녔으니 말이다. 내가 연출한 연극이 실현되지 못한 일 따위는 이제 아무래도 좋다는 생각이 들었다. 그런 것은 중요하지 않다. 나는 지금까지 예상하지 못했던 거대한 연극을 목격하고 있었다. 1979년 10월 27일. 이날은 아주 긴 하루였다. 나는 오늘의 일을 앞으로 어떻게 기억하게 될 것인가.

잠자리에 들면서 오늘 말을 주고받은 몇몇 사람을 떠올렸다. 나이 지긋한 경찰관. 길상여자사범대학교 학생들. 도서관장. 사복형사. 니시바야시 홍보 담당관……. 그리고 이토 히로부미를 암살한 안중근을 생각했다. 대통령을 사살한 김재규라는 인물은 도대체 무엇을 의도했을까?

사건이 일어난 10월 26일은 안중근이 하얼빈역에서 이토 히로부미를 총살한 날로부터 정확히 70년이 되는 날이다. 김재규는 이 사실을 사전에 알고 범행을 저지른 것일까? 아니면 서울에서의 폭동을 예측하고 돌발적으로 암살을 결단한 것일까?

확인할 방법은 없었다. 아마도 그는 빠르게 처형당할 테고, 암살의 진짜 의도는 봉인될 테니. 거대한 수수께끼, 내가 풀기는커녕 접근조차 허락되지 않는 거대한 수수께끼를 멀리서 바라보며 잠이 들었다.

일본에 귀국하고 나서 10월 26일 밤부터 27일 아침 사이에 있던 일에 대해 꽤 많은 정보를 알게 되었다.

김재규가 박정희를 살해하기로 결심한 것은 자신이 권력을 강탈해 새로운 독재자가 되겠다는 야망과는 전혀 다른, 순수하게 국가를 둘러싼 진지한 위기의식에 근거했다. 부산과 마산에서 폭동이 일어나고 그것이 전국적으로 확산됐다는 사실을 알게 된 KCIA 부장은 대통령의 독재 체제를 더 이상 유지하는 게 불가능하다는 판단을 내리고 결론적으로 대통령을 살해하기로 결심했다. 그는 대통령과 측근인 차지철 경호실장을 KCIA의 비밀 연회장에 초대하여 유명 가수와 여성 모델을 술자리 상대로 앉혔다. 김재규와 차지철 사이에는 전부터 갈등이 있었다. 살인의 직접적인 계기는 부산에서 폭동이 일어나 미국문화원이 습격당한 책임을 둘러싸고 박정희가 김재규를 강하게 질책한 데에 있었다. 김재규는 즉각 권총을 꺼내 박정희와 차지철에게 한 발씩 발사한 뒤 일단 방을 나가 경비 담당자에게 간단한 지시를 내렸다. 그러고는 다시 방으로 돌아와 두 사람에게 한 발씩 더 쏘았다.

사건 정보를 가장 먼저 정확하게 파악한 것은 미국 국무성이었다. 대통령의 사망 소식이 전해지자 주한미군은 즉시 엄중한 경계 태세에 돌입했다. 「뉴욕타임스」는 곧바로 프레지던트 박이 군사 쿠데타로 살해당했다고 보도했고 그의 죽음은 미국에게 좋은 기회라고 논평했다. 민족주의를 표방하는 박정희는 얼마 전부터 미국에 복종하지 않으려 했고 양측 사이가 조금씩 벌어지고 있었기 때문이다. 그것은 오늘에 이르러서 박정희 암살이 CIA 음모라는 소문의 원인이 되기도 했다. 미국은 한국인들이 거의 아무것도 모른 채 당황할 때 충분히 신뢰할 만한 정보를 이미 손안에 쥐고 있었다.

다음 날인 10월 28일은 일요일이었다. 전날 시내를 돌아다닌 피곤함 때문인지 눈을 떴을 때는 이미 정오에 가까웠다. 대학은 폐쇄되었고 일본어 연극은 중단되었다. 앞으로 일정이라고 해봐야 아무것도 없다. 완전히 무위 속에 내던져진 것 같은 기분이 들었다. 텔레비전을 켜니 모든 방송국에서 대통령을 추모하는 프로그램을 방영했다.

박정희는 1917년 경상북도의 한 농가에서 5남 2녀 중 막내로 태어났다. 집이 가난해 소학교에 도시락을 싸 갈 수 없는 날도 있었다. 성적이 우수해 대구사범학교에 진학해 공립보통학교에서 교편을 잡았다. 이후 자원해서 만주국 육군군관학교에 입학. 수석으로 졸업하고 일본 육군사관학교에 유학했다. 조국이 광복을 맞이하자 대한민국 임시정부 국방경비대에 입대했다. 한국전쟁 휴전 당시 그는 육군 대령이었다.

박정희 대통령은 1961년 5월 군사혁명위원회라는 이름으로 쿠데타를 일으켜 국가재건최고회의 의장에 취임했다. 1963년에는 민정을 회복시키고 대통령에 당선되었다. 1972년에는 북한 김일성 주석과 함께 '남북공동성명'을 발표했다. '10월 유신'을 내세워 유신헌법을 공포하고 종신 대통령이 되었다. '새마을운동'을 주창하며 농촌 근대화를 추진하고 '한강의 기적'이라 불리는 경제 고도성장을 이뤘다. 1974년 북한에서 보낸 재일 한국인이 쏜 흉탄에 육영수 여사를 잃었지만 평생에 걸쳐 청렴결백한 생활을 이어갔다. 그는 대통령으로서 17년 동안 한국의 발전을 위해 최선을 다했다. 그의 갑작스러운 죽음은 아무리 아쉬워해도 충분하지 않았다.

텔레비전에서는 그리그의 〈오제의 죽음〉을 배경음악으로 깔고 대통령 공적을 칭송하며 61세로 끝난 그의 생애를 이야기했다. 영화관에서 본 기억이 있는 공식 영상이 반복적으로 방영됐다. 라디오 역시 클래식 음악 일색이었다.

얼추 방송을 다 본 나는 점심을 먹고 밖으로 나갔다. 한강변을 따라 전원 지대를 목적 없이 걷다가 천호동 작은 상점가로 나왔다. 전자 제품 파는 가게 앞에 스무 명 남짓한 사람이 모여 가게에서 들려오는 라디오 소리에 귀를 기울였다. 모두들 말없이 진지한 표정이었다. 라디오는 계엄사령부의 보고로 어제 오후 7시 30분, 종로구 궁정동 중앙정보부 연회장에서 김재규 부장이 박정희 대통령과 차지철 경호실장을 총으로 사살했다고 전했다. 하지만 암살자를 흉악한 범죄자로 다루지는 않았다. 살인 동기는 개인적 동기라며 매우 간단하게 설명했다. 나는 그 배후에 상당히 복잡한 정치가 작동함을 직감했다.

저녁이 되자 홍기철 학생이 갑자기 찾아왔다. 한동안 광주 본가로 돌아간다며 작별 인사를 하러 온 참이었다. 대통령의 죽음을 어떻게 생각하느냐고 물었더니 간단하고 분명하게 말했다. "일제의 지배나 경상도의 지배나 군인이 권력을 잡는 한 완전히 똑같습니다. 박정희가 살해당해서 속 시원한 기분이 들었어요." 내가 여름 광주 여행 때 사진을 몇 장 건네주자 그는 고맙다는 인사를 하고 서둘러 자리를 뜨려고 했다. 헤어질 때 그는 궁금해하던 걸 내게 물었다. 학과장인 김 교수가 정보부와 관련이 있다던데 사실인가요? 외국인 교사인 내가 그런 걸 알 리가 없지 않느냐고 일축했다.

홍기철이 떠난 뒤에 이해가 안 되는 질문이 마음에 남았다. 그는 왜 나에게 그런 걸 물어본 것일까? 9월 이문동에서 치렀던 면접시험이 떠올랐다. 분명 김 교수의 중개가 없었다면 불가능한 일이었다. 홍기철이 그 사실을 알고 나에게 질문했는지 아닌지 판단할 방법이 내게는 없었다. 밤이 되자 일본에 있는 어머니로부터 국제전화가 걸려 왔다. 전날부터 몇 번이나 전화를 걸었는데 연결이 안 됐다고 했다. 나는 어머니를 안심시킨 뒤

전화를 끊었다.

일본에서는 한국보다 몇 시간 늦은 27일 오후에 외신이 발행되었다. 「아사히신문」 석간은 '박 대통령 사살되다'라는 큰 제목 옆에 "독재 18년 유혈 정변", "KCIA 부장 발포, 저녁 연회에서 말다툼"이라는 문장이 이어졌다. 내가 귀국 후에 본 이 보도에는 어딘지 모르게 사건을 대수롭지 않게 치부하는 수사가 느껴졌다. 죽은 자를 추모하는 자세는 전혀 없었고 오로지 군사 독재 정권의 종식이라는 시점만을 강조했다.

10월 29일이 되었다. 나는 오전에 예전부터 친분이 있던 김정옥 교수로부터 연락을 받았다. 이날 오후 극단 스바루가 공연하는 테렌스 래티건의 〈깊고 푸른 바다〉 공연 허가를 드디어 받았다는 것이었다. 교수는 한일 연극 교류의 한국 측 주최자 중 한 명으로, 특례로 이 공연을 실현시키기 위해 여러 방면으로 뛰어다녔다. 야간 통행금지가 오후 10시로 앞당겨졌기 때문에 낮과 밤 두 번 공연은 불가능하지만 오후 5시부터 한 번만 공연한다는 조건으로 이틀간 공연이 실현됐다. 오후에 나는 세종문화회관으로 향했다. 회관 앞에는 열 명 정도의 군인이 줄지어 있었다.

극장 로비에는 언제나처럼 고다르 같은 얼굴의 김정옥 교수가 기다렸다. 공연 팸플릿을 잔뜩 들고 재빠르게 나를 알아보고선 바로 분장실로 안내했다. 배우들이 공연 준비에 한창이었다. 그들은 갑자기 닥친 사건과 공연 일정 변경으로 당혹감을 감추지 못하는 눈치였다. 내가 자기소개를 한 뒤 서울에서 일본어를 가르친다고 이야기하자 나이 지긋한 남자 배우 한 명이 "우리 후쿠다 선생이 또 일본어에 까다로운 분이라서요"라며 친근하게 말했다. "요컨대 번역극을 통해 코메디 프랑세즈 같은 걸 하고 싶은 거예요. 같이 하는 우리는 힘들죠." 남자 배우는 김 교수와 친한 사이인 것 같았다. 신문기자 여럿이 한 여배우를 둘러싸고 카메라 플래시를 터뜨렸다. 아무래도 그녀가 재일한국인인 만큼 '조국'의 무대에 서게 된 소감을 묻고 있었다.

객석에 자리를 잡고 얼마 안 있어 개막을 알리는 종소리가 울리고 극장 안은 엄숙한 정적에 휩싸였다. 검은색 정장을 입은 남자가 무대에 등장해 계엄령하에서 이번 공연을 특별히 허락해준 관계자들에게 감사 인사를 전했다. 이어 앞으로 상연될 연극에 대해 간단히 설명한 뒤 잠시 틈을 두고는 마지막에 어떤 단념을 담은 듯 강한 어조로 "이번 공연을 박정희 대통령 각하께 바칩니다"라고 선언했다. 후쿠다 쓰네아리였다.

래티건의 〈깊고 푸른 바다〉는 세 시간에 가까운 긴 무대였다. 어두운 바다 밑바닥 같은 아파트의 한 방에서 중년의 유부녀가 가스를 틀어놓고 자살을 시도한다. 그녀는 아파트 관리인과 주민에게 발견되어 목숨을 건진다. 하지만 가슴에 품은 절망은 누구도 치유할 수 없다. 지위와 명예를 모두 갖춘 남편과 결혼했지만 젊은 공군 비행사와 불륜을 저질렀다. 그 청년이 남미로 부임한다는 소식에 이별 이야기를 꺼내려 한다……

후쿠다 쓰네아리와 극단 스바루는 이미 3년 전 도쿄에서 이 작품을 처음 무대에 올렸다. 이번 서울 공연은 그때 공연의 재연이다. 나는 세밀한 인물 묘사와 그들이 내뱉는 은유 가득한 대사가 재미있었다. 하지만 그보다 더 기억에 남는 것은 처음에 무대 인사를 한 후쿠다 쓰네아리라는 인물의 강렬한 인상이었다.

세종문화회관을 나섰을 때 시간은 이미 9시를 넘겼다. 공기 중에서 서늘함이 느껴졌다. 10월이 끝나간다. 계엄령이 내려진 상황이라 평소보다 귀가를 서둘러야 했다. 한산한 지하도를 빠져나와 육교를 건너 익숙한 버스 정류장으로 향했다.

귀국하고 나서 얼마 후 그가 『분게이슌주』에 '고독한 사람, 박정희'라는 글을 발표했음을 알았다. 공연 직후에 쓴 글이었다. 후쿠다와 박정희는 서로 마음을 터놓고 지내는 사이였고 특별한 일이 없으면 대통령이 공연 첫날에 보러 갈 예정이었다고 적혀 있었다. 박정희는 자신이 못 가면 딸을 대신 보내겠다는 말까지 후쿠다에게 했던 것 같다. 비록 짧은 시간이었지만 이 일본 연극인이 하는 무대 인사를 눈앞에서 직접 볼 수 있었던 뜻밖의 기회였다. 그가 비평가로서 추구해온 '극적' 순간이 실현되었다는 느낌을 받았다. 깊이 친했던 친구의 갑작스러운 죽음에 그가 간결한 말에 담은 단념은 박정희라는 독재자에 대한 정치적 평가와는 별개로 읽혀야 한다고 생각했다.

사건 이틀 후 중앙청에 고인을 위한 분향소가 설치되었다. 극단 스바루의 공연 다음 날인 10월 30일 오후, '보쿠짱'이 나를 불러냈다. 그는 일본 연극에 흥미를 갖고 언젠가는 도쿄에 유학해 가부키를 공부하고 싶다는 희망을 갖고 있다. 나는 그와 국제극장 앞에서 만나서 중앙청으로 향했다.

"보쿠짱, 지난번 취직 시험은 어떻게 됐어?"

"이문동 말인가요? 안 됐어요. 면접은 잘 봤다고 생각했는데 말이죠."

"내가 시험관이어서 당국이 경계하거나 그런 일은 없었을까?"

"모르겠어요.. 하지만 그때 정말 놀랐습니다. 설마 선생님이 이문동에서 일하고 계실 줄이야."

"아니, 전에도 말했지만 그건 오해야. 그때뿐이었어. 갑자기 불려가는 바람에, 신문이라고 각오했는데 면접을 보라잖아."

"거기 월급이 괜찮다고 들었는데 아쉬워요."

전날 밤에는 한산했던 세종문화회관 앞 큰길이 엄청난 인파로 메워져 있었다. 분향하러 온 사람들이 광화문 방향으로 긴 행렬을 이루어 순서를 기다렸다. 학교 단위로 온 것 같은 교복 입은 고등학생 무리, "아이고, 아이고" 큰 소리로 울부짖으며 바닥에 주저앉아 주위 사람에게 안긴 중년 여성이 있었다. 그저 입을 다문 채 손으로 눈을 가린 젊은 여성도 있었다. 나이 든 여성들은 대부분 전통적인 흰옷을 입었다. 직장인으로 보이는 남자들이 입은 검은색 양복이 눈에 띄었다. 행렬을 따라 줄을 서자 담당자로 보이는 젊은이가 한 명, 한 명에게 검은색 리본을 나눠줬다. 어젯밤과는 사뭇 다른 오후의 따스한 햇살 아래에서 우리는 순서를 기다렸다. 아무것도 없는 평일에는 바로 걸어가면 이삼 분이면 도착할 거리였지만 이날 광화문까지 가는 데는 삼십여 분의 시간이 걸렸다. 안쪽으로 들어가니 대통령의 거대한 초상화가 열 군데에 걸렸고 그 아래에 분향소가 마련되어 있었다. 미국인으로 보이는 뉴스 카메라맨이 무릎을 꿇고 기도하는 사람들을 촬영했다.

"대통령이 죽었는데 기분이 어때?" 보쿠짱에게 솔직하게 물었다.

"어떤 기분이라고 간단히 말할 수 없습니다. 어렸을 때부터 계속 같은 대통령이었기 때문에 좋다든지 나쁘다든지 다른 대통령과 비교하는 게 불가능하니까요."

"네 동급생인 홍기철 군은 속이 시원하다고 했거든."

"홍기철은 분명 그랬을 거예요. 걔는 전라도 사람이라 경상도 출신 대통령을 아주 싫어했으니까요."

"대통령이 민주주의를 억압해왔다고 생각하지 않아?"

"민주주의요? 그러니까 우리는 태어날 때부터 한국에 살았고 다른 나라의 민주주의를 몰라요. 우리나라에는 우리나라의 사정이 있고 한국식 민주주의가 있어요. 우리는 우리나라에서 태어나서 우리나라에서 죽을 테니까요. 다른 나라에서 태어나

다른 나라 사정에서 살아가는 사람들한테 민주주의라는 말을 들어도 우리나라 방식으로 할 수밖에 없는 거죠."

"하지만 헌법을 바꿔서 종신 대통령이 된 거잖아. 이건 독재자잖아?"

"선생님은 우리 학과 4학년에 왜 여자들만 있다고 생각하세요?" 보쿠짱은 갑자기 화제를 바꿨다.

"우리나라에서 대학을 졸업한 여학생의 취업은 남학생에 비해 매우 어려워요. 부모들도 딸을 대학에 보내려고 하지 않고 대학을 나와도 남학생과 동등하게 기업에 취직해 출세하기란 불가능해요. 하지만 한 가지 예외가 있습니다."

"예외라니?"

"중학교와 고등학교에서 일본어 교사가 되는 것입니다. 우리 학과를 졸업하고 교원자격증을 취득하면 서울에 있든 고향으로 돌아가든 교사가 될 수 있습니다. 저는 다릅니다. 집에 여유가 있으니 앞으로 군 복무를 마치고 대학을 졸업하면 당당하게 일본으로 유학 가서 연극 공부를 할 수 있어요. 일본어를 할 줄 알면 좋은 기업에 취직하는 남자도, 관광 업계로 진출하는 남자도 있겠죠. 나 대신에 KCIA에 취직하는 사람도 나오겠죠. 하지만 우리나라에서 유복하지 않은 집의 여학생이 남자와 대등하게 취직할 수 있는 것은 학교 선생뿐입니다."

"그건 알겠는데 그거랑 대통령이 무슨 관계가 있을까?"

"박정희 대통령의 전임 대통령을 아십니까. 이승만 대통령입니다. 이분 시대에는 서력과는 별도로 우리 민족의 시조인 단군을 기리는 단기를 사용했어요. 일본보다 훨씬 더 오래됐고 서력에 비해서도 2333년이나 더 오래된 점을 자랑스럽게 여겼죠. 박정희 대통령은 이런 불편하고 국제적으로 통용되지 않는 건 필요 없다며 쿠데타로 실권을 잡자마자 폐지했습니다. 이와 똑같은 일이 일본어에도 있었습니다. 이승만 시절에는 일본과 국교도 없었고 일본어 교육은 절대 금지였어요. 미국에서 공부하고 하와이에 쭉 망명했던 서양파였으니까요. 일본에는 아무런 가치가 없다고 생각했던 것 같습니다. 박정희 대통령은 이를 바꿔서 고등학교에서 일본어를 가르쳐도 좋다는 제도를 만들었습니다. 중학교에서도 원하면 가르칠 수 있습니다. 그래서 여대생들이 고향으로 돌아가서 학교 선생이 되려고 경쟁적으로 일본어를 공부하게 된 거죠."

"대통령이 친일이라는 뜻인가?"

"아닙니다. 대통령은 친일이 아닙니다. 선생님, 아시겠어요? 우리나라에 친일은 단 한 명도 없습니다. 한국에는 단지 한국만을 생각하고 이를 위해 일본을 이용하는 것이 중요하다고 생각하는 사람이 있을 뿐입니다. 대통령은 일본의 사관학교를 졸업했고 일본 정치인들과도 친하게 지냈고 일본어도 자유롭게 구사합니다. 하지만 그것은 일본을 좋아해서가 아니라 우리나라 국익에 도움이 된다고 생각했을 뿐입니다."

"그럼 너는 어때? 네가 일본어를 공부하는 것은?"

"제가 공부하는 이유는 가부키를 좋아하기 때문입니다. 이렇게 화려하고, 아름답고, 사치스러운 연극은 세계 어디에도 존재하지 않습니다. 저는 국익을 위해서가 아니라 순수하게 제가 좋아하는 것을 위해 일본어를 공부하고 있습니다."

"김재규는 앞으로 어떻게 될까?" 나는 보쿠짱에게 물었다.

"아마 사형에 처해질 겁니다. 하지만 그전에 살인 동기를 제대로 증언해두어야 할 겁니다. 분명 그 사람은 그 사람 입장에서 우리나라의 앞날을 걱정했을 겁니다."

"KCIA는 어떨까?"

"잘 모르겠습니다. 해체될지도 모르고 이름만 바꿔 조직은 남을 수도 있습니다. 취직하지 못한 것은 아쉽지만 어쨌든 북한이 존재하는 한 KCIA는 필요하니까요."

대통령의 국장이 치러진 것은 11월 3일이었다. 텔레비전에서 아침부터 전 과정을 방영했다. 나는 아파트에서 아저씨와 함께 그 장면을 지켜봤다.

"어제저녁 신문에 대통령이 이름을 숨기고 어떤 가난한 모자가정에 계속 돈을 보냈다는 기사가 실렸어. 이제 그런 훌륭한 사람은 나오지 않겠지." 아저씨는 차분한 어조로 말했다. "그 사람은 사치를 하지 않았어. 친척들이 대통령 관저를 방문하는 것조차도 엄격하게 금지했다고 하잖아. 훌륭한 사람이었어."

"얼마 전 광화문에 갔었는데 사람이 정말 많았어요."

"당신은 외국인인데도 불구하고 일부러 분향하러 갔었던 거야? 그것참 고맙네. 대통령은 한 가지 특별한 일을 하셨지. 그건 말이야 따님을 쓰쿠바대학에 유학 보낸 일이라고 해."

"그게 사실인가요?" 나는 무심코 물었다.

"그래, 들어본 적 있어. 전 부인과의 아이일까, 살해당한 부인의 아이일까. 어느 쪽일까?"

아저씨의 말이 궁금해진 나는 한동안 여러 명의 한국인에게 진위 여부를 물었다. 아무도 그런 이야기를 들어본 적이 없다고 부인했다. 아마도 근거 없는 소문이었나 보다. 나는 대통령의 딸에게 관심이 갔다. 어머니를, 그리고 아버지마저 암살당해 한순간에 고아가 된 딸은 앞으로 어떻게 살아갈까. 어떤 인간관을 가지고 살아갈까. 그녀는 가정을 꾸릴 수 있을까. 과연 그것이 가능할 것인가?

텔레비전에 비친 국장은 대대적이었다. 정치인들은 똑같이 검은색 정장을 입었고 군인들은 특별한 예복 차림이었다. 대통령의 아들은 군복 차림이었고 그 옆에는 흰 치마와 저고리를 입은 딸이 있었다. 나는 그녀의 얼굴을 보았다. 무표정이었다.

외국에서 온 귀빈 중 첫 번째 분향자로 예정된 사람은 일본의 전 내각 총리대신인 기시 노부스케였다. 하지만 그는 짙은 안개로 인한 비행기 미착륙으로 장례식에 참석하지 못했다. 나중에 그 이야기를 들었을 때 만주 시절 인연인가 생각했다. 박정희 대통령이 한일조약을 체결할 때 일본 측 대표였던 사토 에이 사쿠 총리대신은 기시 노부스케의 친동생이다.

국장을 치른 다음 날부터 갑자기 추워졌다. 아침에 일어나면 영하 7도거나 영하 10도인 날이 계속되었다. 곧 한강이 얼 테니까 그때는 스케이트를 탈 수 있다고 아저씨는 말했다.

나는 수업도 하지 않고 거의 매일 아무것도 하지 않고 지냈다. 그저 월급을 받으러 현국대학교에 갔다. 군인은 나에게 총을 겨눴지만 교사임을 알고는 출입문을 열어주었다. 나는 본관 사무실에 가서 도장을 찍고 봉투에 든 원 다발을 받았다. 그리고 몇몇 학생과 만나 시장에서 소주를 마셨다. 계엄사령부 내부에서는 치열한 권력 다툼이 벌어지는 것 같았다. 그러나 보도가 전혀 이루어지지 않아 아무것도 판단할 수 없었다. 시중에는 대통령이 총살당하던 날 밤 산토리 위스키를 마셨다는 것과 옆에 인기 절정인 가수가 있었다는 비속한 소문이 돌았다.

시간이 천천히 해동되려고 한다. 나는 그런 인상을 받았다. 지금까지 엄숙하게 봉인된 것이 멍에를 풀고 형태를 허물어뜨리려고 한다. 그것이 어떤 새로운 형태가 될지는 아직 확실하지 않다. 형태가 무너진 채로 보다 더 비참한 상황이 도래할지도 모른다. 하지만 어느 쪽이든 정신을 쇄신하자는 히스테릭한 외침은 빠르게 소멸하리라. 캠퍼스 곳곳에 내걸렸던 구호는 철거될 테고, 우울한 표정의 초상화는 떼어질 게다.

아마도 내가 품은 불안과 의지할 데 없는 외로움은 한국인이 오랫동안 겪어온 공포와 비교하면 헤아릴 만한 가치에 들어가지도 않는다. 군사 독재는 어디까지나 나와는 별개로 진행되는 사태였고 그것에 위화감을 느낄 수는 있어도 자신이 살아갈 세상의 숙명으로 체념하고 받아들이는 한국인의 결의와는 거리가 멀었다. 한국인은 달랐다. 대통령에게 무슨 일이 생겼다는 사실을 알았을 때 그들은 무엇보다도 먼저 북의 군대가 38선을 넘어 또다시 쳐들어올까 봐 두려워했다.

내가 아는 지식인들은 대통령을 미워했고 사갈蛇蝎처럼 싫어했다. 그와 동시에 내가 만난 서민들 사이에서 그는 인기가 있었고 청렴결백하게 살아온 신뢰할 만한 대통령으로 인식되었다. 학생들은 두 부류로 나뉘었다. 한편으로는 박정희의 죽음을 기뻐하는 사람이 있었고 다른 한편에는 복잡한 감정을 품고 침묵하는 사람이 있었다. 만약 내가 한국인이었다면 어땠을까, 상상해보았다. 아무리 그를 미워하고 두려워했어도 외국인, 그것도 옛 종주국의 풋내기에 불과한 남자가 너무나 아무렇지도 않게 독재자의 죽음과 민주주의 회복을 말한다면 순순히 그 말에 찬성하고 축배를 들 수 있을까? 만약 박정희가 쿠데타 후 대통령 자리에 올랐을 때 일본어 교육을 공적으로 인가하지 않았다면 어땠을까? 일본어 교사로서 내가 서울에 체류하는 것은 불가능했다. 아니, 그 이전에 국교가 수립되지 않은 이웃 나라에 안심하고 발길을 옮길 수 없었다.

나는 박정희라는 인물을 어떻게든 이해해야 한다고 생각했다. 이해하는 것과 수용하는 것은 다르다. 나로서는 도저히 이

283

독재자를 받아들일 수 없었지만 한국과 한국인을 이해하기 위해서는 암살당한 이 비운의 인물을 이해하는 일이 필수라고 생각했다.

박정희를 생각하는 것은 동시에 김재규를 생각하는 것이기도 했다. 김재규는 분명히 안중근이 이토 히로부미를 암살한 10월 26일에 맞춰 박정희 암살을 실행할 생각이었으리라고 나는 확신했다.

나중에서야 알았다. 김재규는 소년 시절 '노기 대장'이라는 별명이 붙을 정도로 러일전쟁의 영웅 노기 장군을 존경했다. 욧카이치의 항공병학교에 특별 간부 후보생으로 지원 입대할 정도로 '애국 소년'이었다. 한국이 해방된 이후에도 김재규는 김재규 나름대로 방향성은 정반대가 되었지만 애국의 비전을 계속해서 품었다. 박정희가 그것을 개발 독재와 농촌 개혁이라는 형태로 표현했다면 김재규는 대통령 암살이라는 형태로 표현했다. 하지만 그 이상으로 사고 진척이 이루어지지 못했다. 나는 한국을 한국인처럼 숙명으로 짊어지고 있지 않았다. 그것이 생각에 한계를 부여했다.

"우리들의 불만의 겨울"이 시작되려 하고 있다. 문득 떠오른 것은 셰익스피어의 『리처드 3세』 첫머리에 나오는 대사였다. 나는 귀국 시기가 다가오고 있음을 느꼈다.

새해가 밝고 한강이 꽁꽁 얼어붙었을 때 나는 서울을 떠났다. 홍기철과 최헌이 김포공항까지 배웅을 나와주었다. 도쿄는

따뜻했다. 일본은 크림을 잔뜩 바른 과자 같았다. 이것이 역사라는 것인가. 나는 역사에 손을 댄 것일까? 아니, 그렇지 않다. 역사는 더 깊은 곳에 숨어 있다가 모두가 절망에 빠져 있을 때 천천히 그 모습을 드러낸다. 그렇다면 나는 무엇을 하고 있는가? 나 자신을 바라보았다. 나란 인간은 과도한 단맛을 주체하지 못한 채 크림이 녹아내리는 과자 표면에서 발버둥 치는 비루한 한 마리의 개미에 불과했다.

김재규는 1월 28일 사형선고를 받고 5월 24일 교수형에 처해졌다.

에필로그

나는 수많은 질문을 가방에 넣은 채 서울을 떠났다. 1년 전에는 생각해본 적도 없는 질문이었다. 국가란 무엇인가. 군대란 무엇인가. 민족이란 무엇인가. 역사와 언어의 기억이란 무엇인가. 도쿄에서 재회한 친구들은 이런 물음에 완전히 무관심했다. 그들의 질문은 한국에서 무엇이 재밌었는지 계엄령 때 위험하진 않았는지 이 두 가지에 국한됐다. 재치 있게 견문록을 풀어놓을 마음은 도저히 들지 않았다. 내가 품은 질문을 함께 나누려는 사람은 없었다. 내가 품은 혹은 품게 된 질문이 무시되고 방치된 채 풍화해가는 모습을 그저 지켜볼 수밖에 없었다. 그것이 일본이라는 사회에 순응해 살아남는 지혜라고, 자신에게 되뇌었다.

내가 귀국한 후 1980년대 한국은 빠르게 변모했다. 하나의 사건에 놀라기가 무섭게 바로 이어서 그것을 뒤엎는 사건이 터지는 식이었다. 그 궤도는 강풍 속에서 정해진 목적지 없이 나아가는 승객을 가득 채운 여객선을 연상시켰다.

1979년 박정희 대통령이 암살되자 공포로 가득 찬 유신 체제는 일단 종결을 고하는 듯했다. 암살자 김재규는 이듬해 처형됐고 모든 것이 봉인됐다. 한국에서는 짧은 기간이었지만 '프라하의 봄'에 이어 '서울의 봄'이라고 부르는 사태가 발생했다. 1980년 2월, 김대중을 포함한 687명의 정치범이 공민권을 회복했다. 3월, 새 학기가 시작되자 각 대학에서 학생회와 교수회가 부활했다. 그동안 '대통령긴급조치'로 대학에서 해직 또는 제적당했던 교수와 학생이 캠퍼스로 돌아왔다. 학생들은 학원 민주화를 요구하며 곳곳에서 교내 시위를 벌였고 언론 자유와 학내 비병영화를 요구했다. 5월에는 서울대학교에 1만 명 이상이 집결해 계엄령 철폐와 유신 세력 퇴진을 외치며 가두시위에 나섰다. 학생들의 움직임에 호응하듯 노동운동도 다시 급속히 고조됐다.

나는 풍문으로 현국대학교 학과장인 김윤숙 교수가 학생들의 반발이 있고 얼마 후 세상을 떠났다는 사실을 알게 되었다. 진위 여부는 확실하지 않다. 한 가지 마음에 걸리는 것은 내가

KCIA의 면접시험에 강제로 끌려갔을 때 김 교수가 관여한 것이 아닐까 하는 의심이다. 어쩌면 학생들이 그녀를 추궁한 것은 이런 종류의 불투명한 소문이 이전부터 있다가 그 일이 계기가 된 게 아닌가 싶다. 나는 그녀를 규탄한 사람이 내가 가르친 학생들이 아니길 바랐지만 확인할 길은 없었다.

민주화를 향한 급격한 움직임에 계엄령을 선포했던 군부는 크게 경계했다. 전두환이 군과 정보기관의 실권을 장악했고 5월 17일에 다시 비상계엄령을 선포했다. 이 제2의 쿠데타로 인해 김대중은 물론이고 역대 중앙정보부 부장들까지도 연행되었다. 김영삼도 다시 연금되었다. 이런 긴박한 계엄 조치에도 불구하고 18일에는 광주에서 학생과 시민들이 조치 철폐를 요구하는 시위가 격화됐다. 즉시 공수특전 여단 대대가 파견돼 잔혹한 방법으로 진압에 나섰다. 훗날 '광주민주화운동' 또는 '광주민중항쟁'으로 불리는 일련의 학살이 시작된 것이다.

이때 나는 이미 귀국해 도쿄에서 대학원에 다니고 있었다. 광주 상황을 신문에서 읽고 사태가 심상치 않음을 직감했다. 열 달 전만 해도 이 도시에 머물며 학생들과 술을 마시고 공창지대를 장난삼아 견학한 적이 있다. 여관 주인은, 술집 욕쟁이 할머니는, 냉면집 종업원은 무사할까? 설마 그들이 길거리로 나갔다가 군대의 폭력에 희생되진 않았을까?

나는 지인인 편집자의 권유로 광주 사건에 항의하는 모임에 참가했다. 교회 관계자가 비밀리에 촬영해 국외로 갖고 나왔다는 비디오 영상이 몰래 상영되었다. 스크린에 비쳐지는 도청 앞 분수대도 번화가 가게들도 다 본 곳이었다. 트럭 위에서는 피투성이가 된 청년이 목이 터져라 외쳤다. 군인들이 아무렇지 않게 시체를 창문 밖으로 내던졌다. 이렇게 수거된 시신은 태극기로 덮여 안치되었다.

나는 무력감에 휩싸였다. 홍기철은 어떻게 하고 있을까. 광주에 도착하자마자 바로 나를 자신의 모교로 데려가 "역사의 선두에 서는 사람은 언제나 지식인이 아닌 학생입니다"라고 자신 있게 선언하던 그의 당당한 얼굴이 떠올랐다. 박 정권을 너무나 증오한 그였기에 어쩌면 총을 들고 도청에 들어가 시위 중인 것은 아닐까? 하지만 확인할 방도가 없었다.

시신을 태극기로 덮는 것은 한국에서는 경의를 표하는 일이다. 일본에서는 있을 수 없는 일이었다. 설령 '학생 의거'가 일어난다 해도 일본 활동가의 시신을 히노마루(일장기)로 덮는 일은 있을 수 없다. 훗날 나는 공창 지대에서 일하는 여성들이 줄지어 병원을 찾아 부상자를 위해 수혈에 나섰다는 이야기를 들었다. 영원히 계속될 것처럼 보였던 어둑어둑한 미로 속에 침잠해 있던 여성들이 시민을 구하기 위해 대낮에 모습을 드러낸 것이었다.

전두환은 박정희와는 다르게 이념이 없는 독재자였다. 그는 권력에 취해 막대한 재산을 축적하는 것 외에는 흥미가 없었다. 광주 학살 이후, 스스로 육군 대장을 자처하며 대통령 자리에 오르자마자 김대중에게 사형을 선고했다. 한국 정세는 이렇게 시시각각 악화되었다.

도쿄로 돌아온 나는 주변이 예전과 달라진 것 없다는 사실에 묘한 위화감을 느꼈다. 대학 시절 친구들은 누구 하나 한국에 관심이 없었고 내가 보고 들은 것을 말하면 아주 먼 나라 이야기처럼 시큰둥했다. 그들은 이 나라의 또래 젊은이들에게 중요한 문제인 징병제나 민족주의와 민주화 투쟁에 조금도 관심을 보이지 않았다. 박정희 대통령 암살은 매우 가난하고 더러운, 일본을 정말 싫어하는 나라라는 한국을 둘러싼 기존 고정관념에 야만적이고 폭력으로 가득 찬, 무슨 일이 일어날지 모르는 나라라는 이미지 하나를 덧붙였을 뿐이다. 광주 사건 이후 파리에 있는 세키가 도쿄로 돌아온 내게 엽서를 보냈다. 너는 서울에서 안전하고 즐거운 날들을 보냈다고 하지만 저런 일이 일어나는 곳이라니 역시 그쪽 사람들은 잔인하고 폭력적이야, 라고 쓰여 있었다.

이런 편견을 아무렇지 않게 말하는 사람들을 단순히 무지하다고 단죄하며 경멸할 수 없었다. 1년 전의 나도 그들과 똑같은 편견으로 한국을 대했으니까.

결국 나는 두 개의 상반된 정치적 존재를 알게 됐고 그 어느 쪽에서도 배제되었다는 것을 깨달았다. 방한 전에도 예상한 바였지만 역시나 그것은 현실화되었다. 한 우파 잡지에서 군국주의 아래 반공을 국시로 삼는 국가에서 귀환한 젊은이라는 이유로 나를 편집부에 초청하려 했다. 일본의 무조건 항복은 허구였다고 주장하는 평론가가 나를 개인 비서로 고용하고 싶다며 연락했다. 그들은 한국 내에서 군사 정권에 대한 완강한 저항 운동이 있음을 결코 이야기하려 하지 않았다.

한편으론 똑같은 이유에서 좌파 지식인들로부터 의심의 눈초리를 받아야 했다. 서울 체류 이후 미국의 대학에서 유학한 나는 귀국하고 얼마 뒤 알고 지내는 교수님으로부터 취직 제안을 받았다. 한 외국어 전문대학에서 조수 한 명을 공모 중이었다. 교수님이 써준 추천장을 첨부해 지원서를 보냈다. 하지만 이력서에 한국의 대학에서 교편을 잡았다고 쓴 것이 그 대학의 인사 교수회 자리에서 논란을 불러왔다. 김일성 사상에 심취한 두 명의 교수가 서로 짜고 나를 탈락시키기 위해 열변을 토했다. 군국주의 하의 '남조선' 대학에서 장기 체류한 사람을 학교에 불러들였을 경우, 학생들에게 미칠 악영향이 우려된다는 이유였다. 그들은 다른 교수들을 설득했고 나의 인사는 최종 단계에서 각하되었다.

참고로 내가 이 일의 진상을 알게 된 것은 그로부터 20년 정도 지난 후였다. 우연히 그 인사 회의에 참석했던 교수와 연구회 모임에 동석하면서 그가 내게 살짝 들려준 이야기다. "그때 그 두 교수가 열변을 토하던 모습은 지금도 기억납니다." 필시 위험한 우익 청년이 대학에 부임한다니까 다른 선생님들도 놀라기도 했고 사정을 알지 못하니까 당신을 채용하지 않기로 결정했다고 노년의 교수는 말했다. 1980년대 초만 해도 일본의 지식인들은 북한 신앙에 경도돼 있었다.

일본 좌파는 어째서 현실의 한국을 방문해 한국인과 대화를 나누려 하지 않는 걸까? 의아했다. 하지만 '진보파'를 자처하는 사람 중에 가장 양심에 충실하다 자처하는 사람들은 기묘한 논리를 펼쳤다. 일본인은 일찍이 조선에 씻을 수 없는 죄를 저질렀다. 그런 죄가 있으므로 결코 쉽게 한국 땅에 발을 들여서는 안 된다는 것이었다. 나는 이 굴절된 논리를 핑계로 받아들였다. 그러니까 한국을 바라보고 싶지 않을 뿐이다. 그들이 주장하는 양심의 가책이야말로 한국 현실을 거부하려는 옛 종주국의 오만함처럼 느껴졌다. 그들은 나의 한국행을 역사 인식도 없는 젊은이의 경박한 행동이라고 비난했다.

우파의 환대도 좌파의 비난도 나에게는 관심사가 아니었다. 어느 쪽도 일본 사회라는 작은 그릇 안에서 일어나는 하찮은 물의 진동에 불과하다. 눈앞에는 한국이 압도적으로 존재했다. 나는 한국이라는 완강한 타자를 앞에 두고 어떻게 소화해야 좋을지 그 물음에 깊이 사로잡혔다.

1년간의 서울 체류는 예상치 못한 만남의 연속이었다. 만남 하나하나가 너무나도 결정적이라 요령껏 지식과 정보를 나의 내면에 수납하기란 거의 불가능했다. 나는 한국인이 민족이든 역사든 거대한 관념과 씨름하는 모습을 목격하고 어떻게든 손을 뻗어 만지려 했다. 하지만 너무나 뜨거운 열기에 겁을 먹고 머뭇거렸다. 관념은 가까이 다가갈수록 나를 비웃기라도 하듯 자꾸만 멀어져갔다.

귀국 직후 젊은 논픽션 작가가 관광 여행으로 한국에 가서 현지 젊은 여성과 재미있게 대화한 기록을 단행본으로 출간한 일이 있었다. 서점 앞 매대에 진열된 책을 집어 든 나는 이렇게 재미있게 에세이를 쓸 재능이 없음을 깨달았다. 이 작가의 경박함이 부러웠다. 나는 짊어지기엔 너무나 무거운 문제를 마주한 채 꼼짝도 못 했기 때문이다. 한꺼번에 닥쳐오는 얽힌 실타래 같은 문제들을 어떻게 풀어서 일본어로 설명해야 할지 순서조차 가늠할 수 없었다.

1986년 10월, 내가 근무했던 현국대학교는 과격파 학생운동의 큰 거점이 되었다. 운동의 주류였던 NL(민족해방파)은 한국 사회의 비민주성을 비판하며 북한이 주장하는 '남조선혁명론'을 신봉했다. 그들은 급속하게 김일성의 '주체사상'에 접근해갔다. NL은 현국대에 1,500여 명 동지들을 집결시켰고 전국애국학생투쟁연합의 결성 집회를 개최했다. 곧바로 기동대가 교내에 투입됐다. 활동가들은 학교 건물 옥상에서 농성을 이어갔고 화염병을 던지며 저항했다. 도쿄대학 야스다강당 함락에 비견할 만한 이 사건은 많은 학생의 체포로 끝났지만 이후에도 계속 도망친 학생 일부가 '주사파'로서 더욱 과격한 운동으로 달음질쳤다.

나는 뉴욕 컬럼비아대학에서 유학생으로 지내다 현국대 사건을 알게 되었다. 켄트관 신문 열람실에 놓인 한국 신문에는 불타는 대학 건물과 저항하는 학생들 실루엣 사진이 크게 실려 있었다. 7년 전 내가 직접 가르친 학생들은 벌써 군 복무를 마치고 졸업했을 터였다. 그들이 화염병을 던지는 NL파 활동가는 아닐 것이다. 하지만 북한 침략을 항상 두려워하던 박정희 군사 정권이 붕괴하고 불과 7년밖에 지나지 않았는데 김일성주의를 공공연히 표방하는 학생들이 대거 대학을 점거했다는 사실을 어떻게 이해하면 좋을까. 세미나에서 알게 된 한국인 유학생에게 물어봐도 신통한 대답을 들을 수 없었다.

예전에 서울에 있을 때 일본 신좌익 문헌에 대해 질문했던 두 명의 농과대 학생이 생각났다. 그들은 등사판으로 인쇄한, 표지가 상당히 훼손된 구로다 간이치 책을 보여주며 세세하게 질문을 던졌다. 그들은 그 후 어떻게 됐을까? 낡은 표지의 그 책은 다음에는 누구 손에 들어갔을까? 주사파가 형성된 요인은 비밀리에 이루어지긴 했지만 이미 1970년대 말부터 준비된 것이 아닐까 생각했다. 무엇보다 그 학생들이 엄중한 탄압을 받고 일반 민중으로부터 고립될까 두려웠다. 그들 중에 소수는 손가락을 자르거나 항의 표시로 분신자살을 시도했다. 나는 그들이 초조함에 사로잡혀 일본의 연합적군처럼 동지를 죽이는 일만은 벌이질 않기를 바랄 뿐이었다.

한국은 빠르게 변화해갔다. 내가 있을 때 국회의원 자격을 박탈당한 김영삼이 대통령이 되었다. 그 뒤에는 과거 사형을 선고받았던 김대중이 대통령이 되었다. 오랜 세월 동안 쌓인 전라남도의 '한'이 드디어 이것으로 풀렸다. KCIA는 개편되어 '국가정보원'으로 이름을 바꾸고 권한도 대폭 축소되었다.

한국은 올림픽 개최와 민주화를 달성하며 단숨에 국제화의 길을 걷기 시작했다. 일본에서 악명 높았던 기생 관광의 간판을 내리고 미용과 미식의 나라라는 새로운 관광 이미지를 내세워 여성 방문객을 적극적으로 유치했다. 일본 방송국들은 경쟁하듯 한국 멜로드라마를 방영했다. 한국 영화와 여성 문학이 화제를 불러일으켰고 케이팝이 그 뒤를 이었다. 그 결과 일본 사회는 한국을 둘러싼 이해할 수 없는 이중성을 안고 살아가게 되었다. 한쪽에서는 혐한과 차별을 공언하는 단체가 난무하고 다른 한쪽에선 최신 유행 서브컬처가 끊임없이 유입되어 젊은 세대에서 대량으로 소비되었다.

나는 여행을 했다. 나는 돌아왔고, 몇 번인가 사랑을 했다. 세월이 흘렀다.

도쿄에서 대학원을 마치고 곧바로 미국으로 유학을 떠났고 귀국하자마자 도쿄의 대학에서 영화학을 가르치며 교편을 잡았다. 학자로서 평범한 길을 걸어왔고, 평범하게 결혼했고, 평범하게 가정을 꾸렸다. 과거에 내가 양손으로 움켜쥐었다고 믿은 한국이라는 관념이 급속하게 변모하고 풍화됨을 깨달았지만 어느 순간부터 흐름에 맡기기로 했다. 나는 나이가 들어감에 따라 그에 걸맞게 겁쟁이가 되었고 생활도 평범하게, 그리고 슬프게도 보수적이 되었다. 전문 분야 연구에는 열정을 쏟긴 했지만 젊은 시절 무모한 선택과 우연한 일탈을 인생의 어리석은 짓 중 하나라며 거리를 두고 바라봤다. 내가 체험한 1979년의 한국은 일본인에게 이해받지 못한 채 끝났지만 당시 기억은 애초에 한국에서도 소멸하고 있었다. 도대체 질문에는 유효기간이 있는 것일까? 갈 곳을 잃은 오래된 질문을 품고 이웃 나라 일본에서 이 나라를 응시했다.

2000년의 일이었다. 나는 서울 중앙대학교 초청으로 다시 한번 객원교수로 한국을 찾았다. 첫 방한으로부터 21년이란 세월이 흘렀다.

서울은 크게 변모해 있었다. 강남 즉 한강 남쪽으로 신시가지가 크게 발전했고 과거 알던 거리는 완전히 위축되어 구시가지가 되었다. 지하철이 곳곳으로 뻗어나갔고 고가도로를 없애는 계획이 입에 오르내렸다. 오랫동안 지하에서 떠들썩하게 흐르던 청계천이 다시 지상에 모습을 드러낸다면 규모는 작지만 세느강과 같은 매력을 보여줄지도 모른다. 이미 거리에서 군대 색채는 사라졌다. 예전에는 골동품 가게와 고서점이 수십 개 차지했던 인사동 거리는 하나의 거대한 기념품 거리가 되어 수

많은 일본인 관광객을 불러 모았다.

　민주화와 동시에 완전한 대중 소비 사회가 실현돼 있었다. 일본의 대중음악과 영화, 애니메이션까지 전면 개방되었다. 번화가 영화관 건물에는 나카야마 미호의 거대한 현수막이 걸렸고 지하철역 벽면에는 〈바람계곡의 나우시카〉 영상 이미지가 크게 확대되어 붙었다. 서점에는 한국판 『앙앙』이 진열됐고 한글 일변도였던 거리의 간판이나 도로 표지판에는 간체자 중국어와 영어가 병기됐다.

　나는 홍기철과 만났다. 그는 한 대학에서 부학장으로 근무했는데 베를린에서 개최된 '국가 통일 후 교육이념'을 주제로 한 심포지엄에서 막 돌아왔다고 했다. 전투복 차림으로만 기억에 남은 과거의 제자가 지금은 더블브레스트가 어울리는 중년의 신사가 되어 있었다. 김대중이 대통령이 됐네, 라고 하자 "선생님, 일제 36년, 경상도 37년이라는 속담을 아십니까?"라고 웃으면서 말했다. 전라남도의 면모가 그대로 드러나는 표정이었다.

　강의가 없는 날에는 과거에 좋아했던 장소 몇 곳을 방문했다. 현국대학교는 넓은 잔디밭이 사라지고 새로운 건물이 여러 동 들어서 있었다. 뒤편 서민 동네는 흔적도 없이 사라졌고 구획을 정리해 어디에나 있는 평범한 주택가로 바뀌었다. 잠실은 올림픽경기장이 세워지면서 크게 발전했다. 과거 철조망으로 둘러싸였던 공터에는 거대한 쇼핑몰과 비즈니스호텔 그리고 12층짜리 롯데백화점이 자리했다.

나는 안내판을 따라 한강 쪽으로 걸어갔다. 한국에 최초로 생긴 고층 아파트 단지 중 하나이며 스물두 살의 내가 하숙했던 장미아파트는 최신식 아파트 단지들 사이에서 완전히 눈에 띄지 않게 되어버렸다. 관리인에게 인사를 하고 옛날에 살던 4층 집을 방문해보니 이미 신 씨 가족의 명패는 없었다. 건물 외벽은 몇 번이고 다시 칠해졌는지 흰색 벽이 두드러졌는데 내부는 더럽고 낡았다. 예전에는 4층 창문으로 한강이 내려다보였지만 지금은 가로수가 자라서 보이지 않았다. 지나다니는 사람이 없던 한강 둑길은 포장도로가 되어 끊임없이 차들이 오갔다.

나는 지하철 순환선을 타고 구시가지로 향했다. 광화문 이순신 동상 앞에 서니 파리 샹젤리제 같은 넓은 도로가 펼쳐졌다. 대통령이 살해된 다음 날, 이 길에 탱크가 투입되고 손에 총을 든 군인이 열 명씩 그 위에 타고 있었다. 그 후 분주한 나날을 보내던 중에 왼편 세종문화회관에서 후쿠다 쓰네아리의 무대 인사를 접했고 광화문 안쪽에 설치된 대통령 빈소를 분향하는 행렬 속에 서 있기도 했다.

큰길 지하에는 대형서점이 생겼다. 그곳에서 일본인 작가 한 명을 위해 마련된 대형 코너를 보았다. 1980년대 민주화를 이룩한 세대가 장편소설 『상실의 시대』를 발견하고 마치 자신들 이야기인 것처럼 읽은 결과, 이 나라에서 하루키 붐이 일어났다. 그 책은 내가 예전에 큰 문어한테 받은 미국 서브컬처에 마음을 빼앗긴 젊은이들 이야기를 쓴 소설가의 후속작이었다.

과거의 예감이 보기 좋게 빗나가버린 풍경을 남 일처럼 쳐다봤다. 캔 맥주와 아메리칸 팝에 열광하는 젊은이들을 묘사한 일본 소설가는 한국이 대중 소비 사회를 실현함과 동시에 팝 히어로로 추앙받았다. 그는 이 나라에서 당당히 다자이 오사무의 후계자 자리에 앉았다. 80년대 한 시대를 풍미한 '주사파'는 90년대 후반이 되자 급속하게 쇠퇴해 이미 추억 속에 자리했다.

두 번째 서울 체류 중에 마음먹고 지명관 씨를 찾아뵈었다. 그는 1972년부터 20년 동안 도쿄에 망명했으며 조국의 민주화를 보고 귀국한 후 자신이 『세카이』에 익명으로 한국 비판을 연재했던 'T·K생'임을 공언했다. 어떻게든 만나고 싶다는 마음에 서울에서 버스로 한 시간 정도 걸리는 춘천의 연구소에 있는 고령의 그를 찾아갔다.

그는 오랜 기간에 걸쳐 저항의 문장을 계속 써온 인물이었다. 분명 강철 같은 건장한 체격의 지식인일 거라 예상했는데 작은 몸집에 낮은 목소리로 이야기하는 인물이어서 나는 다소 맥이 풀렸다. 그래도 이야기를 듣다 보니 그가 강인한 의지의 소유자임이 느껴졌다.

KCIA의 눈을 피해가며 연재를 계속하기 위해서는 그만한 용기와 인내가 필요했다고 지명관 씨는 말했다. "가끔 그들이 전화를 걸어와 한식당에서 밥을 사곤 했어요. 그때마다 뭔가 정보를 캐내려고 했지만 나도 조심하느라 아무것도 대답하지 않았죠. 나는 신실한 기독교인이라 반정부라든지 북한이라든지 그런 것은 일절 모른다고 마지막까지 시치미를 뗐어요. 어쩌면 그들도 내가 'T·K생'이란 사실을 눈치챘을지도 모르겠어요. 하지만 김대중 납치 사건으로 그만큼 평판이 나빠졌기 때문에 나를 간단히 본국으로 납치하거나 살해할 수는 없지 않았을까요. 『한국으로부터의 통신』은 발간되자마자 곧바로 영어, 프랑스어, 스페인어로 번역되었고 평양에서도 한국어로 번역돼 읽었으니까요."

지명관 씨에게 있어 진짜 역경은 그가 오랜 망명 생활에 종지부를 찍고 한국으로 돌아왔을 때 시작됐다. 박정희 독재 정권 때는 비록 나라 안팎으로 나뉘어졌어도 강한 신뢰 관계를 맺었던 국내 민주화 운동가들 사이에 불행하게도 불협화음이 생기고만 것이었다. 독재 정권하에 있던 사람들은 계속되는 체포와 고문에 떨어야 했고 실제로 적지 않은 사람들이 이를 경험했다. 늘 가족의 안전을 신경 써야 했고 사회적으로나 경제적으로 수많은 위기에 직면해야 했다. 민주화가 실현된 시점에서 그들은 피폐해져 있었다. 한편 일본에서 지내던 지명관 씨는 망명자로서 본국의 동지들과 떨어져 고립감을 견뎌내야 했다. 조국의 참상을 알게 되는 한편으론 안전지대에 머물고 있다는 죄의식이 그를 괴롭혔다. 이미 옛날의 우정이나 신뢰는 사라지고 말았다고 했다. "모두 뿔뿔이 흩어져버렸어요. 내가 동아시아 전체 미래를 생각하자고 제언해도 그들은 내셔널리즘에 경도돼 한국과 일본을 대립 관계로밖에 인식하지 못해요."

그는 헤어질 때 한마디 덧붙였다. "그렇지만요, 돌아와서 좋은 일도 있었어요. 내가 쓴 '통신'을 읽고 싶다는 이유로 몇몇 학생들이 옥중에서 일본어를 배우자고 결의했다고, 나중에 그런 이야기를 해주더군요."

서울에서의 두 번째 체류가 끝나갈 무렵, 한국종합예술학교 영상원으로부터 일본 영화에 대한 강연 의뢰를 받았다. 김대중 정부에서 한국 영화산업의 보호 육성을 목적으로 새롭게 설립한 새로운 교육기관이다. 나는 택시를 타고 이문동에 자리한 이 학교로 향했다.

영상원에 도착한 순간부터 묘한 기시감에 휩싸였다. 푸른 잔디밭 한쪽에 하얀 장미가 화려하게 피어 있었다. 프랑스 영화였는지 아니면 할리우드 영화였는지 이 풍경은 분명 본 적 있다는 기분이 들었다. 강연 후 이어진 질의응답도 화기애애한 분위기에서 끝났고 주최 측이 마련한 뒤풀이에 초대받았다. 한 대학원생이 그 자리에서 우리 학교 교사가 예전에는 무엇에 쓰이던 건물이었는지 아느냐고 밝은 목소리로 물었다.

그 질문을 들은 순간, 내 안에 있던 21년 전 기억이 되살아났다. 여기는 KCIA 본부였고 나는 이유도 모른 채 끌려와 면접시험 시험관을 맡았다.

"네, 알고 있어요. 옛날에도 하얀 장미가 아름다웠어요." 마음 깊은 곳 기억을 꺼내 그렇게 대답하자 학생은 눈을 동그랗게 뜨며 놀란 표정을 지었다.

"선생님은 이 장소를 알고 있었나요?"

"알고 있다마다요. 이곳에 이유도 듣지 못한 채 끌려와서 억지로 면접시험 시험관을 맡았지요. 당시 KCIA가 얼마나 무서웠는지 알아요?"

소문에 따르면 밤늦게까지 작업실에 남아 졸업 작품 영상을 편집하다 보면 가끔가다 벽 너머에서 고문의 고통을 호소하는 목소리가 들려온다고 한다. 모두가 웃었고 나도 살짝 웃었다. 이 영화학교에서 공부하는 학생들에게는 한국 영화의 미래야말로 중요하지, KCIA 따윈 일본 제국주의와 마찬가지로 어두운 과거 삽화에 불과하다. 그렇게 생각하니 마음속에서 지금까지 풀지 못했던 금기 하나가 조용히 풀리는 것 같았다.

마지막으로 이 회상을 마무리하며 앞부분에 등장한 사람들의 이후를 간단히 이야기해보려 한다.

양 군은 현국대학교에서 춘천에 위치한 대학교로 옮겼다. 2005년이었을까. 내가 도쿄에 있는 학교에서 근무할 때 갑자기 전화가 걸려 왔다. 〈겨울연가〉 무대가 된 춘천에서 국제욘사마 학회라는 심포지엄을 개최한다면서 일본의 영상 연구자를 대표해 강연을 해달라는 의뢰였다. 안타깝지만 대학 수업을 휴강하고 해외 출장을 갈 수 없는 상황이었다. 그렇게 제안을 거절했는데 이후로 오랫동안 그와는 만나지 못했다.

무라노는 격식 있는 사립대학 프랑스어과 교원이 됐는데 황족 일가를 가르친다며 의욕이 넘쳤다. 그 후 성희롱 사건을 일으켜 대학에서 어이없이 해고당한 뒤 프랑스 포르노 소설을 번역해 부를 쌓았다. 세키는 시와 소설의 세계에서 많은 상을 받은 후 입후보해 대학 학장으로 취임했다. 히가시는 동란의 폴란드에서 돌아오자마자 이혼했다. 그가 쓴 남성 육아 일기가 호평을 받으며 영화로도 만들어졌다. 작은 문어는 무사히 리옹의 요리학교를 졸업하고 지금은 가마쿠라에서 '슈발'이라는 제과점을 운영한다. 리옹 근처에 살았던 유명한 우편배달부 이름이라는데 자세한 건 모른다. 한 번도 가본 적이 없어서다. 그녀는 지금도 한국을 무섭고 더러운 나라라고 생각할까?

큰 문어는 결혼과 이혼을 반복했고 한류 열풍이 불기 시작하자 미남 배우들을 취재하러 몇 차례 서울을 방문했다. 그 후 도쿄 가이드북 같은 잡지 편집을 맡았다. 시사회에서 한두 번 만나 인사를 나눴는데 이미 내 얼굴을 잊어버린 모양이었다. 그녀는 쌀쌀맞게 내 앞을 스쳐 지나갔다. 경성에 있던 사쿠라가오카라는 마을에 대해 조사해서 논픽션이라도 쓰면 좋으련만 분명 너무 바빠서 잃어버린 과거를 추적할 시간이 없으리라.

세키는 최근에 훈장을 받았다.

계엄

초판 1쇄 발행 2024년 10월 14일

지은이 | 요모타 이누히코
옮긴이 | 한정림

펴낸곳 | 정은문고
펴낸이 | 이정화

등록번호 | 제2009-00047호 2005년 12월 27일
주소 | 서울시 마포구 동교로13길 60
전화 | 02-392-0224
팩스 | 0303-3448-0224
이메일 | jungeunbooks@naver.com
블로그 | blog.naver.com/jungeunbooks
페이스북 | facebook.com/jungeunbooks

ISBN 979-11-85153-70-4 03830

책값은 뒤표지에 쓰여 있습니다.

알라딘 북펀드에 참여해주신 분들
blaue, KimSaU, klkjihye, koma, myun, S, 강동수, 강이경, 강혜구, 고민주, 고시현, 공해영, 권선규, 길경숙,
김건보, 김경훈, 김광현, 김규완, 김도영, 김민식, 김병엽, 김상우, 김상진, 김선기, 김선재, 김성호, 김영규,
김영대, 김영선, 김용언, 김원, 김은정, 김은파, 김재희, 김주연, 김지나, 김찬민, 김채은, 김태림, 김태형,
김해진, 김현석, 김현수, 김홍준, 남혁우, 낫투두 낫토앤바, 노엘, 도효곤, 문석, 문한나, 민성재, 박덕수, 박병주,
박선영, 박성진, 박세진(조서연 엄마), 박소해, 박수관, 박수영, 박신애, 박은, 박정아, 박정옥, 박훈평, 배연우,
변병호, 서로, 서쌍용, 서예준, 서유진, 서정현, 서지민, 서호성, 손진우, 송나영, 송민근, 송승섭, 심재수, 안나,
안수영, 안진우, 안희정, 알라미고청년연합, 안, 양복숙, 양종훈, 오랜벗 정이, 우윤희, 원준혁, 원호성, 유기형,
유명주, 유민혜, 유주하, 윤창수, 은예, 이대화, 이민수, 이성수, 이성철, 이수환, 이승민, 이승신, 이승연,
이영주, 이용훈, 이은, 이은미, 이은섭, 이정은, 이정화, 이준용, 이지민, 이지원, 이촌동꿀주먹, 이하나, 이호산,
이화교지, 임재연, 장윤선, 장재흥, 장준혜, 전명훈, 전성환, 전영민, 정기영, 정미라, 정민지, 정운철, 정윤옥,
정한옥, 정현기, 정희정, 조미화, 조성은, 조수아, 조시현, 조윤경, 조윤숙, 조은애, 조은정, 종호지혜, 주인애,
지구별여행자, 池曜姸, 진용선, 차채은, 최성용, 최원석, 최종희, 테슬라, 프란치스카, 하다차가족, 한상언,
한승철, 虹g咲学園民主学友会, 홍지우, 황금하 외 45명